Beate Maxian



# Ein tödlicher Jahrgang

Kriminalroman

GOLDMANN

FSC
www.fsc.org
MIX
Papier | Fördert gute Waldnutzung
FSC® C014496

Penguin Random House Verlagsgruppe FSC® N001967

1. Auflage
Originalausgabe September 2023

Die Veröffentlichung dieses Werkes erfolgt auf Vermittlung
der literarischen Agentur Peter Molden, Köln
Umschlaggestaltung: UNO Werbeagentur, München
Umschlagmotive: FinePic®, München
Redaktion: Susanne Bartel
KS · Herstellung: ik
Satz: KCFG – Medienagentur, Neuss
Druck und Bindung: GGP Media GmbH, Pößneck
Printed in Germany
ISBN: 978-3-442-49411-8

www.goldmann-verlag.de

*Kein Genuss ist vorübergehend, denn der Eindruck, den er zurücklässt, ist bleibend.*

Johann Wolfgang von Goethe

# 1

Die Morgensonne tauchte die Weinberge des Weltkulturerbes Wachau in sanftes Licht. Topwinzer Markus Haller liebte diesen Bilderbuchanblick. Für gewöhnlich. Doch im Moment brodelte es in ihm wie in einem Vulkan.

»Verflucht noch mal«, schäumte der Achtundfünfzigjährige und schlug mit einer Handfläche wütend auf das Lenkrad seines dunkelblauen Audi Q4. Es war acht Uhr und er auf dem Weg zu seinen Rieslingstöcken auf dem Loibenberg. Ungeplant! Zum Glück war er allein auf der Straße, die in Serpentinen zu seiner Riede hinaufführte. Auf dem schmalen asphaltierten Pfad inmitten der Rebzeilen hatte gerade mal ein Fahrzeug Platz, und es gab nur wenige Ausweichmöglichkeiten. Der Anruf, der ihm den Tag gründlich verdorben hatte, war vor fünfzehn Minuten eingegangen.

»Jemand hat in Ihrem Weinberg randaliert. Trauben, Äste und Blätter, alles liegt am Boden«, hatte der Mann gesagt und sich mit Zech vorgestellt. Haller kannte niemanden, der so hieß. Er glaubte, einen leichten Akzent ausgemacht zu haben, war sich aber nicht sicher.

»Vielleicht hat er sich geirrt und gar nicht unsere Riede gemeint«, hatte Petra, seine Frau, gehofft, weil ihnen der Weingarten am Loibenberg erst seit einem Monat gehörte.

Aber das war unwahrscheinlich. Auf dem Schild am Fuß der Lage prangte in Großbuchstaben: »RIESLING, WEINGUT HALLER, MARIENKIRCHEN«. Also hatte ihn die Nachricht gezwungen, sofort ins Auto zu steigen, um nach dem Rechten zu sehen. Und das, obwohl er, als das Telefon geläutet hatte, gerade dabei gewesen war, in der hauseigenen Vinothek die letzten Vorbereitungen zu treffen. An diesem ersten Septemberwochenende lockte der Wachauer Weinherbst wieder unzählige Weinliebhaber an. Um zehn Uhr würden sämtliche Weingüter der Region ihre Pforten für Verkostungen öffnen, und Markus Haller war einer der bekanntesten Winzer Österreichs. Seine Weine gehörten zur Spitzenklasse, wurden in den besten Restaurants ausgeschenkt, in Fachmagazinen hochgelobt, waren preisgekrönt und standen für Exklusivität. Demzufolge zog sein Weingut vorrangig zahlungskräftiges Publikum an.

Sechs beleibte Frauen mit Walkingstecken tauchten vor ihm auf der schmalen Fahrbahn auf.

Er stoppte den Audi. »Schleichts euch«, brummte er und winkte den Hobbysportlerinnen ungeduldig zu, sich zu beeilen.

Aber die Gruppe beachtete ihn nicht und zog tratschend und in gemächlichem Tempo an seinem Seitenfenster vorbei.

Hallers Gesicht näherte sich der Windschutzscheibe. Einige Meter oberhalb sah er schon seine Riede. Zwischen den terrassenartigen Steilhängen machte er zwei Radfahrer aus, die bergauf fuhren. Von der Straße aus konnte er einen Schaden in seinem Rieslinggarten jedenfalls nicht erkennen. Endlich sah er die Frauen nur noch im Rückspiegel. Als er weiterfuhr, klingelte sein Handy. Er ging über die Freisprechanlage ran.

»Und? Bist schon dort?«, fragte Petra statt einer Begrüßung.

»Gleich«, antwortete er.

»Bist eigentlich mit dem Einkühlen fertig geworden, oder

müssen wir noch Flaschen nachlegen?«, wollte sie unvermittelt wissen. »Ich muss nämlich noch rasch zur Hedi in die Bäckerei fahren. In dem ganzen Tohuwabohu hab ich glatt vergessen, das bestellte Gebäck abzuholen.«

»Mach das. Aber hol vorher noch zwölf Flaschen vom Riesling Smaragd von der Riede Kreuzberg aus dem Keller«, gab er zurück. »Das wollt ich grad machen, als der Typ angerufen hat.«

Die Wachau war für Weißweine bekannt. Die Hauptsorten waren Riesling und Grüner Veltliner. Die Klassifizierung der Winzervereinigung Vinea Wachau war von der Region inspiriert. Die leichten und erfrischenden Weine erhielten das Prädikat Steinfeder. Namensgebend war das heimische federartige Gras. Als Federspiel bezeichnete man die kräftigeren Tropfen mit einem Alkoholgehalt zwischen 11,5 und 12,5 Volumenprozent. Ihnen gab die kugelige Beuteattrappe, die einst bei der herrschaftlichen Falkenjagd verwendet worden war, ihren Namen. An der qualitativen Spitze stand der kraftvolle und komplexe Smaragd, benannt nach der Eidechse, die in den Urgesteinsterrassen der Region heimisch war. Doch auch andere Weißweinreben gediehen hier bestens, etwa Muskateller, Weißburgunder, Rivaner, Neuburger und Sauvignon blanc.

»Ich bin bald zurück«, versprach Haller seiner Frau noch, bevor er das Gespräch beendete.

Am Ziel angekommen parkte er den Wagen neben der Trockensteinmauer, die vor hundert Jahren errichtet worden war und ausschließlich aus sorgsam aufeinandergelegten Steinen bestand. Überall in der Wachau fand man noch Mauern in dieser traditionellen Bauweise.

Um nicht mit ihr zu kollidieren, öffnete er vorsichtig die Fahrertür, bevor er ausstieg. Dann schlug er die Tür hinter sich zu und wappnete sich. Gegen den Anblick der Zerstörung. Haller betrat den Weinberg, wanderte durch die Rebzeilen. Mit den Augen eines Luchses musterte er die Rebstöcke und war erstaunt. Nirgendwo Anzeichen von Verwüstung. Die Drähte waren gespannt, die Äste der Weinstöcke, an denen prall und süß die Trauben hingen, festgebunden. Er pflückte eine Weinbeere, schob sie sich in den Mund. Der Geschmack stellte ihn zufrieden. Bevor der Hang in seinen Besitz übergegangen war, hatte ihn ein Winzer der Domäne Wachau betreut. Bianca, die Erbin der Riede, hatte das eingefädelt und bezahlt. Die Lage war gut versorgt worden, sodass der aktuelle Jahrgang höchste Qualität versprach. Nur noch wenige Wochen, dann begann die Weinlese.

Der Weinbau hatte in seiner Familie eine lange Tradition. Sein Großvater bewirtschaftete knapp einen Hektar, er selbst hatte die Anbaufläche verhundertfacht. Mittlerweile wuchsen Haller-Trauben auf zig Lagen in der gesamten Wachau. Vom Tausendeimerberg über den Atzberg und die Riede Achleiten bis hin zum Loibenberg. Eines Tages würde das alles Antonia gehören. Schon jetzt war seine Tochter eine große Stütze im Familienunternehmen, wenngleich ihre Meinungsverschiedenheiten sie in letzter Zeit auf unterschiedliche Wege führten. Das belastete ihn sehr. Doch er war sich sicher, sie würde eine außergewöhnliche Winzerin werden und schließlich doch in seine Fußstapfen treten.

Er hob den Blick. Wo war dieser Zech eigentlich? Um ihn herum keine Spur von ihm. Der Mann hatte sich offenbar aus dem Staub gemacht. Hatte er ihn verarscht? Hier gab es keine Schäden. Haller drehte sich um die eigene Achse, sah zu dem kleinen Holzhäuschen, in dem sie die Arbeitsgeräte aufbewahrten. Er eilte zu der Hütte, rüttelte an der Tür. Sie war verschlossen. Alles schien in bester Ordnung zu sein. Selbst die beiden Bienenstöcke, die letztens noch neben dem Schuppen gestanden hatten, waren verschwunden. Ihr Besitzer war der alte Honig-

Lorenz, wie die Einheimischen den Imker nannten, der vor fünf Jahren das Projekt »Bienen im Weingarten« ins Leben gerufen hatte. »Die Insekten erfüllen eine wichtige ökologische Funktion«, wurde der Alte nicht müde zu predigen.

Franz Schellbaum, der verstorbene Vorbesitzer von Hallers Lage am Loibenberg, war ein Unterstützer des Projekts gewesen. Er hatte Lorenz die Erlaubnis gegeben, die Bienenstöcke hier aufzustellen. Die hatte er, Markus Haller, dem Alten wieder entzogen. Gleich nachdem die Tinte unter dem Kaufvertrag getrocknet war, den er mit Schellbaums Tochter und einziger Erbin ausgehandelt hatte. Bianca lebte schon lange in München und hatte nach dem Tod ihres Vaters an ihn, den Höchstbietenden, verkauft.

»Scheiß auf deine Bienen«, hatte Haller den alten Imker angeblafft und ihm einen Monat Zeit gegeben, die Stöcke von seinem Grund zu entfernen. Er konnte dieses summende Insektenzeug nicht leiden, und mit den Blindschleichen, Eidechsen und Gottesanbeterinnen, die in der Trockensteinmauer zu Hause waren, gab es hier schließlich schon mehr als genug Nützlinge. Außerdem mochte er den Eigenbrötler Lorenz nicht, was auf Gegenseitigkeit beruhte. Markus Haller hatte ihm gedroht, beide Bienenvölker zu vernichten, so er sie nicht rechtzeitig abholte. Dass die Drohung offenbar gefruchtet hatte, zauberte ihm ein zufriedenes Lächeln auf die Lippen. Er wandte der Hütte den Rücken zu und blickte zur mächtigen Donau hinunter, die sich gemächlich durch das Tal schlängelte. Ein wahrlich malerisches Panorama. Dann sah er auf die Uhr. Schon halb neun. Genug Zeit vergeudet. Die Arbeit rief.

Er wollte sich zum Gehen wenden, als ein Geräusch ihn innehalten ließ. War da doch jemand? Den Schatten, der unversehens hinter ihm auftauchte, bemerkte er zu spät. Ein harter Schlag traf ihn am Kopf. Die Welt vor seinen Augen verschwamm.

# 2

Lou saß mit einer Kaffeetasse in der Hand auf der Gartenbank vor ihrem kleinen Winzerhäuschen. »Was für eine Aussicht, nicht wahr, Michelin?«, schwärmte sie, beugte sich nach vorn und kraulte ihrem Vierbeiner den Kopf. Der Berner Sennenhund lag auf dem Boden und hatte wie so oft die Augen geschlossen, gleichgültig gegenüber der atemberaubend schönen Landschaft. In Lou hingegen breitete sich stets ein Gefühl tiefer Geborgenheit aus, wenn sie morgens ihren Blick über die steilen Weingärten schweifen ließ. Es war halb neun, der Tag unverbraucht, die Luft frisch, und die Sonne schien. Die grünen Blätter an den Rebstöcken waren um diese Jahreszeit so dicht, dass die Sonnenstrahlen nur durch kleine Lücken hindurchschimmerten und den Boden in sanftes Licht tauchten. Unter dem Blätterdach versteckten sich üppige Trauben mit saftigen Beeren, die jetzt schon Lust auf vollmundigen Wein machten. Die Pracht zog sich bis zur Donau hinunter, wo soeben ein Frachter, der flussaufwärts fuhr, in ihrem Blickfeld auftauchte. In so einem Moment berührte der Himmel die Erde, fand Lou.

Buschige Rosensträucher und ein Marillenbaum wuchsen vor ihrem Haus. Sie hatte es vor eineinhalb Jahren gekauft und mit Hilfe von Freunden und ihren Eltern restauriert. Es lag auf einer Lichtung oberhalb von Marienkirchen, eingebettet in Weinberge der örtlichen Winzer. Der Ausblick von hier war fantastisch.

»Hab ich dir eigentlich jemals erzählt, dass meine Familie hier schon seit fünf Generationen Wein anbaut? Beeindruckend, gell?«, stellte sie Michelin eine rhetorische Frage, woraufhin der Hund zumindest die Augen öffnete. »Ich bin sozusagen zwischen diesen Rebstöcken aufgewachsen.«

Ihre Eltern, Erika und Werner Conrad, hatten den konservativen Betrieb vor zehn Jahren auf biologischen und biodynamischen Landbau umgestellt und produzierten jetzt erstklassige Bioweine, die immer mehr Abnehmer fanden. Natürlich führte Lou diese im Sortiment ihres Delikatessengeschäftes mit dem Namen *Lous köstliche Welt*.

Ihre Gedanken wanderten zurück zum Hausumbau. Im Zuge dessen hatte sie sich den Traum von einem gemauerten Holzbackofen im Freien erfüllt. Ebenso hatte sie eigenhändig den Tisch aus Ziegeln mit einer Steinplatte gebaut, der neben dem Backofen stand. Darauf thronte jetzt ein großer Korb mit sechs Bauernbroten, die sie gestern Abend gebacken hatte. Sie würde sie gleich mit in den Ort nehmen. Die Laibe waren die Basis der Häppchen mit unterschiedlichen Aufstrichen, die für die Kunden in ihrem Geschäft und für die Gäste des Weinherbstes auf dem Weingut ihrer Eltern zubereitet werden sollten.

Während sie den letzten Schluck Kaffee trank, betrachtete sie die Pfarrkirche aus dem späten dreizehnten Jahrhundert, deren Turm den Ort überragte. Der erhaltene Teil der mittelalterlichen Wehrmauer umschloss das Gotteshaus zur Hälfte. Ringsum drängten sich die Häuser des Ortskerns, von denen die meisten rote Ziegeldächer hatten. Eins davon war das vierhundert Jahre alte Gebäude, in dem sich Lous Delikatessenladen befand. Ihr Blick blieb am Dach der Bäckerei von Hedwig und Ernst Ast haften, die täglich um sechs Uhr öffnete. Dort gab es die besten Vollkornbrote, fand Lou. *Franzis Café* von Franziska Liber lag direkt daneben. Es öffnete um halb neun und schloss um halb acht Uhr abends. Die Konditorin kreierte regelmäßig neue Torten und Kuchen, die sie zuweilen Lou und ihrer Kollegin Sigrid ins Geschäft brachte. Zum Probieren und weil sie ihre Meinung hören wollte.

Entschlossen zog Lou ein Haarband aus ihrer Hosentasche, fasste ihre bernsteinfarbenen Locken zusammen und stand auf. »Komm, lass uns fahren!«

Michelin erhob sich gemächlich und streckte erst mal die Gliedmaßen. Dann sah er sie treuherzig an, stupste mit seiner kalten Schnauze gegen ihre Hand und schmiegte seinen Kopf an ihren Oberschenkel. Seine Zuneigung zeigte er auf diese Art nur ihr.

»Ich hab dich auch lieb, mein Großer.« Sie streichelte lächelnd sein schwarzes Rückenfell.

Es war nie ihr Plan gewesen, sich einen Hund anzuschaffen. Doch vor einem Jahr hatte sie ihn entdeckt. Er war mit einer kurzen Kette an einer baufälligen Hundehütte fixiert, deren Dach mehr Löcher hatte als ein Schweizer Käse. Kurzerhand hatte sie ihn der Besitzerin abgekauft und von dem Leben an der Kette erlöst. Seitdem waren Lou und Michelin unzertrennlich; sie konnte sich ein Leben ohne ihn nicht mehr vorstellen.

Noch einmal verwuschelte sie ihm das dichte Fell. »Jetzt aber los! Die Sigi wartet sicher schon auf uns.«

Sigi hieß mit ganzem Namen Sigrid Dorfer und war eine dunkelhaarige Endvierzigerin mit Rundungen an genau den richtigen Stellen. Sie arbeitete seit zwei Jahren in Lous Geschäft, seit dessen Eröffnung. Bevor Lou den Sprung in die Selbstständigkeit gewagt hatte, war sie sieben Jahre lang Ermittlerin beim

Landeskriminalamt Niederösterreich gewesen und hatte in der fünfundvierzig Kilometer entfernten Landeshauptstadt St. Pölten gewohnt. Doch dann regte sich in ihr der Wunsch, ihrem Leben eine neue Richtung zu geben. Ausschlaggebend dafür war, dass sie sich immer mehr fürs Kochen und Backen begeisterte und immer mehr heimische Spezialitäten kostete und lieben lernte. So war die Idee geboren worden, ihre Leidenschaft zum Beruf zu machen. Lou hatte ihren Job an den Nagel gehängt, eine Ausbildung zur Wein- und Genussexpertin absolviert, Lous köstliche Welt eröffnet und Sigrid eingestellt. Sie war mittlerweile mehr als Lous Angestellte, sie waren Freundinnen geworden.

Lou schnappte sich den Korb mit den Broten und verstaute ihn in ihrem alten Jeep. Dann stiegen Michelin und sie in den Wagen und ruckelten auf dem Pfad den Weinberg hinunter.

Fünf Minuten später bog Lou auf die Straße ab, die in den Ortskern führte, und passierte auf ihrem Weg das Landhaus Gerber. Das noch nicht eröffnete Restaurant hatte sein Zuhause in einem barocken Gebäude. Das ehemalige Landschlösschen gehörte seit sechs Monaten ihrer Jugendfreundin Mona und deren Mann. Fabio war Sternekoch und stammte aus der französischen Schweiz, Mona arbeitete als Expertin für Weinmarketing. Die beiden waren viel in der Welt herumgekommen und hatten die letzten drei Jahre in Südtirol verbracht. Mona und Lou hatten sich lange aus den Augen verloren gehabt, bis Mona unvermittelt in Lous köstlicher Welt auftauchte und ihr eröffnete, dass sie zurückkam. Und dass das Landschlösschen, das zum Verkauf gestanden hatte, nun ihnen gehörte. Samt dem ehemaligen Restaurant mit Panoramaterrasse und betörendem Donaublick, das das Erdgeschoss einnahm. Seitdem wohnte Fabio dort im ersten Stock, um die Renovierungsarbeiten zu überwachen. Mona war noch in Südtirol und kam nur ab und zu in die Wachau. Doch das würde sich bald ändern. Die Eröffnung vom Landhaus Gerber stand unmittelbar bevor.

Lous Geschäft, vor dessen Schaufenster sie den Geländewagen stoppte, lag nur einen Steinwurf davon entfernt. Sie würde heute hier nur einen Zwischenstopp einlegen, denn sie hatte ihren Eltern versprochen, ihnen beim Bewirten der Gäste des Weinherbstes zu helfen. Sigrid musste den Laden ausnahmsweise allein schmeißen.

Lou ließ ihren Blick stolz über die Geschäftsfront wandern. In der Auslage stand eine Bodenvase mit frischen Sonnenblumen. Um sie herum hatte sie Weidenkörbe arrangiert, die mit Essig-, Öl- und Weinflaschen gefüllt waren. Sigrids blaues Citybike mit dem Korb am Lenker parkte im Fahrradständer neben der Eingangstür, die offen stand und über der der Geschäftsname in verschnörkelten goldenen Buchstaben prangte. Drinnen warteten in hellen Holzregalen regionale Spezialitäten auf Genussmenschen. Marmeladen, Honig, Gemüse, Obst, Nudeln, Senf, Chutneys, Kräutermischungen, Käse, Liköre, Brände und logischerweise auch Weine sowie Erzeugnisse aus den berühmten Wachauer Marillen. Lou ließ Michelin im Auto, stieg aus, schnappte sich drei Brotlaibe und betrat den Laden. »Guten Morgen! Ich bring dir frisches Brot.«

»Morgen!«, trällerte Sigrid. »Wunderbar. Der Honig-Lorenz hat auch schon geliefert.« Sie deutete auf eine Holzkiste mit Honiggläsern auf dem Boden. »Rechnung liegt am Tresen.«

Lou nahm den Zettel von der gemauerten Verkaufstheke mit Holzplatte und steckte ihn ein. Der Imker stellte seine Lieferung oft schon vor Tagesanbruch vor der Tür ab. In Marienkirchen kam nichts weg.

»Der Honig schmeckt wieder himmlisch«, sagte Sigrid. »Hab gleich ein Glas geöffnet und probiert.«

Lorenz' Bienenstöcke standen in den umliegenden Wäldern und seit fünf Jahren zudem zwischen Rebstöcken. Das schmeckte man.

Sigrid wischte sich die Hände an der Schürze ab, die sie über ihrem geblümten Maxikleid trug. Ihre Füße steckten in beigen Sneakers. »Ich fahr doch jeden Tag direkt am Haller-Gut vorbei«, sagte sie übergangslos. »Als ich heut früh vorbeikam, stand grad die Petra vor dem Haus. Sie machte irgendwie einen verlorenen Eindruck, deshalb hab ich angehalten.«

Lou nickte. Sie wusste, dass Sigrid so oder so gestoppt hätte. Einen Tratsch auszulassen war wider ihre Natur. Marienkirchen brauchte keine Lokalzeitung. Marienkirchen hatte Sigrid Dorfer.

Lou legte die drei Brotlaibe auf den Verkaufstresen. »Und?«

»Anscheinend hat irgendwer auf ihrer neuen Riede am Loibenberg randaliert.«

»Was?«, rief Lou überrascht.

Sigrid erzählte, dass kurz vor acht Uhr jemand Fremdes bei ihnen angerufen und von der Zerstörung in der Lage berichtet hatte. »Markus ist gleich nachschauen gefahren. Wer macht denn so was?«

»Gute Frage.« Lou schüttelte missbilligend den Kopf. »Manche Leute haben einfach keinen Respekt vor dem Eigentum anderer. Ich hoffe, sie erwischen den oder die Randalierer. So was geht gar nicht.« Sie wandte sich zum Gehen. »Sorry, aber ich muss mich beeilen. Wenn was ist, ruf an.«

»Klar, aber ich werd das Kind schon schaukeln.« Sigrid grinste. »Grüß mir deine Eltern.«

»Mach ich.«

# 3

Das Weingut Conrad lag einen halben Kilometer außerhalb des Ortes. An der Fassade des zweistöckigen ehemaligen Weinlesehofes aus dem vierzehnten Jahrhundert wucherte wilder Wein. Die offen stehende Eichenpforte zum Innenhof flankierten zwei rosafarben blühende Oleander in gelb gestrichenen Holztrögen. Davor hieß eine Holztafel die Besucher auf dem Weingut Conrad willkommen. Neben dem Eingang stand eine Gartenbank, die genauso aussah wie jene vor Lous Winzerhäuschen.

Lou parkte ihren Jeep, öffnete Michelin die Autotür, nahm den Korb mit den restlichen drei Broten und betrat kurz darauf den mit Natursteinen gepflasterten Arkadenhof, an dessen Säulen weiße und gelbe Kletterrosen emporrankten. Sie und ihre Eltern hatten schon gestern Abend Stehtische mit roséfarbenen Tischtüchern für die heutigen Besucher aufgestellt.

Michelin bog sofort in den Wohnbereich ab. Lou kannte sein Ziel: die Küche. Sie folgte ihm und sah beim Eintreten, wie ihre Mutter dem Rüden ein Stück Wurst gab. Lou hatte ihre bernsteinfarbene Lockenpracht von ihr geerbt. Im Gegensatz zu ihrer Tochter trug Erika Conrad ihre Locken jedoch seit einigen Jahren nur noch kinnlang und ließ sich deren Farbe regelmäßig beim Friseur auffrischen, damit die grauen Strähnen nicht überhandnahmen.

»Er hat heute Morgen schon genug gefressen«, sagte Lou, wuchtete den Brotkorb auf die Küchenablage und küsste ihre Mutter auf beide Wangen.

»Das war ja nur ein Happerl zwischendurch, gell?« Erika kraulte dem Rüden die Ohren. Michelin hatte das Wurststück binnen Sekunden verschlungen und wedelte in freudiger Erwartung des nächsten Leckerlis mit dem Schwanz.

»Aber die Knacker ist gewürzt. Außerdem bekommt er direkt vom Tisch sowieso nichts, Mama«, erwiderte Lou streng.

»Die Knacker ist doch gar nicht am Tisch gelegen, sondern auf der Anrichte«, sagte ihre Mutter in einem Tonfall, als würde das einen Unterschied machen. »Und so ein Stückerl Wurst wird dich schon nicht umbringen, gell, Bärli?«

»Er heißt Michelin«, erinnerte Lou ihre Mutter halbherzig.

»Aber Bärli passt so gut zu ihm, weil Berner Sennenhunde nun mal bärenhaft ausschauen, gell, mein Bärli?«, flötete Erika. »Und dir ist es eh wurscht, wie man zu dir sagt, wenn am Ende etwas zum Fressen rausspringt.« Lachend kraulte sie dem Riesen den Nacken.

»Hast schon recht«, beließ es Lou schmunzelnd dabei. »Übrigens, ich soll dir schöne Grüße von der Sigi ausrichten.«

»Danke. Ich hab sie schon lang nicht mehr gesehen. Geht's ihr gut?«

»Bestens. Musst halt wieder mal bei ihr im Geschäft vorbeischauen, dann wüsstest auch immer gleich, was los ist.«

Erika horchte alarmiert auf. »Ist denn was passiert?«

Lou berichtete ihr von der Verwüstung auf dem Loibenberg.

»Die Leut werden immer depperter«, sagte Lous Mutter kopfschüttelnd. Sie trug bereits ihr Blaudruckdirndl mit hellblauer Schürze und dazu eine weiße Bluse mit gerüschten Ärmeln.

»Das Dirndl steht dir ausgezeichnet«, sagte Lou. »Gut, dass

du dich beim letzten Besuch im Trachtengeschäft dafür entschieden hast.«

Erika zog mit drei Fingern den Dirndlrock ein wenig auseinander, sodass man das Muster besser sehen konnte. »Der Blaudruck passt einfach perfekt zu uns, weil er in ebenso aufwendiger Handarbeit hergestellt wird wie unsere Weine.« Sie ließ den Rock wieder aus ihren Fingern gleiten. »Und jetzt geh dich endlich umziehen. Nimmer lang, dann kommen die ersten Gäste.«

Lous Dirndlexemplar wartete in ihrem ehemaligen Kinderzimmer auf sie. Tracht war auf dem Weingut Conrad Pflicht beim Weinherbst. Nach dem Wochenende würde das Dirndl wieder im Kleiderkasten verschwinden und dort bis zum nächsten Fest auf sie warten.

»Und danach holst gleich die ersten Tabletts«, fügte Erika noch hinzu. »Ich war heut übrigens schon sehr früh in Dürnstein und hab Wachauer Laberl gekauft.«

Lou nickte zufrieden. Das knusprige Graugebäck aus Weizen und Roggenmehl mit der rauen Oberfläche war Anfang des zwanzigsten Jahrhunderts in dem Nachbarort Dürnstein von Bäckermeister Schmidl erfunden worden. Mittlerweile wurde die Bäckerei in elfter Generation geführt, aber die Zutatenmischung der beliebten Laberln war nach wie vor ein streng gehütetes Familiengeheimnis.

Die letzten Tage hatten sie mehrmals wegen der Snacks für die Besucher telefoniert. Lous Vater war wie jedes Jahr der Meinung gewesen, dass Weißbrot und Wasser zum Neutralisieren der Geschmacksnerven genügten. »Wir führen keinen Heurigen, sondern sind Winzer«, behauptete er.

»Natürlich sind wir keine Lokalbetreiber«, erwiderte Lous Mutter und meinte, sie mache eh nur zwei oder drei Aufstriche. »Wie jedes Jahr – für diejenigen, die etwas mehr im Magen brauchen.«

Lous Meinung war mal wieder das Zünglein an der Waage gewesen. Sie hatte sich ebenfalls für die Brotaufstriche ausgesprochen.

»Und du, Mama, gib Michelin bitte nix mehr zu fressen. Er wird sonst zu fett.« Mit dieser Anweisung machte Lou jetzt Anstalten, die Küche zu verlassen.

»Was dein Frauli immer hat. Du wirst doch nicht fett, gell? Bist doch unser Bärli«, hörte sie ihre Mutter noch beim Hinausgehen.

Lou war klar, dass Michelin in der Sekunde das nächste Leckerli bekam. Als eine Art Entschuldigung dafür, dass er so lange im Wohntrakt bleiben musste, bis der letzte Besucher das Weingut verlassen hatte. Es gab schließlich Menschen, die sich vor großen Hunden fürchteten. Michelin war's egal. Auch ohne Bestechung hätte er es sich auf dem kühlen Fliesenboden im Flur gemütlich gemacht und gewartet, bis man ihn wieder rausließ. So war er. Gleichmütig und duldsam.

Als Lou im Dirndl zurück in die Küche eilte, lag Michelin wie erwartet dösend im Gang. Ihre Mutter war nirgends zu sehen, hatte aber scheinbar in der Zwischenzeit mundgerechte Häppchen aus Lous mitgebrachtem Brot gezaubert und auf zwei Servierbrettern angerichtet. Darauf Topfen- und Kürbisaufstrich sowie Liptauer. Den pikanten Brotaufstrich, der aus der österreichischen Küche nicht wegzudenken war, bereitete sie noch nach einem alten Liptauerrezept von Lous Urgroßmutter zu. Mit Brimsen, gesalzenem Frischkäse aus Schafsmilch. Zudem war der Brotkorb mit Weißbrotscheiben und Wachauer Laberln gefüllt.

Lou schob sich ein Häppchen mit Liptauer in den Mund, schnappte sich die beiden Bretter, legte sie auf den Korb und trug alles in den Verkostungsraum, wo sich schon zwanzig Weingläser auf dem lang gezogenen Bartresen aneinanderreihten.

Dahinter sortierte ein Mann mit gebeugtem Rücken Flaschen in den Weinkühler.

»Servus, Joschi-Onkel.«

Josef Trapl richtete sich augenblicklich auf. Er und Lou waren nicht im eigentlichen Sinne verwandt. Der Vierundsechzigjährige mit Halbglatze, altmodischer Hornbrille und rundem Gesicht war der älteste Freund ihres Vaters und kannte Lou seit ihrer Geburt. Er war Psychiater, hatte früher seine Praxis in Krems gehabt und half immer mal wieder am Weingut aus. In den letzten Jahren hatte er an den Hüften ein wenig zugelegt. Die hellbraune Hose saß straff an der Taille, und das beige Trachtenhemd spannte über seinem Bauch. Und das, obwohl er oft mit dem Rad durch die Gegend fuhr.

Er sah sie durch seine Brille an. »Griaß di, Lou.«

Sie stellte die Bretter mit den Häppchen und den Brotkorb auf dem Tresen ab und küsste ihn zur Begrüßung auf beide Wangen. Er roch nach Vanille, wie der Tabak, den er regelmäßig in seiner Pfeife rauchte.

»Ist mein Vater in der Nähe?«

Ihr Wahlonkel deutete mit dem Kinn auf das zweiflügelige Tor aus Weichholzdielen mit Schmiedebeschlägen, das ins Weinlager führte. Es stand offen. »Er holt noch ein paar Kisten.«

Wie bestellt erschien Werner Conrad. Sein ehemals semmelblondes Haar war zwar schon zur Gänze grau geworden, aber noch so dicht wie in jungen Jahren. Er trug ein weißes Trachtenhemd mit dem Aufdruck »Weingut Conrad« und dazu schwarze Jeans. Auf der Transportkarre, die er in den Raum schob, stapelten sich vier Weinkartons.

»Morgen, Papa.« Lou küsste auch ihn auf beide Wangen.

»Morgen, Kind.«

Sie griff nach der obersten Kiste und hob sie auf den Tresen.

»Was für eine verkehrte Welt«, seufzte ihr Vater. »Eigentlich sollte ich dir helfen und den Rest des Tages auf der Gartenbank sitzen.«

Lou hatte auf so eine Bemerkung schon gewartet. Er wünschte sich, dass sie endlich das Weingut übernahm, und ließ keine Gelegenheit aus, das zu erwähnen. Aber Lous Plan war ein anderer, sosehr sie die Gegend und alles, was damit zusammenhing, auch liebte. Sie wusste genau, wie es hinter der schönen Fassade aussah, wie hart die Arbeit von Winzern war. Denn die Parzellen in den steilen Terrassen wurden ausschließlich in anstrengender Handarbeit bewirtschaftet. Da war ihr Job als Besitzerin eines Delikatessengeschäftes schon angenehmer.

»Ich helfe dir gern«, antwortete Lou und nahm den zweiten Karton.

»Ich bin vierundsechzig, deine Mutter nur ein Jahr jünger. Ewig können wir das hier auch nicht mehr machen.«

»Auf der Gartenbank wird dir eh nur fad.« Sie schluckte die Bemerkung, dass es Alternativen gab, hinunter. Etwa die Trauben der Domäne Wachau zu verkaufen, die sich um die Weiterverarbeitung und Vermarktung kümmern würde. Aber von der Winzergenossenschaft wollte ihr Vater nichts wissen, denn in diesem Szenario würde der Name Conrad für immer von den Flaschenetiketten verschwinden. Dass die Domäne alle ihre Winzer mit Namen, Foto und Kurzbeschreibung auf der Homepage präsentierte, genügte ihm nicht. Ebenso wäre es möglich, die Weinberge zu verpachten, zum Beispiel an Dominik. Lous Cousin hatte in Retz im Weinviertel, nur eine Autostunde entfernt, schon das Weingut seiner Eltern übernommen und bewirtschaftete es gewinnbringend. Doch auch auf diesem Ohr war Werner Conrad taub.

»Das war nur so dahergesagt. Ich würd mich natürlich in den

Weingarten setzen und nachts zum Himmel raufschauen«, fügte ihr Vater indessen hinzu.

Er hatte sich vor einigen Jahren ein Teleskop gekauft, weil der Mars sich der Erde genähert hatte. Der Planet sei in Rekorddistanz, so hatten Experten sich ausgedrückt. Seitdem war das Betrachten des Sternenhimmels zu seiner Leidenschaft geworden. Oft leistete ihm der Joschi-Onkel Pfeife schmauchend dabei Gesellschaft, und sie köpften eine gute Flasche Wein.

»Das kannst du auch so«, meinte Lou.

»Außerdem wirst du nicht jünger«, spielte er auf ihre siebenunddreißig Jahre an.

Lou ignorierte die Bemerkung. Um das Thema zu wechseln, fragte sie rasch, ob noch weitere Weinflaschen im Lager warteten.

»Zwei Kartons Riesling Federspiel.«

»Hol ich.« Lou griff nach der Karre.

Die ersten Gäste trudelten punktgenau um zehn Uhr ein: ein Ehepaar aus Heidelberg, das seine Ferien in der Wachau verbrachte. Dann eine Gruppe Radfahrer aus Wien, der weitere Besucher folgten. Das würde jetzt bis sechs Uhr abends so weitergehen.

Als die deutsche Urlauberin sich bei Lou erkundigte, weshalb in einigen Weingärten am Ende der Weinreben Rosenstöcke standen, erklärte Lou ihr, dass die Rosen eine Art Frühwarnsystem darstellten. »Sie benötigen die gleichen Bedingungen wie die Reben, sind aber anfälliger für Pflanzenkrankheiten wie etwa Mehltau. Befällt der die Rosen, können wir reagieren, bevor die Reben krank werden, und diese retten. Die Symbiose hat eine lange Tradition. Dazu kommt, dass sich Nützlinge gern nahe Rosen aufhalten.«

Ein Alarm verschluckte ihr letztes Wort.

# 4

War das die Feuerwehr?«, fragte die Urlauberin aus Heidelberg, als das Geräusch abebbte.

Lou nickte. »Hört sich danach an.« Aufgrund der Lautstärke vermutete sie, dass es sich um die Feuerwehrsirene in Marienkirchen handelte. In dem Augenblick wiederholte sich die Tonabfolge, verklang, schwoll erneut an und verstummte schließlich. Wenige Atemzüge später waren Martinshörner zu hören. »Die musikalische Untermalung haben wir aber nicht bestellt«, witzelte Lou und fragte sich stumm, was passiert sein könnte.

Zwei Frauen, die ihre Mutter eben noch bedient hatte, stellten ihre Gläser auf die Theke und schnappten sich rasch noch je ein Häppchen mit Liptauer vom Servierbrett, bevor sie den Degustationsraum verließen. In dem Moment erklangen weitere Martinshörner in der Ferne. Offenbar waren auch die Feuerwehren der Nachbarorte alarmiert worden.

Die Neugier trieb die Gäste der Reihe nach nach draußen. Da es vom Innenhof aus nicht viel zu sehen gab, strömten sie vor das Weingut. Lou, ihre Eltern und ihr Wahlonkel folgten ihnen. Mittlerweile klang das Getöse der Folgetonhörner bedrohlich, und alle sahen sich besorgt an. Einige der Gäste hatten ihre Gläser mitgenommen und kippten den Wein vor Aufregung hinunter.

Josef setzte sich schließlich auf die Gartenbank. »Da hat's was Gröberes gegeben«, sagte er und zog eine bereits gestopfte Pfeife und eine Zündholzschachtel aus seiner Hosentasche. Er steckte sich das Mundstück zwischen die Lippen, hielt ein brennendes Streichholz an den Pfeifenkopf und begann, gelassen zu paffen. Zarter Vanille-Tabakduft breitete sich aus.

»Ja, was Gröberes«, stimmte Werner ihm zu und nahm neben ihm auf der Bank Platz.

Lou unterdrückte ein Schmunzeln angesichts des krassen Gegensatzes: Hier zwei Männer, die scheinbar gemütlich auf der Gartenbank saßen, dort ein Radau, der ein Drama prophezeite.

»Wo könnt's denn brennen?« Erika, die neben Lou stand, hatte sich die Hände in die Hüften gestemmt und sah ihre Tochter an.

»Woher soll ich das denn wissen, Mama?«

»Du bist Polizistin.«

»Das eben war aber die Feuerwehr«, brummte Lou.

»Trotzdem. Die sagen euch doch gleich Bescheid, wenn es wo brennt, oder nicht?«, ließ Erika nicht locker.

»Den Polizisten von der zuständigen Polizeiinspektion, ja«, antwortete Lou.

Wie zur Bestätigung heulte in dem Moment die Sirene eines Polizeiautos auf.

»Und ich war Kriminalinspektorin, Mama. WAR«, ergänzte Lou nachdrücklich.

Ihr Vater schien sie nicht gehört zu haben. »Ruf deine Kollegen doch mal an.«

»Das sind nicht mehr meine Kollegen. Die dürfen mir gar nichts sagen.« Lou hoffte, dass damit das Thema beendet war.

»Papperlapapp. Du wirst dich doch hoffentlich noch erkundigen dürfen, was im Ort passiert. Immerhin lebst du hier«, hielt ihr Vater dagegen.

Lou verdrehte genervt die Augen. »Früher hat's dich aufgeregt, dass ich bei der Kripo war, und jetzt willst ausgerechnet du, dass ich bei meinen ehemaligen Kollegen nachfrage?«

Werner zuckte unbeeindruckt mit den Achseln. »Warum denn nicht?«

Das deutsche Ehepaar trat neben Lou. »Wir würden gerne sechs Flaschen vom Grünen Veltliner Smaragd mitnehmen.«

»Gern.« Lou wandte sich um, holte einen Sechserkarton aus dem Lager und ihr Mobiltelefon, das hinter dem Tresen im Verkostungsraum lag. Als sie zurück vors Weingut kam, hatten die beiden bei ihrer Mutter schon bezahlt und verabschiedeten sich, nachdem sie von Lou den Karton entgegengenommen hatten. Kurz darauf klingelte Lous Handy.

»Das ist die Sigi«, glaubte Erika zu wissen. »Die hat sich sicher schon erkundigt, was los ist.« Ihr Tonfall war vorwurfsvoll.

Auf dem Display sah Lou tatsächlich Sigrids Namen.

»Am Loibenberg brennt's!«, rief ihre Freundin aufgeregt, kaum dass Lou rangegangen war. »Angeblich die Riede vom Haller. Ich ruf gleich alle durch, damit s' Bescheid wissen.« Sie legte auf, noch bevor Lou antworten konnte. Das war typisch Sigrid. Die Botschaft musste schleunigst unter die Leute gebracht werden. Lou wiederholte, was sie gesagt hatte.

»Die Riede vom Haller. So was aber auch.« Josef zog an seiner Pfeife.

»Glaubt ihr, der Weinherbst wird deshalb abgesagt?«, fragte Erika.

»Geh! Doch nicht wegen eines Brandes. Den haben die Kameraden von der Feuerwehr hoffentlich gleich gelöscht«, meinte Werner und zuckte dann mit den Schultern. »Aber wissen kann man's nicht.«

In dem Moment hörten sie erneut die Sirene eines Einsatzwagens. Lou horchte genauer hin. Eindeutig wieder die Tonabfolge der Polizei.

Erika sah ihre Tochter fragend an. »Ist das jetzt die Kriminalpolizei?«

»Keine Ahnung«, antwortete Lou.

»Aber es ist ein Polizeiauto, oder?«, hakte ihr Joschi-Onkel nach.

»Jetzt mach halt endlich was, Kind«, murrte Erika.

»Also gut«, gab Lou vor, widerwillig zu kapitulieren. Dabei war die ehemalige Kriminalpolizistin in ihr längst erwacht. »Ich ruf aber niemanden an, sondern fahr selbst nachschauen. Wenn ich etwas rausfinde, ist es gut, und wenn nicht, dann auch.«

»Die werden dir schon verraten, was los ist«, war sich ihr Vater sicher. »Die kennen dich doch noch alle.«

Lou unterdrückte ein genervtes Seufzen. »Michelin bleibt aber bei euch.«

»Magst beim Zurückfahren noch zwei Gläser Marillenmarmelade aus deinem Geschäft mitnehmen?«, stellte Erika eine rhetorische Frage. »Ich hab übersehen, dass wir keine mehr daheim haben, und würd morgen gerne Palatschinken machen.«

Familie! Lou versprach es, stieg einen Augenblick später in ihren Jeep, warf das Handy in das Fach der Mittelkonsole und fuhr los.

Die knallroten Feuerwehrautos mit den zuckenden Blaulichtern waren weithin zu sehen. Bis hinunter zur Donau, wo in dem Moment Schaulustige auf dem Deck eines Boots standen und den Loibenberg hinaufstarrten, von dem dichte Rauchsäulen aufstiegen. Der Himmel über dem Berg hatte sich grau gefärbt, der Geruch nach Rauch und verbrannter Erde hing bereits in der Luft. Lou fuhr die schmale Straße hinauf, bis ihr geparkte Einsatzfahrzeuge der Polizei den Weg versperrten. Sie ließ ihren Geländewagen ein Stück rückwärtsrollen und stellte ihn ab. Als sie kurz darauf an den Autos vorbeiging, bemerkte sie einen schwarzen Audi, der zwischen den Streifenwagen parkte. Es war ein Dienstauto vom Landeskriminalamt St. Pölten. So eins hatte sie früher auch gefahren.

Rund um eine nahe gelegene Parkbank in einer Ausweichkehre hatten sich schon ein halbes Dutzend Radfahrer in orangefarbigen Trikots und vier Wanderer versammelt. Ein Hüne in schwarzen Jeans und dunkelblauem Poloshirt unterhielt sich mit ihnen und notierte etwas. Lou vermutete, dass er Kriminalbeamter war. Etwa sechs Meter hinter dem Absperrband machte sie drei Löschfahrzeuge der heimischen und umliegenden Feuerwehren und zwei Rettungswagen aus. Den Florianijüngern war es mittlerweile gelungen, die Flammen zu löschen, obwohl das hier mit Sicherheit mehr als ein gewöhnlicher Flächenbrand gewesen war. Lou sah sich weiter um. Eine dunkelbraune Schneise zog sich durch den Weinberg, als hätte eine Horde Büffel mit brennenden Hörnern den Hang durchkämmt. Von den Reben des Weingutes Haller war nicht mehr viel übrig. Ein trauriger Anblick. Inmitten der verbrannten Rebstöcke war ein Sichtschutz errichtet worden. Lou wusste, was das bedeutete.

Wie auf Kommando überholte sie in dem Moment der graue Kastenwagen der Spurensicherung. An den geparkten Autos vorbeizufahren war Millimeterarbeit und erforderte Fingerspitzengefühl. Ein Streifenpolizist hob das Flatterband und ließ den Wagen passieren. Dann traten ein Notarzt und drei Sanitäter hinter dem mobilen Sichtschutz hervor.

An der Trockensteinmauer direkt hinter der Absperrung entdeckte Lou eine Frau in Jeans, T-Shirt und dünner Windjacke, die sie bestens aus ihrer Zeit beim Landeskriminalamt St. Pölten kannte. Verena Badinger, kurz geschnittenes braunes Haar, verschränkte Arme, Mitte fünfzig und Chefinspektorin des Ermittlungsbereichs Leib und Leben. Sie hatte Lou ausgebildet und war lange ihre unmittelbare Vorgesetzte gewesen. Lou ging die letzten zwei Meter bis zum Flatterband. Der Rauch kratzte in ihrem Hals, sodass sie hustete.

Die Mordermittlerin drehte sich um und blinzelte verdutzt. »Da schau her! Die Lou.«

»Hallo, Veni.«

Verena streckte die Hand aus und zupfte an Lous Dirndlschürze. »Oder bist du es, Mariandl?«, spielte sie spöttisch auf die gleichnamige Heimatkomödie an. Der Film war in den 1960er-Jahren im Nachbarort Dürnstein gedreht worden, mit Conny Froboess und Waltraud Haas, damals berühmte Schauspielerinnen, in den Hauptrollen. »Wohnst wieder in Marienkirchen?« Verena wusste, dass Lou aus dem Ort stammte. Darüber hatten sie sich seinerzeit öfter unterhalten.

Lou nickte.

»Hast hier am Weinberg zu tun, oder bist zufällig vorbeigekommen?«, fragte die Ermittlerin.

»Ich hab gehört, dass es brennt.«

Die Chefinspektorin neigte nachsichtig den Kopf. »Und ich hab gehört, du arbeitest nimmer für unseren Verein.«

Lou räusperte sich verlegen. »Eh, aber wenn bei uns was los ist, wenden sich manche Leut halt immer noch an mich und wollen wissen, was passiert ist.«

Verena schmunzelte. »Aha.«

»Kennst doch den Spruch: Einmal Kieberer, immer Kieberer. So denken viele im Ort.« Lou sah an der Chefermittlerin vorbei zu dem mobilen Blickschutz.

»Sag mir, was du jetzt schlussfolgerst«, forderte Verena sie auf.

»Nachdem die Spurensicherung soeben eingetroffen ist, da drüben ein Sichtschutz steht und die Rettungsmannschaft schon zusammenpackt«, Lou deutete zu den Sanitätern, die gerade eine leere Trage in den Rettungswagen schoben, »gehe ich davon aus, dass es eine Leiche gibt.«

Verena sah sie weiterhin belustigt an. »Was hast grad gesagt? Einmal Kieberer, immer Kieberer? Scheint was Wahres dran zu sein. Schad, dass du nimmer bei uns bist.«

»Lieb, dass du das sagst.« Lou schenkte ihrer Ex-Chefin ein Lächeln. »Und? Schon eine Idee, wer der Tote ist?«

Die Ermittlerin zögerte, dann bückte sie sich unter dem Plastikband hindurch, zog Lou mit sich, ein paar Schritte zur Seite, und senkte die Stimme. »Die Kameraden der Freiwilligen Feuerwehr Marienkirchen haben ihn erkannt, obwohl ihm das Feuer ein bisserl zugesetzt hat.«

Lou seufzte laut. »Markus Haller?«, sagte sie, während sich das Team der Spurensicherung an die Arbeit machte.

Verena runzelte die Stirn. »Wie kommst du auf ihn?«

»Weil das seine Riede ist und er laut seiner Frau morgens hergefahren ist. Die Hallers haben einen Anruf bekommen, dass angeblich jemand in dem Weinberg gewütet hat.« Lou erklärte, woher sie davon wusste.

Die Chefermittlerin zog einen kleinen Block und einen Kugelschreiber aus ihrer Jackentasche und machte sich Notizen. Dann nickte sie.

»O Gott, nein«, japste Lou, obwohl sie damit doch eigentlich gerechnet hatte. Einen Moment lang blieb ihr die Luft weg, und ihr Herz begann, wie verrückt zu hämmern. »Was für ein Unglück.« Entsetzt legte sie die Hand auf ihren Mund.

Ihre ehemalige Vorgesetzte deutete mit dem Kinn zum Weinberg. »Ein Stück weiter vorn siehst den Rest seines Autos.«

Lou starrte verdattert auf das Wrack nur wenige Meter entfernt. Es wurde halb von einem Feuerwehrwagen verdeckt. »Seine Frau und seine Tochter …« Lou konnte den Satz nicht beenden.

»Zwei Kollegen und das Kriseninterventionsteam sind schon zu ihnen unterwegs«, sagte Verena.

Lou versuchte, sich aufs Wesentliche zu konzentrieren und bewusst zu atmen. Ihr Puls normalisierte sich langsam. »Wisst ihr schon, was genau passiert ist?«

Verena nickte. »Derjenige, der hierfür verantwortlich ist, hat sich nicht mal die Mühe gemacht, die Spuren zu verwischen. Die Kollegen vom Ermittlungsbereich Brand haben Benzinkanister und Hinweise auf Brandbeschleuniger gefunden.«

»Also eindeutig Brandstiftung«, fasste Lou für sich zusammen. »Hat Haller vielleicht versucht, das Feuer zu löschen, und ist dabei umgekommen?«, sprach sie ihre primäre Überlegung laut aus. »Aber der Anrufer hat doch nur von zerstörten Reben gesprochen.«

»Mehr kann ich noch nicht sagen«, erwiderte die Chefinspektorin. »Bin ja selbst erst seit zehn Minuten hier und war auch noch nicht bei der Leiche, weil jetzt erst mal die Spurensicherung dran ist. Ich weiß nur, dass er dort drüben vor der ausgebrannten Hütte liegt, in der offenbar Arbeitsgeräte gelagert wurden. Wie gut kanntest du ihn?« Verena sah Lou aufmerksam an.

Die zuckte mit den Achseln. »So gut, wie man sich in einem kleinen Ort wie Marienkirchen halt kennt. Wenn wir uns sahen, haben wir einander gegrüßt und, wenn es sich ergeben hat, auch ein bisserl geplaudert.« Lous Blick wanderte kurz zu dem Sichtschutz, hinter dem Markus Hallers Leiche lag, und dann wieder zu Verena. »Ich gehör nicht zu den Menschen, mit denen er sich lange aufgehalten hat. Wie du sicher weißt, war er einer der bekanntesten Winzer Österreichs und ständig beschäftigt. Es gibt kaum ein Fachmagazin, das nicht groß über ihn berichtet hat. Selbst das Fernsehen hatte ihn für sich entdeckt. Ging's in einer Sendung um Wein, wurde Haller ins Studio eingeladen oder auf einem seiner Weinhänge interviewt.«

»Ich weiß, dass er ein Star in der Winzerszene war.« Die Ermittlerin rümpfte die Nase. »Aber Berühmtheit ruft immer auch Neider auf den Plan.«

»Natürlich haben ihm viele den Erfolg geneidet«, bestätigte Lou. »Dazu kommt, dass Haller ganz schön überheblich sein konnte. Und resolut, wenn er etwas durchsetzen wollte.«

»Was meinst damit?«

»Nun, sein Ziel war es, ein erfolgreicher Winzer zu werden, und das ist ihm gelungen«, antwortete Lou.

»Kennst du seine Frau?«

»Die Petra, natürlich.« Lou nickte. »Die kenne ich wesentlich besser als ihn. Sie kommt oft zu mir ins Geschäft, dann tratschen wir eine Runde. Ab und zu sehen wir einander auch in Franzis Café, beim Bäcker oder im Supermarkt. Aber engeren privaten Kontakt haben wir keinen.« Sie sah sich um. »Wer hat eigentlich die Einsatzkräfte verständigt?«

Verena nickte unauffällig in die Richtung, aus der Lou gekommen war. »Die Radfahrer in den orangefarbigen Trikots da vorn haben Alarm geschlagen. Mein Kollege spricht schon mit ihnen. Die Wanderer daneben sind erst vor ein paar Minuten aufgetaucht.«

Lou wandte sich um, als sich der Kriminalbeamte von den Augenzeugen verabschiedete. Als ein Ruf über den Weinberg schallte, drehte sich Lou wieder um und sah vor dem Sichtschutz einen Mann im weißen Overall, der Verena zu sich winkte.

»Sorry, Lou, ich muss. Wir sehen uns. Wenn dir noch etwas einfällt, ruf mich an. Die Nummer hast du hoffentlich noch?«

»Ja. Alles klar. Ciao, Veni.«

Verena eilte zu ihrem Kollegen, und gleich darauf bückte sich der Abteilungsinspektor unter dem Absperrband hindurch, um seiner Vorgesetzten hinterherzuhetzen. Lou überlegte, ob sie an Ort und Stelle warten sollte. Denkbar, dass sie in ein paar Minuten mehr erfuhr. In dem Moment entdeckte sie Sigrids Bruder Alfred. Er war Oberbrandmeister bei der Freiwilligen Feuerwehr Marienkirchen und sprach mit einem Streifenpolizisten. Also beschloss Lou, in ihren Laden zu fahren. Sigrid hatte Alfred mit Sicherheit längst angerufen. Und falls sie ihn erreicht und ausgequetscht hatte, kam Lou über sie womöglich schneller an Neuigkeiten. Außerdem musste sie die ihrer Mutter versprochene Marillenmarmelade holen und dann ihren Eltern weiter beim Weinherbst helfen.

# 5

Lou parkte ihren Jeep auf dem Parkplatz außerhalb des Ortes. Um diese Zeit wimmelte es im Zentrum von Touristen und Tagesgästen, da kam sie mit dem Auto nur schwer durch. Außerdem waren es gerade mal fünf Minuten zu Fuß bis zu ihrem Delikatessengeschäft. Vor Franzis Café waren sämtliche Tische besetzt, vermutlich der Marienkirchener Sensation geschuldet, zu der man sich allzu gern Kaffee und Kuchen genehmigte. Die Leute sprachen aufgeregt miteinander, hielten ihre Blicke dabei aber starr Richtung Loibenberg gerichtet, obwohl dieser vom Café aus gar nicht zu sehen war. In absehbarer Zeit würden sich Journalisten von Fernseh- und Radiostationen und Printmedien zu ihnen gesellen, war Lou sich sicher.

Während Franziska umherwuselte, wippte ihr blonder Pferdeschwanz fröhlich hin und her. Obwohl sie alle Hände voll zu tun hatte, lächelte sie herzlich, als sie Lou vorbeieilen sah. Die erwiderte das Lächeln ebenso liebenswürdig und verschwand dann in ihrem Delikatessenladen.

»So ein Unglück«, begrüßte Sigrid sie völlig aufgelöst.

Lou konnte sich ein wissendes Lächeln nicht verkneifen. Wie vermutet hatte sie schon mit ihrem Bruder telefoniert.

»Aber nur ganz kurz«, bedauerte Sigrid auf Nachfrage. »Er und seine Kollegen stecken noch mitten in der Arbeit. Die Polizei ist zum Haller-Gut gefahren, um Petra und Antonia Bescheid zu geben.« Sie schüttelte traurig den Kopf.

»Ja, eine furchtbare Tragödie.« Lou schloss kurz die Augen und massierte sich die Stirn. Obwohl sie Markus Haller nur oberflächlich gekannt hatte, berührte sie sein Tod. Und Petra und ihre Tochter Antonia taten ihr unendlich leid. Für die beiden Frauen würde es nicht leicht werden, den großen Betrieb ohne Markus zu führen. Er war das Aushängeschild, die Marke der Haller-Weine, die treibende Kraft gewesen.

»Vermutlich tut es Petra und Antonia jetzt leid, dass sie sich gestern Abend so heftig mit ihm gestritten haben«, riss Sigrid Lou aus den Gedanken.

Lou sah sie neugierig an. »Die drei hatten Streit? Warum?«

»Weiß ich nicht«, räumte Sigrid ein. »Ich hab sie abends nach der Arbeit gesehen, als ich mit dem Rad vorbeikam. Sie standen vor dem Haus. Ich hab angehalten, wollte ein bisschen mit ihnen tratschen. Kennst mich doch.« Sigrid lächelte kurz. »Aber dann hab ich realisiert, dass sie sich streiten. Markus stand mit dem Rücken zu mir, hat wild gestikuliert. Antonia stand ihm gegenüber, ihr Gesicht war rot vor Zorn. Petra und Markus haben sich angeschrien. Ich konnte aber nur Satzfetzen verstehen. Petra brüllte irgendwas von ›hirnverbrannter Sturschädel‹, und er gab zurück, dass das sein Weingut sei. So etwas in der Art.«

»Und dann?«, hakte Lou nach.

»Ist Markus an den beiden vorbei und im Haus verschwunden. Petra und Antonia sind noch einen kurzen Moment stehen geblieben und haben ihm nachgesehen. Dann sind sie in Petras Auto gestiegen, das in der Einfahrt stand, und weggefahren. Sie haben mich nicht bemerkt.«

»Das muss jetzt nichts bedeuten. Ein Streit kommt in den besten Familien vor«, sagte Lou und wechselte das Thema, indem sie Sigrid von der Begegnung mit ihrer ehemaligen Ausbilderin und Vorgesetzten erzählte.

»Mord?«, schlussfolgerte Sigrid erschrocken.

»Nicht unbedingt. Es ist durchaus üblich, bei so einem Vorfall die Ermittler von Leib und Leben zu informieren«, versuchte Lou ihre Mitarbeiterin und Freundin zu beruhigen. »Und mal ehrlich: Der Haller hat viele Neider gehabt, und einige hätten es bestimmt gern gesehen, dass er vom hohen Ross fällt. Dennoch traue ich niemandem zu, ihn umgebracht zu haben.«

Sigrid nickte unsicher.

»Die Untersuchungen werden sicher bald ergeben, was genau passiert ist«, flüsterte Lou, als eine Kundin das Geschäft betrat, und fischte dann zwei Gläser Marillenmarmelade aus dem Regal. »Buch die bitte aus dem System aus. Sind für meine Mutter.«

Da es von offizieller Seite kein Aus für den Wachauer Weinherbst gab, wurde weitergemacht wie geplant. Schließlich war nur von einem Brand mit Todesfolge die Rede. Doch das Unglück dämpfte die allgemeine Laune, denn jeder Gast, der in Folge auf dem Weingut Conrad auftauchte, hatte nur ein Gesprächsthema.

Mittags machte Erika gebackene Schinkenfleckerl für die Familie, zu der auch Lous Joschi-Onkel gehörte. Das Nudelgericht war rasch zubereitet und schmeckte jedem. Dazu gab es frischen Salat aus dem Garten.

Um sechs Uhr am späten Nachmittag war der Spuk fürs Erste vorbei, und die Weingüter schlossen bis zum nächsten Morgen ihre Pforten. Lou hatte sich in ihrem alten Kinderzimmer schon wieder umgezogen, als ihre Mutter anbot, für alle ein Abendessen zu richten. Joschi nahm dankend an.

»Das ist lieb, aber ich hab keinen Hunger«, lehnte Lou ab.

»Außerdem will ich mit Michelin noch eine große Runde drehen. Er hat sich heute kaum bewegt.«

Sie plante, hinterher am Gartentisch vorm Haus zu Abend zu essen. Käse mit Weingelee, Honignüsse und selbst gebackenes Brot. Und dazu würde sie ein Glas Grünen Veltliner Smaragd trinken und mit Blick auf die Donau in Ruhe über den Unglücksfall nachdenken. Bislang hatten sie noch keine weiteren Neuigkeiten erreicht.

Zwanzig Minuten nach dem Ende des ersten Weinherbsttages ruckelte Lou in ihrem Jeep im Schritttempo über das Kopfsteinpflaster von Marienkirchens mittelalterlichem Ortszentrum. Sigrid schloss soeben Lous köstliche Welt ab, als die Namensgeberin daran vorbeifuhr. Sie stoppte und ließ das Fenster auf ihrer Seite nach unten gleiten.

»War alles okay?«

»Natürlich, was denkst du denn? War viel los. Die letzte Kundin ist erst vor fünf Minuten raus. Wenn's morgen auch so zugeht, musst am Montag einiges nachbestellen.«

Lou grinste. »Eine meiner Lieblingsbeschäftigungen.«

Wegen des Weinherbstes würden sie ausnahmsweise am morgigen Sonntag öffnen. Als Ausgleich hatte Lou Sigrid Anfang der Woche freigegeben.

»Hast noch was vom Brand gehört?« Lou war sich sicher, dass die Freundin ihren Bruder im Halbstundentakt mit ihren Anrufen terrorisierte.

Sigrid schüttelte den Kopf. »Alfred hat sich nicht mehr gemeldet, und ich hab ihn nicht erreicht. Ich versuch es später noch mal bei ihm. Am späten Nachmittag hat die Franzi mal reingeschaut, wusste aber auch nichts Neues.« Sie hielt kurz inne, schien nachzudenken. »Ach ja, und der Fabio war vor einer halben Stunde noch schnell da. Hat den ganzen Wachauer Safran gekauft, den wir noch hatten. Den musst also auf jeden Fall nachordern.«

»Das freut mich wirklich, dass er den bei uns kauft.« Lou lächelte stolz, weil auch andere Geschäfte in Marienkirchen das edle Gewürz anboten. Außerdem hätte er sich den Safran direkt vom Produzenten liefern lassen können. Dass er trotz allem bei ihr eingekauft hatte, lag vermutlich daran, dass Lou eine Jugendfreundin seiner Frau war. »Vielleicht können wir das Restaurant zukünftig generell zu Sonderkonditionen mit Delikatessen beliefern«, sprach Lou die Idee aus, die ihr soeben gekommen war. »Oder einige unserer Produkte in einer Vitrine im Restaurant ausstellen. Das würde mit Sicherheit neue Kunden anlocken. Eine weitere Möglichkeit wäre, dass Mona und Fabio die Delikatessen direkt verkaufen.« Lou war Feuer und Flamme. In Gedanken rechnete sie bereits aus, wie viel Gewinn ihr bei einer Provision bleiben würde.

»Hört sich super an. Bei Gelegenheit solltest du das mit den beiden besprechen.« Sigrid schob ihr Citybike rückwärts aus dem Fahrradständer. »Mona ist übrigens noch immer in Meran. Dabei sollte sie schon seit drei Tagen hier sein, hat Fabio erzählt.«

»Vielleicht hat sie da noch was zu tun.«

Sigrid machte ein skeptisches Gesicht. »Fabio hat auch so was angedeutet. Hat von dringenden Arbeiten gefaselt, die sie noch erledigen müsste. Aber was sollt das denn sein?«

»Sie muss ihre Nachfolge regeln, den Neuen oder die Neue einarbeiten. Wahrscheinlich dauert das länger als gedacht«, mutmaßte Lou.

»Geh! Das glaub ich nicht.«

»Na ja, sie wird schon pünktlich zur Restauranteröffnung erscheinen. Und bis dahin ist ja noch ein bisschen Zeit«, beendete Lou die Diskussion.

»Das hoffe ich für den armen Fabio«, grummelte Sigrid skeptisch und stieg aufs Fahrrad. »Wenn ich etwas von Alfred erfahre, ruf ich dich an.«

»Mach das. Schönen Abend, Sigi.«

»Dir auch.« Sigrid winkte noch einmal und radelte dann davon.

Lou drehte den Zündschlüssel und fuhr langsam an, als sie Fabio aus dem Restaurant kommen sah. Der achtunddreißigjährige Koch war groß gewachsen, hatte dunkelblonde verwuschelte Haare und einen Dreitagebart. Er trug Jeans und ein weißes Hemd, das lässig über der Hose hing. An seiner Seite war eine Mittdreißigerin mit kurzen roten Haaren, von der er sich händeschüttelnd verabschiedete. Da Lou die Frau nicht kannte, konnte sie nicht aus Marienkirchen stammen. Sie stoppte erneut, ließ jetzt auch das Beifahrerfenster hinunterfahren und beugte sich hinüber. »Hi, Fabio.«

Er kam auf sie zu und stützte sich mit den Händen am Autodach ab. »*Salut*, Lou.«

Sein Blick hielt sie für einen Moment gefangen. Das eindrucksvolle Tiefblau seiner Augen erinnerte sie an den Ozean. Lou riss sich zusammen und deutete auf das ehemalige Landschlösschen hinter ihm. »Wie geht's? Seid ihr im Zeitplan?«

»Unsere Wohnung im Obergeschoss ist komplett eingerichtet, und in der Küche des Restaurants fehlen nur mehr ein paar Kleinigkeiten. Wir sind fast startklar. Das gerade war eine Kellnerin, die sich auf unsere Anzeige hin beworben hat.« Er nickte in die Richtung, in die die Rothaarige verschwunden war. »Sie hat die letzten Jahre in einem Toprestaurant in Wien gearbeitet.« Fabio sprach Deutsch mit einem leichten französischen Akzent, was Lou äußerst charmant fand.

»Und?«

»Sie scheint sehr sympathisch und kompetent zu sein. Ich muss noch mit Mona reden, aber ich denke, wir werden sie einstellen. Mit ihr wäre das Team komplett.« Er atmete durch. »Allerdings müsste dafür auch noch meine liebe Frau auftauchen.«

»Hab schon gehört, dass sie ihren Umzug verschoben hat. Was hat sie denn in Südtirol noch zu tun?«

Zu Lous Verwunderung zuckte Fabio ahnungslos mit den Schultern. Hatte er gegenüber Sigrid nicht behauptet, sie habe dort noch etwas Dringendes zu erledigen?

»Willst du nicht reinkommen und dir das Restaurant ansehen?«, fragte er, statt ihre Frage zu beantworten. »Ich wollte mir gerade eine Kleinigkeit kochen. Wäre schön, wieder mal in Gesellschaft zu essen. Mona war zuletzt vor vier Wochen hier.«

»So lange ist das schon her«, sagte Lou erstaunt und zögerte dann, was die Einladung anging. »Eigentlich muss ich noch mit Michelin spazieren gehen. Er hat heute nur faul herumgelegen.«

»Vorschlag«, sagte Fabio, »du drehst eine Runde mit ihm, und ich koche uns inzwischen etwas Feines. Die Küche des Restaurants ist schon voll funktionstüchtig. Was hältst du von Saiblingsfilet mit Safranrisotto? Wohlgemerkt, mit Wachauer Safran aus deinem Laden.« Sein Blick glitt kurz zur Rückbank. »Und für Michelin finden wir sicher auch noch etwas in der Speisekammer.« Er sah Lou bittend an.

Sie gab sich einen Ruck. »Überredet«, sagte sie und entschuldigte sich in Gedanken bei ihrer Mutter dafür, deren Einladung abgelehnt zu haben.

»Gut, dann seid in etwa vierzig Minuten zurück.« Fabio nahm die Hände vom Autodach, drehte sich um und verschwand im Landschlösschen.

Lou fuhr an den Straßenrand, parkte und stieg mit Michelin aus. Dann schlenderte sie zu dem Spazier- und Radweg neben der Donau, der Teil des Donauradwegs war, auf dem man von Passau bis nach Wien fahren konnte. Er führte quer durch die gesamte Wachau, an Wiesen, steinigen Ufern und stellenweise sogar an kleinen Sandstränden vorbei.

Michelin war kein Hund, der sich begeistert in die Fluten stürzte. Er traute dem Wasser nicht, blieb lieber im Trockenen und trottete über die Wiesen. Auch den Radweg mied er instinktiv. Was Lou begrüßte, denn an diesem Abend waren wahre Radfahrerhorden unterwegs.

Eine Dreiviertelstunde später standen sie wieder vor dem Restaurant. Die Tür war versperrt. Fabio tauchte erst auf Lous Klopfen hin auf, öffnete und schloss hinter ihnen wieder ab.

»Lass uns draußen essen, der laue Spätsommerabend ist dafür wie gemacht«, meinte er und führte sie durch das grunderneuerte Restaurant. Lou nahm alles in sich auf. Die nussbraunen Tische und eleganten braungoldenen Polsterstühle auf den antik getrommelten Travertinbodenfliesen passten perfekt zu den Messinglampen an der Decke und den Wänden. Meterhohe Stockpalmen und herzblättrige Philodendren in Übertöpfen aus Messing fungierten als grüner Blickfang.

Fabio wischte durch die Luft, als wollte er einen Zaubertrick präsentieren. »Jetzt stell dir das mit weißen Tischtüchern, edlem Geschirr und saisonaler Dekoration vor.«

»Es ist wunderschön und sehr elegant. Ihr habt ein Juwel aus dem alten Kasten gemacht.« Lou erinnerte sich, wie das Lokal davor ausgesehen hatte. Es war dunkel eingerichtet, altmodisch gewesen. Als sie durch die offen stehenden Flügel der Terrassentür ins Freie trat, sah sie, dass Fabio einen Tisch an der Balustrade eingedeckt hatte. Im Weinkühler steckte eine Flasche Chardonnay Mautern Smaragd DAC vom Weingut Fink, am Boden stand für Michelin ein gefüllter Wassernapf bereit.

Da ist jemand aber wirklich einsam, dachte Lou, da Fabio sich so offensichtlich ins Zeug gelegt hatte.

»Setz dich doch«, forderte er sie auf, und Lou nahm Platz. »In unserem Weinkeller werden natürlich auch bald Conrad-Weine liegen. Sobald Mona endlich mal Zeit findet, deine Eltern anzurufen und die Flaschen zu ordern.« In seiner Stimme schwang ein Hauch von Ungeduld mit. Er schenkte ihnen ein und stieß mit ihr an. »Auf einen gemütlichen Abend.«

»Auf einen gemütlichen Abend«, wiederholte Lou.

Fabio zeigte auf Michelin. »Bekommt er vor oder nach uns was zu essen?«

»Immer vorher. Andernfalls schaut er uns wie ein ausgehungerter Grizzly beim Essen zu.«

»Dann hol ich mal, was ich für ihn vorbereitet habe«, sagte Fabio und machte wieder kehrt.

»Aber bitte nicht zu viel, meine Mutter hat ihn heute schon gemästet!«, rief sie ihm hinterher. Als sie Michelin ansah, blickte der sie treuherzig aus seinen großen dunklen Augen an, während sein buschiger Schwanz vorfreudig auf den Boden klopfte. »Und du, schau mich bloß nicht so unschuldig an. Ich weiß genau, was zwischen dir und meiner Mutter in der Küche abgelaufen ist.« Lou strich ihm sanft über den Kopf und widmete sich dann dem Panorama. Von der großen Terrasse aus hatte man einen betörenden Blick auf die Donau, die sich gemächlich durchs Tal schlängelte, und auf die Weinhänge am gegenüberliegenden Ufer.

Fabio kam zurück, in der Hand einen Napf mit Reis und rohen Fleischstücken. »Verrätst du mir, warum du ihn ausgerechnet Michelin genannt hast?« Er stellte die Schüssel zwei Schritte entfernt von ihrem Tisch auf den Boden, setzte sich und betrachtete Lou aufmerksam. »Das hat doch sicher nichts mit dem Restaurantführer zu tun, oder?«

Auch der Rüde fixierte Lou. Er wartete, dass sie sein Fressen freigab. Da Hunde von Natur aus alles verschlangen, was sie fanden, hatte sie mit ihm ein Giftködertraining absolviert. Michelin sollte nicht alles, was ihm vor die Schnauze kam, augenblicklich fressen. Ihm beizubringen, kein Futter von fremden Personen anzunehmen, hatte zum Lehrplan gehört.

Sie lächelte Fabio an. »Du musst wissen, dass Berner im Normalfall keine Gourmets sind, sondern kulinarische Staubsauger. Nichts Fressbares ist vor ihnen sicher. Aber mein Großer ist in so mancher Hinsicht eine Ausnahme.« Lou wandte sich ihrem Hund zu. »Nimm.«

Auf ihren Befehl hin verschwand Michelins Schnauze in der Schüssel. Doch anstatt deren Inhalt gierig hinunterzuwürgen, beschnupperte er ihn und setzte sich wieder, ohne etwas angerührt zu haben.

»Zum Beispiel frisst er kein rohes Fleisch.«

Fabio sah den Berner Sennenhund verwundert an. »Und nun?«

»Musst du es leicht anbraten oder blanchieren, natürlich ohne Gewürze.«

Fabio lachte schallend auf. »Soll ich ihm vielleicht noch Petersilienkartoffeln als Beilage servieren?«

»Wenn du willst. Das würde er mit Sicherheit goutieren.«

»Und als Dessert?«, witzelte Fabio.

»Empfehle ich Ziegenkäse mit Weingelee Muskat Ottonel. Das schlingt er ausnahmsweise nicht runter, sondern schleckt zuerst daran und nimmt einen kleinen Happen. Aber dann ist es mit seiner Zurückhaltung vorbei, und auf einen Schlag ist alles weg.«

Fabio runzelte grüblerisch die Stirn. »Deshalb also Michelin und deshalb auch das Halsband mit den drei Sternen.«

Lou nickte. »Genau deshalb.«

»Also ist der Restaurantführer doch sein Namensgeber«, stellte Fabio fest, stand auf und griff nach der Futterschüssel. »Dann werd ich das Fleisch für den feinen Herrn mal anbraten.«

# 6

»Es schmeckt himmlisch«, schwärmte Lou mit geschlossenen Augen, nachdem sie sich die erste Gabel mit Fisch und Risotto auf der Zunge hatte zergehen lassen.

»Du bist eine wahre Genießerin«, stellte Fabio anerkennend fest.

Lou öffnete die Augen wieder. »Es gleicht einem Sakrileg, gutes Essen nicht zu genießen«, setzte sie zu einem Vortrag an. »Zwischen Tür und Angel ungesundes Zeug hinunterzuschlingen fand ich schon immer unmöglich. Obwohl ich das als Polizistin leider viel zu oft selbst getan habe.«

»Manchmal lässt einem das Leben einfach keine Zeit, das Essen zu würdigen«, erwiderte Fabio versöhnlich.

»Trotzdem sollten wir unsere Nahrung nicht in einem Tempo verschlingen, als gäbe es dafür etwas zu gewinnen. Kennst du diese absurden Wettessen in Amerika? So was ist doch krank.« Bei dem Gedanken schüttelte es Lou buchstäblich. »Lebensmittel muss man wertschätzen. Genuss ist etwas Positives. Außerdem sollten wir es uns gut überlegen, welche Nahrungsmittel wir unserem Körper zuführen.«

»Deine Worte sind Musik in meinen Ohren.« Fabio lächelte.

»Woher kommt zum Beispiel das Stück Fisch oder das Gemüse auf unserem Teller?«, fuhr Lou mit ihrem Vortrag fort.

»Du solltest einen Ratgeber schreiben.«

»Vielleicht mach ich das sogar irgendwann mal. Aber vorerst bin ich noch gut mit meinem Delikatessenladen beschäftigt ...«

»Und führst schon mal deine Kunden auf den rechten Pfad des Genusses«, witzelte Fabio.

»Zumindest versuche ich es. Und wenn wir schon dabei sind: Hätte ich etwas zu sagen, würde ich Massentierhaltung ebenso verbieten wie Tiertransporte«, fügte Lou kämpferisch hinzu.

»Da bin ich jetzt aber erleichtert, dir berichten zu können, dass der Saibling von einem Fischzüchter aus Traismauer stammt und damit nur knapp zwanzig Kilometer in mein Restaurant reisen musste. Apropos Regionalität: Ich plane, ab und zu auch Spezialitäten aus meiner Schweizer Heimat auf die Speisekarte zu setzen, etwa eine Cuchaule.«

»Cuchaule?«, wiederholte Lou fragend. »Nie gehört.«

»Du kennst die Brioche mit Safran aus Fribourg nicht?«

Lou schüttelte den Kopf.

»Ich werde sie morgen oder übermorgen backen, dann lass ich dich probieren. Hast du Lust? Sie schmeckt fantastisch.« Fabio formte mit Daumen und Zeigefinger einen Kreis und küsste die beiden Fingerspitzen.

»Sehr gerne.« Lou überlegte kurz, ihre Idee mit der Vitrine anzusprechen, entschied aber, dass dies nicht der passende Zeitpunkt dafür war. Stattdessen schob sie noch etwas Risotto auf ihre Gabel. »Es ist genau auf den Punkt gekocht und wunderbar sämig. So wie man es sich wünscht.«

»Das macht die Hingabe bei der Zubereitung«, sagte Fabio lächelnd. »Und natürlich ein guter Risottoreis, die richtige Menge heißer Brühe und das häufige Umrühren. Das Risotto hat die perfekte Konsistenz, wenn der Holzlöffel darin eine Spur hinterlässt, die langsam wieder verschwindet. Die Italiener nennen das *all' onda*, die Welle. Ich wäre ein schlechter Koch, bekäme ich das nicht hin.«

»Damit wirst du den ersten Stern fürs Landhaus Gerber erkochen«, erwiderte Lou und glaubte es auch.

»*Mon Dieu!* Das ist eigentlich nicht mein Ziel«, überraschte Fabio sie mit seiner Reaktion. »Das ganze Theater, das so eine Auszeichnung mit sich bringt, habe ich lange genug mitgemacht. In Marienkirchen will ich nur mehr für meine Gäste kochen.«

»Trotzdem«, beharrte Lou. »Immerhin hast du schon mal zwei Michelin-Sterne und drei Hauben im Gault-Millau erkocht, das hat mir Mona verraten. Du bist ein Star in der Kochszene. Die Kritiker werden ins Landhaus Gerber pilgern, ohne dass du etwas dagegen tun kannst, da bin ich mir sicher. Also sei gewappnet und mach der Wachau keine Schande.« Lou grinste herausfordernd.

Anstatt zu antworten, schaute Fabio ihr ein paar Sekunden in die Augen und schob sich dann ohne einen weiteren Kommentar eine Gabel Risotto in den Mund.

»Das war eine Aufregung heute, was?«, wechselte er das Thema, nachdem sie beide eine Weile schweigend gegessen hatten.

»Du meinst den Brand und den Tod von Markus Haller«, stellte Lou fest und nippte am Wein. Sie nahm sich vor, maximal zwei Gläser zu trinken und mit reichlich Wasser nachzuspülen, denn normalerweise blieb sie nüchtern, wenn sie mit dem Auto unterwegs war. »Kanntest du ihn?«

Fabio schüttelte den Kopf. »Nicht persönlich. Mona und ich dachten natürlich daran, auch seine Weine auf unsere Karte zu setzen, aber zu konkreten Gesprächen ist es noch nicht gekommen. Dafür hätte Mona hier sein müssen, denn sie ist fürs Weinsortiment zuständig.« Sein Tonfall verriet jetzt eine Mischung aus Enttäuschung und Ärger.

»Sie wird sicher in den nächsten Tagen kommen«, sagte Lou zuversichtlich. »Ihr eröffnet doch erst in drei Wochen.«

Er lachte freudlos auf. »Wir haben heute Morgen telefoniert. Da meinte sie, dass sie es nicht vor Freitag oder Samstag kommender Woche schafft, weil sie Philip und Belinda mit der vielen Arbeit nicht alleinlassen will.«

»Ist ihre Nachfolge denn noch immer nicht geregelt?«

Fabio hob unwissend die Schultern und ließ sie wieder fallen. »Das hat Mona nicht erwähnt, und ich habe sie nicht gezielt danach gefragt, weil ich davon ausgegangen bin, dass alles längst geregelt ist. Ich weiß es also nicht. Aber wenn sie so weitermacht, stehen wir am Eröffnungsabend mit einem leeren Weinkeller da.«

»So oder so sind es doch nur noch ein paar Tage, bis sie endlich da ist«, versuchte Lou die Situation zu relativieren. »Wie habt ihr euch eigentlich kennengelernt?«

Fabio schmunzelte. »Das war in München vor neun Jahren. Ich hatte gerade meinen ersten Michelin-Stern erkocht und hab das mit zwei Freunden in einer Bar gefeiert. Mona war auch dort, mit Geschäftspartnern. Einer davon war Jean Leporte.«

Lou runzelte die Stirn. Der Name sagte ihr nichts. »Wer ist das?«

»Ein schwerreicher Franzose und internationaler Weinsammler.« Fabio wiegte den Kopf. »Niemand weiß genau, woher seine Millionen stammen, aber sein Lebensmotto lautet: *donnant-donnant*. Wie heißt das auf Deutsch?«

»Wie du mir, so ich dir. Oder: Eine Hand wäscht die andere«, übersetzte Lou.

»Na ja, zu später Stunde haben wir dann die ersten Worte gewechselt … und der Rest ist Geschichte.« Er lächelte bei der Erinnerung.

»Klingt ziemlich romantisch.«

»Ja, es war fast wie im Film«, sagte Fabio, aber sein Gesichtsausdruck war wieder betrübt. Er legte das Besteck ab. »Weißt du, was ich denke?«

»Nein.« Lou legte die Gabel ebenfalls auf ihren leer gegessenen Teller.

»Sie will das alles hier nicht wirklich.«

Lou blinzelte irritiert. »Aber das kann ich mir nicht vorstellen«, protestierte sie, überlegte aber zugleich, ob Fabio recht haben könnte. Sie kannte Mona nur aus früheren Tagen, konnte sich aber noch bestens an ihre Sprunghaftigkeit erinnern. Was interessiert mich meine Meinung von gestern, war eine Zeit lang ihr Leitspruch gewesen. Was Mona an dem einen Tag gefiel, langweilte sie am nächsten. Doch jetzt waren sie beide erwachsen, hatten sich weiterentwickelt. Andererseits: Was wusste sie schon über die Entwicklung ihrer alten Jugendfreundin? Denkbar, dass Mona dieser Wesenszug erhalten geblieben war. »Entspann dich einfach. Bis zur Eröffnung ist doch wirklich noch ein bisserl Zeit«, versuchte sie wieder, Fabio zu beruhigen.

»Sie liebt ihren Job in Bozen. Sie liebt das Team.« Er zog sein Handy aus der Hosentasche und begann, Lou Fotos zu zeigen. Zuerst von einem repräsentativen zweigeschossigen Haus mit blauer Fassade, weißen Erkern und Fenstern. Das Erdgeschoss mit den Panoramafenstern und der Rundbogentür war erkennbar modernisiert worden. »Das ist die Vinothek Berkon«, erklärte er und wischte weiter.

Auf dem nächsten Bild sah Lou eine bis über beide Ohren strahlende Mona hinter einem modernen Tresen. Davor ein Mann mit dunklen Haaren, aber leicht ergrauten Schläfen, der Lou an den französischen Schauspieler Anthony Delon erinnerte. Sie schätzte ihn auf Anfang fünfzig.

»Das ist Jean Leporte«, erklärte Fabio. »Mona hatte ihn und

zig andere Weinsammler zur Eröffnung des neuen Verkaufsraums eingeladen. Du musst wissen, im Laufe der Jahre hat sie sich ein beeindruckendes Netzwerk an potenziellen Kunden aufgebaut, die sie regelmäßig bei Laune halten muss.« Er wischte zum nächsten Bild. »Der Degustationsraum besteht zur Gänze aus edelstem Lärchenholz. Die Atmosphäre ist einzigartig.« Fabio klang begeistert. »Die Weinhandlung liegt im Stadtteil Gries in Bozen.« Auf dem darauffolgenden Foto vergrößerte er einen Ausschnitt, der Mona mit einem Mann und einer Frau zeigte. Die drei lachten vergnügt in die Kamera.

Lou musterte ihre Jugendfreundin, die auf dem Foto ehrlich glücklich wirkte. Ihre Haut war leicht gebräunt und makellos. Mona war schlank und sah dennoch weiblich aus. Dazu ihre grünen Augen und die schwarzen langen Haare, die schon in frühen Jahren die Burschen um den Verstand gebracht hatten. Vermutlich war das heute nicht anders. Lou hatte sich neben ihr oft wie das berühmte hässliche Entlein gefühlt, obwohl sie fast genauso viele Verehrer gehabt hatte. Dennoch hatte Mona etwas an sich, mit dem sie alle anderen weiblichen Wesen in den Schatten stellte.

»Die beiden neben Mona sind Belinda und Philip Berkon«, lenkte Fabio Lous Aufmerksamkeit auf Monas Chefs.

Lou schätzte die Weinhändler auf Mitte vierzig. Belinda Berkon hatte eine blonde Mähne, ein ebenmäßiges Gesicht und graue Mandelaugen. Philip Berkon trug eine Designerbrille mit Goldgestell und hatte dichtes dunkles Haar.

»Die Firma ist ziemlich erfolgreich«, erläuterte Fabio, während er Lou weitere Fotos zeigte. »Sie haben dreieinhalbtausend verschiedene Tropfen im Sortiment, beliefern die ganze Welt mit nationalen und internationalen Weinen.« Bewunderung blitzte in seinen Augen auf. »Weißt du, die beiden sind mehr als nur

Monas Arbeitgeber. Wir vier haben uns im Laufe der Zeit angefreundet.« Er lachte warmherzig. »In den letzten Jahren haben wir beide viel gearbeitet, für andere soziale Kontakte als zu unseren Chefs und Arbeitskollegen blieb keine Zeit.«

Lou ahnte, weshalb er zu dem Schluss gekommen war, dass Mona kalte Füße bekommen hatte. Ihren aufregenden und abwechslungsreichen Job hinzuschmeißen und zukünftig in der beschaulichen Wachau zu leben musste ein großer Schritt für sie sein. Womöglich glaubte Mona außerdem, damit ihre Freunde zu enttäuschen und sie durch den Umzug für immer zu verlieren. Die treue Seele Sigrid würde mit Sicherheit so empfinden, so sie jemals kündigen würde. Lou hoffte, dass das nie geschehen würde. »Wo hast eigentlich du in Südtirol gearbeitet?«, versuchte sie ihn auf andere Gedanken zu bringen.

»Ich war Küchenchef in einem Fünf-Sterne-Wellnesshotel in Meran. War ziemlich stressig, aber auch schön.«

»Weißt du, was ich mich schon öfter gefragt habe? Besucht man als Sternekoch eigentlich noch andere Lokale?«, fragte Lou interessiert.

»Ich kann nur für mich sprechen, aber ja, ich gehe gerne essen. Auch weil ich neugierig bin, was meine Kolleginnen und Kollegen auftischen und wie sie arbeiten. In Meran waren Mona und ich oft im Restaurant Sissi, dem Gourmettempel des Sternekochs Andrea Fenoglio. Sein Essen ist eine kulinarische Offenbarung.«

»So wie du das sagst, würde ich am liebsten direkt hinfahren.« Sie lächelte bei der Vorstellung.

»Das solltest du wirklich tun. Fenoglios Philosophie ist übrigens das Vorbild für das Landhaus Gerber.«

Lou lag die Frage auf der Zunge, weshalb er und Mona überhaupt beschlossen hatten, Südtirol den Rücken zu kehren, obwohl sie es mit ihren dortigen Jobs doch gut getroffen hatten.

Aber sie hielt sich zurück. Auch für diese Frage war dies nicht der richtige Moment.

»Fahr du doch nach Meran und frag Mona von Angesicht zu Angesicht, was sie davon abhält, endlich herzukommen«, schlug sie stattdessen vor, was ihr als Nächstes in den Sinn gekommen war.

»Das geht nicht. Ich wollte doch die Safranbrioche für dich backen.« Es gelang Fabio, sie charmant anzulächeln.

»Das kannst du auch noch, wenn du wieder zurück bist«, entgegnete Lou.

Er sah sie eine Weile nachdenklich an. »Vielleicht sollte ich wirklich fahren.« Sein Blick schweifte zu Michelin, der auf dem Steinboden lag und laut schnarchte.

»Wenn er so entspannt schläft, fühlt er sich rundum wohl«, sagte Lou.

Fabio hob sein Glas. »Dann kümmere ich mich mal um den Nachtisch.« Er trank einen winzigen Schluck, stand auf und nahm die benutzten Teller. Noch bevor Lou ihm ihre Hilfe anbieten konnte, war er verschwunden. Sie blieb sitzen und gab sich erneut dem Anblick der Landschaft hin, über die sich langsam nächtliche Dunkelheit legte.

Kurz darauf kam Fabio mit zwei Süßweingläsern zurück. »Der Riesling Ried Achleiten Auslese vom Weingut Prager aus Weißenkirchen passt gut zu unserem Dessert«, meinte er und stellte den Weinkühler mit der angebrochenen Flasche Chardonnay auf den Nebentisch.

»Hat der nicht im letzten Falstaff fünf Sterne bekommen?«, fragte Lou.

Fabio nickte.

»So viel dazu, dass dich Sterne nicht mehr interessieren.«

Er grinste verschmitzt. »Damit meinte ich, dass ich persönlich keine brauche. Aber wenn ein Wein damit ausgezeichnet wird, soll es mir recht sein. Trotzdem wählen wir die Weine auf unserer Karte nicht nach diesem Kriterium aus.«

Als Nachtisch kredenzte er eine mit Weintrauben garnierte kalte Weincreme. »Echte Wachauer Trauben«, sagte er, als ihm etwas einzufallen schien. »Apropos Wachauer Original. Ich habe heute per Zufall den Honig-Lorenz getroffen und gefragt, ob er uns seinen Honig liefern kann.«

»Wann war das?«

»Heute Morgen, kurz nach sieben. Ich hab lautes Knattern gehört und bin auf die Straße gelaufen, um ihn abzufangen.«

Lou grinste breit. »Ja, der Honig-Lorenz ist unüberhörbar.« Der Imker fuhr einen schmalen Dreiradlieferwagen, den er an Markttagen mit wenigen Handgriffen zum Verkaufsstand umfunktionierte.

»Er wollte eine Kiste voll Honiggläser vor deinem Laden abstellen. Lange hab ich nicht mit ihm geredet, denn er hatte es eilig. Meinte, er müsse noch die Bienenstöcke vom Loibenberg holen. Ab elf Uhr verlassen die fliegenden Bienen den Stock, hat er mir erklärt. Spätestens bis dahin wollte er die Stöcke umgestellt haben.«

Lou sah Fabio erstaunt an. »Wieso wollte er die Bienen denn umsiedeln?«

»Der Haller wollte sie nicht auf seiner Riede, hat der Honig-Lorenz behauptet.« Fabio nahm einen Löffel Weincreme und steckte ihn sich in den Mund.

Lou folgte seinem Beispiel. »Schmeckt großartig. Drei Sterne«, scherzte sie.

»Die nehme ich aber nur an, wenn ich auch so ein tolles Halsband wie Michelin bekomme«, spielte Fabio mit.

Während sie die Weincreme aus den Dessertgläsern löffelten,

schweiften Lous Gedanken wieder zu Markus Haller. Sie wusste, dass er und Petra die Nutzfläche am Loibenberg erst seit diesem Sommer besaßen. Die Tochter des verstorbenen Vorbesitzers hatte sie in Bausch und Bogen an das Ehepaar verkauft. Sie lebte in München und hatte mit Weinbau nichts am Hut. Ihr Vater hatte Lou damals damit in den Ohren gelegen, dass dies wohl auch das traurige Los ihres Weingutes sein würde, sollte sich Lou nicht doch dazu entschließen, es zu übernehmen.

»Hat er dir erzählt, warum der Haller die Bienen nicht wollte?«, fragte Lou. »In einem Weingarten sind sie doch nur von Vorteil.«

Fabio schüttelte den Kopf. »Wie gesagt, der Honig-Lorenz hatte es ziemlich eilig.«

Lou überlegte, ob sie dem Einzelgänger zutraute, Hallers Weinberg abzufackeln. Wie bestellt läutete ihr Handy. Es war Sigrid. Lou hob ab.

»Ich hab gerade mit Alfred telefoniert«, begann ihre Freundin ohne Begrüßung. »Stell dir vor, die Polizei meint, dass der Haller nicht im Feuer umgekommen ist, sondern erschossen wurde.«

# 7

Am nächsten Morgen öffnete Lou die Augen, als die Kirchturmuhr sieben schlug. Zeitgleich ertönte aus ihrem Wecker Klaviermusik, die kontinuierlich lauter wurde. Sie hatte sich vorgenommen, früh aufzustehen und beim Honig-Lorenz vorbeizufahren, bevor sie bei ihren Eltern wieder die Schankhilfe spielen musste. Trotz Markus Hallers Tod würde der zweite Tag des Weinherbstes wie geplant stattfinden. Dass seit dem vergangenen frühen Abend Polizisten durch den Ort streiften und Touristen und Einheimische befragten, hatte die fröhliche Atmosphäre in Marienkirchen allerdings beträchtlich gedämpft. Noch gestern hatten sämtliche überregionalen Medien von dem Unglück berichtet, was, so fürchtete Lou, zusätzlich Sensationslustige in die Gegend locken würde.

Sie streckte sich schlaftrunken. Nach Sigrids Anruf hatten Fabio und sie noch eine Weile gemeinsam spekuliert, was genau sich auf dem Weinberg abgespielt haben könnte, und waren natürlich zu keinem eindeutigen Ergebnis gekommen. Am Ende hatten sie zwei Espressi getrunken, Lou hatte sich verabschiedet und war mit Michelin nach Hause gefahren. Sie hatte lange wach gelegen und sich immer wieder ermahnt, dass sie das, was auf Hallers Riede passiert war, im Grunde genommen nichts anging. Vergeblich. Der Ehrgeiz der ehemaligen Ermittlerin hatte sie gepackt. Außerdem hatte Sigrid noch etwas erwähnt, das sie nicht vergessen konnte. In Hallers Kopf war ein Einschussloch entdeckt worden, woraufhin die Staatsanwaltschaft die Obduktion angeordnet hatte. Wo genau am Kopf sich das Loch befand, hatte ihre Freundin ihr leider nicht sagen können.

Michelin tauchte im Schlafzimmer auf und schob freudig seinen riesigen Schädel unter Lous Bettdecke.

»Guten Morgen, mein Großer«, begrüßte Lou ihn, schlug die Decke zurück, nahm seinen Kopf in ihre Hände und drückte ihm einen Kuss auf die Stirn. Dann schälte sie sich aus dem Bett und schlurfte barfuß in den Flur. Sie liebte es, den Holzfußboden unter ihren nackten Füßen zu spüren. Im Wohnzimmer öffnete sie die Terrassentür zum Lüften und genoss einen Moment den Blick auf den nächstgelegenen Weingarten.

In der Küche mit der Kochinsel und der gemütlichen Essecke ließ sie sich einen Cappuccino aus dem Vollautomaten und schaltete das Radio ein. Erwartungsgemäß waren der Brand und der Tote in Marienkirchen in den Morgennachrichten das Thema Nummer eins.

»Hörst du, Michelin?«

Der Rüde spitzte in Erwartung seines Frühstücks die Ohren.

»Noch sprechen sie nicht von einem Mordfall, sondern von einem Unglück«, sagte Lou.

Die Polizei ermittle in alle Richtungen, hieß es weiter, und bitte die Bevölkerung um Mithilfe. Etwaige Augenzeugen sollten sich mit dem Landeskriminalamt St. Pölten oder der nächsten Polizeiinspektion in Verbindung setzen. Der Meldung folgte der Wetterbericht. Sobald sich die aktuellen Nebelfelder verzogen hätten, würde es wieder ein sonniger Spätsommertag werden.

Lou füllte eine Kanne mit Wasser. Mit ihr in der einen und der Kaffeetasse in der anderen Hand zottelte sie wieder über den

Flur, Michelin dicht hinter ihr. Vor der schweren Eichentür stellte sie Kanne und Tasse auf den Boden, drehte den Schlüssel im Schloss herum und drückte die Klinke nach unten. Der Rüde schoss an ihr vorbei ins Freie, sie ließ sich etwas länger Zeit. Vorsichtig platzierte sie die Tasse auf der Fensterbank links von der Haustür, kippte das Wasser in Michelins Trinknapf und ging dann in den Abstellraum, der rechter Hand hinter dem Eingang lag und in dem der Sack mit Trockenfutter stand. Sie füllte den Messbecher, der darin lag, schüttete dann aber ein paar Gramm wieder zurück, weil ihre Mutter Michelin auch heute mit unzähligen Leckerlis verwöhnen würde. Dann trat sie abermals vors Haus und kippte den Inhalt in die Futterschüssel.

»Morgen gibt's wieder Nassfutter mit einem Ei und Leinöl«, versprach sie Michelin, der bereits mit großem Appetit fraß. Kurz sah sie ihm zu, dann nahm sie ihre Tasse von der Fensterbank, nippte daran und lehnte sich gegen den Türrahmen. Nebelschwaden zogen über die Donau. So die Meteorologen recht behielten, würden sie sich bald auflösen. Dennoch waren sie ein untrügliches Zeichen dafür, dass der Herbst allmählich den Sommer ablöste.

Nachdem Lou den letzten Schluck Kaffee getrunken hatte, ging sie wieder ins Haus, schloss die Tür hinter sich und die Terrassentür im Wohnzimmer. Michelin blieb draußen. Sie stellte die Tasse in der Küche ab, lief ins Bad und schlüpfte nach einer schnellen Dusche in Jeans und einen dünnen Pulli. Schließlich entnahm sie dem Safe in ihrem Arbeitszimmer noch Geld. Sie bezahlte den Honig immer bar. Das war Teil der Vereinbarung mit dem Imker. Insofern hatte sie einen guten Grund, bei ihm vorbeizufahren. Aber diesmal plante sie, ihm wie nebenbei ein paar Fragen zu Markus Haller, dem Mord und dem Brand zu stellen.

Da die Zeit drängte, warf Lou sich im Flur schnell die Jeansjacke über, schnappte sich ihre Handtasche, nahm den Hausschlüssel aus der Keramikschüssel und trat nach draußen. Sie rief nach Michelin, der unmittelbar auftauchte. Er lief nie weit weg. Er war Lous Beschützer.

Lorenz bewohnte ein zweihundert Jahre altes Häuschen mit gelber Fassade und grünen Fensterläden. Wind und Wetter hatten das Dach mit einer graugrünen Patina überzogen. Das Gebäude war seit Generationen im Besitz seiner Familie. Es lag in einer Nebenstraße Marienkirchens, umgeben von einem naturbelassenen Garten mit einem Schuppen, der als Garage und Lager von Arbeitsgeräten diente.

Lou stellte den Jeep vor der mit wildem Wein bewachsenen Gartenmauer ab, ließ Michelin aus dem Wagen und öffnete das Holzgatter. Die Wiese war mit unzähligen Blumen und Kräutern übersät: mit Weißklee, Kornblumen, wildem Majoran, Thymian, Lavendel, Malven, Glockenblumen, Ringelblumen und vielem mehr. Vom Frühling bis in den späten Herbst hinein blühte hier ein buntes und sich ständig veränderndes Durcheinander, ein Schlaraffenland für Bienen, Hummeln und anderes Getier. Ein schmaler gepflasterter Pfad führte zur Haustür, vor der ein Klappstuhl und ein runder Holztisch standen.

Lou klopfte, weil es keinen Klingelknopf gab. Nichts passierte. Als Michelin ums Hauseck lief, folgte sie ihm. Im hinteren Teil des Gartens, in dem vier Obstbäume standen, entdeckte sie Lorenz. Er war das, was man landläufig einen Naturburschen nannte. Hager, aber trotz seiner vierundsiebzig Jahre muskulös. Versunken betrachtete er die zwei Bienenstöcke unter einem Apfelbaum. Michelin lief freudig auf ihn zu.

Der Imker drehte sich um, als er ihn bemerkte. Seine Haut

war sommers wie winters von den vielen Stunden im Freien wettergegerbt. Früher war er Fremdenführer gewesen, hatte Touristen bei Wanderungen durch die Region die Geschichte der hiesigen Klöster, Schlösser, Ruinen und Weinlesehäuser nahegebracht. Damals war die Imkerei noch ein Hobby gewesen. Erst seitdem er vor sieben Jahren wegen beständiger Knieschmerzen mit den Führungen aufgehört hatte, waren die Bienen zu seinem Lebensmittelpunkt geworden. Lorenz hatte keine Kinder und war nicht verheiratet. Die Wachau hatte er nach eigenen Angaben nie verlassen, ihn reizten weder hohe Berge noch das weite Meer. Er trug immer Arbeitskleidung, war stets mit etwas beschäftigt, und seine inzwischen vollständig ergrauten Haare standen ihm zu jeder Tageszeit zerzaust zu Berge. Jetzt strich er dem Rüden liebevoll übers Fell. »Was führt euch denn so zeitig zu mir?«

»Ich wollt den Honig bezahlen, den du gestern geliefert hast.« Lou hielt das Kuvert in die Höhe.

»Da schau her«, lachte Lorenz verblüfft. »So schnell warst ja noch nie mit dem Bezahlen.«

»Hat gut gepasst, dass ich gleich heut Morgen bei dir vorbeifahr.« Lou deutete auf die Bienenstöcke. »Sind das die vom Loibenberg?«

Der Bienenzüchter nickte. »Die müssen sich jetzt an die neue Umgebung gewöhnen.« Er wandte sich zum Gehen. »Magst einen Kaffee und ein Honigbrot? Ich könnte ein zweites Frühstück vertragen, bin schon seit fünf Uhr auf den Beinen.« Ohne ihre Antwort abzuwarten, bedeutete er ihr, ihm zu folgen. Vor der Haustür zeigte er auf den Klappstuhl und verschwand im Gebäude. Lou setzte sich und legte das Kuvert mit dem Geld auf den Tisch, Michelin trabte schnuppernd über die Wiese und ließ sich plötzlich mittendrin fallen.

Als der Imker zurückkehrte, trug er ein Tablett, darauf zwei Teller mit Honigbroten und Kaffeetassen. Unter seinem Arm klemmte ein weiterer Klappstuhl. Lou sprang auf und nahm ihm das Tablett ab, damit er den zweiten Stuhl aufstellen konnte.

Da Lorenz nicht für Redseligkeit bekannt war, trank Lou erst mal schweigend den Kaffee und aß ihr Honigbrot, ehe sie sich an den tatsächlichen Grund ihres Besuches herantastete. »Ein Glück, dass du die Bienenstöcke rechtzeitig vom Loibenberg geholt hast.«

»Du meinst, weil's gebrannt hat und meine Bienen sonst jetzt genauso tot wären wie der Haller.« Der Imker erhob sich abrupt und trug das Tablett mit den leeren Tellern und Tassen wieder ins Haus. Als er zurückkam, zog er aus einer Tasche seiner Arbeitshose eine Packung Zigaretten und zündete sich eine an.

»Ihr hattet Streit wegen der Bienenstöcke«, knüpfte Lou am vorherigen Gespräch an.

»Das ist kein Geheimnis.«

»Warum wollte er eigentlich, dass du sie abholst?«

Der Imker zog zornig die Augenbrauen zusammen. »Sie stören den Anblick, hat er gesagt.«

»Na geh, so ein Blödsinn. Bienenstöcke sehen doch hübsch aus«, ereiferte sich Lou.

Lorenz zuckte unwillig mit den Achseln. »Jedenfalls hätte ich mit der Umsiedelung lieber bis zum Winter gewartet, weil sie dann nicht mehr ausfliegen.«

»Warum hast die Stöcke denn nicht einfach in den Weingarten daneben gestellt? Der gehört zur Domäne Wachau, die Verantwortlichen hätten sicher nichts dagegen gehabt.«

Lorenz schüttelte missmutig den Kopf. »Die Lage ist zu nah. Die Bienen hätten die Riede nicht als neue Umgebung wahrgenommen. Ergo wären sie zum vorherigen Platz zurückgeflogen, hätten dort keinen Stock gefunden und wären gestorben. Außerdem hätte ich den Haller für fähig g'halten, sie dort zu vernichten.«

»Wirklich? Obwohl sie auf einem anderen Grund gestanden hätten?«, fragte Lou ungläubig.

»Dem Großkotz war alles zuzutrauen«, brummte er. »Außerdem hatte er mir damit sogar schon gedroht.«

»Das klingt, als wäre es bei eurer Auseinandersetzung nicht nur um deine Bienen gegangen. Kann es sein, dass er dich nicht leiden konnte?«

»Und das beruhte auf Gegenseitigkeit«, knurrte Lorenz.

»Warum?«

Erneut zuckte er gleichgültig mit den Achseln. »Dafür gibt's keinen besonderen Grund. Er fand mich wunderlich, und ich hielt ihn für einen Wichtigtuer.«

»Aber er ist … war halt megaerfolgreich«, verbesserte sich Lou.

»Und hat sich aufg'führt wie ein Landesfürst im Mittelalter. Als würd ihm die ganze Gegend gehören.« Lorenz zog an seiner Zigarette und blies Rauchkringel in die Luft. »Sein Vater war ein feiner Kerl, aber der Markus war nur deppert. Ein Aufpudler, wie er im Buche steht, verstehst?«

»Aber …«, setzte Lou erneut an.

Lorenz brachte sie mit einer verächtlichen Geste zum Schweigen. »Der Wappler hat doch den Hals nicht vollkriegen können, hat Weinberg um Weinberg gekauft. Es gibt kaum noch eine Lage in der Umgebung, wo der Haller keine Reben stehen hat.«

»Was kein Verbrechen ist«, hielt Lou dagegen.

»Als wollt er die gesamte Wachau aufkaufen«, ignorierte Lorenz ihren Einwand und schüttelte missbilligend den Kopf. »Der Vollholler ist doch wo ang'rennt.« Er tippte sich an die

Stirn und legte dann seine Hände in den Schoß. »Hab gehört, er ist erschossen worden.«

Lou wunderte sich nicht, dass sich dieses Detail schon herumgesprochen hatte. Sie nickte. »Davor hat ein Mann am Weingut angerufen und behauptet, dass jemand auf der Riede randaliert hätte.«

»Wie ich dort war, war noch alles in Ordnung.« Lorenz' Mimik zeigte keine Verwunderung. Seine Körperhaltung blieb entspannt.

»Keine Verwüstung?«

»Keine«, bestätigte er.

»Wann genau warst denn dort?«

Der Imker nahm einen weiteren tiefen Zug von der Zigarette, blies den Rauch in die Luft. »So um halb acht herum.«

»Hast vielleicht irgendwen gesehen? Jemanden, der sich eigenartig verhalten hat? Eine Person mit Benzinkanister oder Telefon am Ohr?«

Lorenz antwortete nicht sofort, paffte genüsslich weiter. »Da war niemand.«

»Die gesamte Zeit über?«

»Ja.« Er sah sie misstrauisch an. »Sag mal, verhörst du mich grad?«

»Natürlich nicht«, wehrte Lou ab. »Ich bin nur neugierig. Alte Berufskrankheit, weißt schon.« Sie lächelte schief.

Er lehnte sich zurück. »Dann ist's ja gut.«

»Und den Haller hast auch nicht gesehen? Der müsste da so um acht aufgetaucht sein«, konnte Lou nicht widerstehen nachzuhaken.

»Um acht war ich schon wieder weg.« Lorenz drückte die Zigarette aus.

»So schnell?«

»Ich hab doch nur die zwei Bienenstöcke aufladen müssen.«

»Warum warst du dann so früh dort?«, fragte Lou, obwohl sie das schon von Fabio wusste.

»Ich erledige wichtige Arbeit gerne frühmorgens, das weißt du doch. Dann bleibt mir tagsüber mehr Zeit, um in die Landschaft zu schauen. Außerdem wollt ich, dass die Bienen nach dem Transport genug Zeit haben würden, um sich zu beruhigen, bevor sie den Stock verlassen und die neue Umgebung erkunden.« Er verzog das Gesicht wie ein Spitzbub, dem ein Streich eingefallen ist. »Kurz hab ich daran gedacht, ein paar zurückzulassen. Nur damit sie den Haller in seinen fetten Arsch stechen.« Lorenz lachte lauthals bei der Vorstellung. »Aber irgendwie konnte ich das den armen Tierchen nicht antun, weil das ihren Tod bedeutet hätt.« Er wurde wieder ernst, sah sie eindringlich an. »Und bevor du mich fragst, Mädel, sag ich's dir ganz ehrlich: Um den Haller ist's nicht schad. Angeber gibt's genug auf der Welt, da kommt's auf einen weniger oder mehr nicht an.«

Lou fuhr leicht zusammen, hatte sich aber sofort wieder im Griff. »Falls die Polizei bei dir vorbeischaut, solltest das lieber nicht wiederholen«, sagte sie ruhig.

Lorenz zuckte mal wieder gleichmütig die Achseln. »In meinem Alter darf man schon mal die Wahrheit sagen. Ein Vorrecht der Alten. Für die Petra tut's mir halt leid, weil die ist wirklich eine Nette. Dass die keinen anderen g'funden hat, war mir schon immer ein Rätsel.«

»Ja, wo die Liebe hinfällt«, bemühte Lou ein Sprichwort. »Hat dir gegenüber mal jemand aus dem Ort erwähnt, dass die beiden gestritten haben? Oder die Antonia mit dem Markus?«

Lorenz legte den Kopf schief. »Ärger im Paradies?«

Lou fasste knapp zusammen, was Sigrid beobachtet hatte.

»Manchmal töten die Bienen ihre Königin«, merkte der Imker undurchsichtig an.

Lou runzelte die Stirn. »Was willst du damit sagen?«

»Nur, dass es auch im Tierreich zum Königsmord kommt, wenn es die Umstände erfordern.«

»Königsmord«, wiederholte Lou irritiert. »Willst du damit andeuten, dass Petra und Antonia ihn umgebracht haben? Welchen Grund hätten die beiden denn gehabt?«

»Vielleicht ging ihnen sein Gebaren auch auf die Nerven?«, lieferte er eine schwache Begründung.

»Na geh!« Lou beäugte Lorenz einen Moment lang grüblerisch. Das Gespräch führte ihrer Meinung nach in eine bizarre Richtung. Sie beschloss, es wieder auf den Loibenberg zu lenken. »Mir geht nicht in den Kopf, wann die Riede zerstört wurde, wenn du um halb acht da warst und noch alles in Ordnung war.«

»Dann war der Anruf halt ein Schmäh«, warf Lorenz ein.

»Oder eine Falle«, murmelte Lou nachdenklich.

In dem Augenblick blitzten die Augen des Alten auf, als hätte er sich an etwas erinnert. »Da war doch noch wer am Loibenberg. Hatte ich fast vergessen.«

»Wer?«

»Frauen mit Stecken. Die sind bergauf g'watschelt und in dem Moment an der Riede vorbeigekommen, als ich losg'fahren bin. Ich hab nicht genau hingeschaut, aber wenn ich mich nicht irre, war eine von denen die Blaschitz.«

Lous Herz begann, schneller zu schlagen. Maria Blaschitz betrieb mit ihrem Mann Fritz nahe dem Hof ihrer Eltern eine Frühstückspension. Eine Walkingrunde mit den Gästen durch die Weinberge gehörte zum Angebot des Hauses. Hatten die Frauen etwas vom Drama mitbekommen? Lou hatte sie jedenfalls nicht unter den Zeugen am Loibenberg gesehen. Aber Verena hatte ja auch erzählt, dass die Radfahrer diejenigen gewesen waren, die Alarm geschlagen hatten, keine Walkerinnen.

Michelin hob plötzlich den Kopf, lauschte konzentriert. Eine Sekunde später tauchte ein schwarzer Audi A3 vor dem Gartentor auf, stoppte, und Verena stieg aus. Der Berner Sennenhund erhob sich und lief, ohne zu bellen, zum Holzgatter, vor dem sich die Chefinspektorin aufpflanzte. An ihrer Seite ihr Kollege, der Hüne in Jeans und dunkelblauem Poloshirt, durchtrainiert, mit Glatze und ernster Miene.

»Beißt er?«, fragte Verena laut.

Lou lag schon die Bemerkung auf der Zunge, dass sie ihr genau dieselbe Frage zu ihrem Assistenten stellen wollte, schluckte sie aber hinunter. Vermutlich fänden die beiden das nicht witzig. »Nein!«, rief sie stattdessen, pfiff den Rüden dennoch zurück und raunte Lorenz zu, wer in dem Moment seinen Garten betrat.

Gleich darauf stellte die Mordermittlerin sich und ihren Kollegen, Abteilungsinspektor Klaus Bachl, vor. »Was machst du denn hier?«, wandte sich Verena dann an Lou.

»Der Lorenz ist mein Honiglieferant, ich hab grad die letzte Lieferung bezahlt.«

Die Ermittlerin runzelte die Stirn. »Zahlt man Rechnungen heutzutage nicht per Online-Banking?«

»Ich traue diesem ganzen Zeug nicht. Am liebsten kassiere ich bar«, entgegnete Lorenz lapidar.

»Herr Krutz, könnten wir Sie sprechen? Allein«, betonte Verena, während sie Lou ansah.

Krutz, wiederholte Lou stumm. In ihren Ohren klang der Name fremd. Niemand in Marienkirchen sprach den Honig-Lorenz mit Nachnamen an.

»Worum geht's denn?« Ablehnung lag in der Frage.

»Das können Sie sich vermutlich denken«, sagte Klaus Bachl.

»'tschuldigung, aber ich kann keine Gedanken lesen«, brummte Lorenz.

»Dann klären wir Sie gerne auf. Frau Petra Haller, die Witwe, hat …« Die Chefinspektorin hielt inne und warf Lou einen strengen Blick zu.

Die verstand, erhob sich, rief Michelin und verabschiedete sich. »Bis bald, Lorenz.«

Der Imker nickte, ihre ehemalige Vorgesetzte lächelte säuerlich, und Klaus Bachl verzog keine Miene.

»Also, Frau Haller hat uns erzählt, dass Sie …«, verstand Lou noch. Als sie außer Hörweite war, drehte sie sich um und sah, wie sich Lorenz schwerfällig vom Klappstuhl erhob und die drei im Haus verschwanden.

Frau Haller, klang es in Lous Kopf nach. Was hatte Petra den Beamten erzählt, das diese veranlasste, bei Lorenz vorbeizuschauen? Sie ließ Michelin auf die Rückbank des Jeeps springen und sah auf die Uhr. Es war Viertel vor neun, sie hatte noch genügend Zeit, um kurz bei Petra vorbeizusehen. Doch sie fuhr nicht gleich los, sondern starrte nachdenklich aufs Lenkrad. War es angebracht, so kurz nach Markus' Tod auf dem Haller-Gut aufzutauchen? Besuch von jemandem, den Petra und Antonia nur oberflächlich kannten, war mit Sicherheit das Letzte, was sie im Moment brauchten.

»Trotzdem«, entschied Lou, weil sie aus erster Hand erfahren wollte, was Petra den Ermittlern über den Imker erzählt hatte. Sie startete den Jeep. »Außerdem gehört es sich, Angehörigen sein Beileid auszusprechen. Was meinst du, Michelin?«

Der Hund reagierte nicht, blieb auf der Rückbank liegen.

Lou grinste. Und bei Maria Blaschitz' Pension würde sie auf dem Weg zu ihren Eltern auch noch schnell anhalten.

# 8

Die Zufahrtsstraße zum Weingut Haller ging direkt von der Landstraße ab, die nach Dürnstein führte. Fünf Minuten vor neun steuerte Lou ihren Geländewagen zwischen zwei Steinpfeilern hindurch, um die sich weiße Rosen rankten. An einem Weinfass lehnte eine hohe Tafel. »Weingut wegen Trauerfall geschlossen – Weinfest abgesagt« stand mit weißer Kreide darauf geschrieben.

Langsam rollte Lou über den gepflasterten Zufahrtsweg bis vor das dreigeschossige Gutshaus. Sie parkte den Wagen, ließ alle vier Fenster nach unten gleiten, damit Michelin auch genug Luft bekam, stieg aus und sah sich um.

Die Gitter der hohen Bogenfenster im Erdgeschoss waren verschnörkelt. Am Spalier an der Fassade wuchsen drei Marillenbäume, in den Blumenkästen auf dem Balkon blühten rote und weiße Geranien, auf dem sorgfältig geschnittenen Rasen stand eine Gartengarnitur aus Holz unter einer Weinlaube, und ein paar Meter dahinter glaubte Lou Himbeer- und Heidelbeersträucher auszumachen.

Der Schriftzug auf dem bodentiefen Fenster des vorgelagerten Anbaus wies darauf hin, dass sich darin die hauseigene Vinothek befand. Ein Türstopper in Form eines riesigen Champagnerkorkens verhinderte, dass die Tür zur Weinhandlung zufiel.

Lou ging auf den Anbau zu und trat ein. In gemauerten Regalen lagerten unzählige Flaschen, beleuchtet von einer unsichtbaren Lichtquelle. In der Mitte des Raumes stand ein Holztresen. Sie wollte ihn sich gerade genauer ansehen, da hörte sie ein Geräusch, und Petra kam durch eine Seitentür. Gewöhnlich achtete die Fünfzigjährige auf ein ansprechendes Äußeres, egal, wo und zu welcher Uhrzeit man sie antraf. Jetzt trug sie ein sackähnliches graues Etwas, das ihr bis zu den Waden reichte, ihre Füße steckten in ausgelatschten Sandalen, die tizianrot gefärbten Haare waren schlampig zu einem Dutt gewickelt, und ihre Augen waren rot geweint und verquollen. Sie sah erbärmlich aus.

»Es war offen«, sagte Lou wie zur Entschuldigung und zeigte auf die Tür.

»Ich sperr gleich wieder zu, hab vorhin nur rasch vor dem Eingang zusammengekehrt.« Petras Stimme war kraftlos.

»Natürlich«, sagte Lou, als wäre das nach der Ermordung des eigenen Ehemanns das Normalste der Welt.

»Ich muss mich beschäftigen, sonst dreh ich noch durch.« Petra hängte ein Holzschild mit der Aufschrift »geschlossen« ins Türfenster, schob den Türstopper zur Seite, drückte die Tür zu und schloss sie ab. Dann sah sie Lou müde an.

»Ich bin zufällig vorbeigekommen«, schwindelte Lou. »Ich will dich und Antonia auch nicht lange stören … sondern euch nur persönlich mein aufrichtiges Beileid aussprechen.«

»Danke«, hauchte Petra und knetete fahrig ihre Finger. »Magst einen Tee mit mir trinken?« Sie wartete die Antwort nicht ab, sondern setzte sich sofort in Bewegung.

Lou folgte ihr durch einen Flur bis in eine aufgeräumte Wohnküche. Die bordeauxroten Küchenschränke waren blank gescheuert, sodass sie sich darin spiegelte, und von dem sauberen Fliesenboden hätte man essen können. Vermutlich hatte Petra die halbe Nacht geputzt, um nicht denken zu müssen. Auf der Anrichte lagen sieben große Papierbeutel mit dem Aufdruck der Bäckerei Ast. Darin mit größter Wahrscheinlichkeit Gebäck, das für die Gäste des Weinherbstes gedacht gewesen war. Petra bedeutete Lou, sich zu setzen.

Mit zitternden Händen goss Petra Kräutertee auf und umklammerte dabei den Griff des Wasserkochers. Als müsste sie sich daran festhalten, um nicht umzufallen. Hochkonzentriert balancierte sie dann die Teekanne und zwei Tassen zum Esstisch und stellte alles ab.

»Wie geht's Antonia?«, erkundigte sich Lou.

»So wie mir. Schlecht. Markus' Tod hat uns den Boden unter den Füßen weggerissen.« Petras Stimme war kurz davor zu brechen. »Sie ist grad im Keller und stellt die Stehtische weg. Für uns ist der Weinherbst gelaufen.« Sie stöhnte auf. »Als gestern die Polizei gekommen ist, war der Hof schon voller Gäste.« Sie kämpfte mit den Tränen. »Es war furchtbar.«

Lou nickte mitfühlend. »Es tut mir so leid.« Sie schwiegen einen kurzen Moment. »Weißt du, ob die Polizei schon irgendeinem Hinweis nachgeht?«, fragte sie dann.

Der Hauch eines Lächelns huschte über Petras Gesicht und verblasste wieder. »Steckt halt doch noch eine Polizistin in dir, was?«

Auch Lou verzog die Lippen. »Erwischt.«

»Schon okay, in Marienkirchen spricht sich eh alles schnell rum.« Petras Miene verriet, dass sie darüber nicht sonderlich glücklich war.

»Die Sigi hat mir gesagt, dass euch morgens jemand angerufen und gemeint hat, eure Lage sei zerstört worden. Gibt es schon eine Vermutung, wer das war, oder hat sich der Anrufer eventuell eh schon bei der Polizei gemeldet?«, hakte Lou nach.

»Nein, nichts.« Petra schenkte Tee in die Tassen. »Die beiden Ermittler haben gesagt ...« Sie stockte, kämpfte sichtbar mit den Tränen. »Der Schuss war aufgesetzt. Direkt auf die Stirn.« Sie tippte sich an den Kopf, bevor sie die Hand kraftlos auf den Tisch fallen ließ.

Lou nippte vorsichtig am heißen Tee und überlegte. Dem Opfer beim Erschießen in die Augen zu sehen erforderte Kaltblütigkeit und schloss einen Mord im Affekt aus. »Ich weiß nicht, was ich sagen soll«, gab sie schließlich zu. »Ich bin fassungslos.«

Petra schluckte. »Mittlerweile glaub ich, dass Markus' Mörder der Anrufer von gestern Morgen ist. Du weißt ja anscheinend schon davon. Er wollte ihn zum Loibenberg locken, die Zerstörung des Weinbergs war nur ein Vorwand.«

»Hat der Mann denn einen Namen genannt? War es vielleicht jemand aus Marienkirchen?«, fragte Lou. »Hast du mit ihm gesprochen?«

»Nein, Markus. Danach hat er gesagt, dass es niemand von hier war.« Die Tränen liefen Petra jetzt über die Wangen. »Zech!« Sie spuckte den Namen wie bittere Medizin aus. »So hat er sich zumindest genannt. Aber ich bin mir sicher, dass er nicht so heißt. Markus dachte, er habe einen leichten Akzent gehabt. Vermutlich ein Tourist. Die Aussprache, verstehst? Er war sich aber nicht ganz sicher.« Wütend wischte sie sich die Tränen weg.

Lou nickte. »Ja.«

Die Tür öffnete sich, und Antonia, eine groß gewachsene Schönheit mit langen braunen Haaren, betrat die Küche. Die Zweiundzwanzigjährige trug Jeans und ein ausgewaschenes T-Shirt. Ihr war die Trauer um ihren Vater ebenso ins Gesicht geschrieben wie ihrer Mutter. Verquollene Augen, verzweifelter Blick.

»Mein Beileid«, sagte Lou.

»Danke.« Antonia schluckte hart, ließ sich eine Tasse Kaffee aus der Kaffeemaschine und sah ihre Mutter besorgt an. »Alles in Ordnung, Mama?«

»Natürlich.«

Antonia warf Petra einen zweifelnden Blick zu. »Ich bin dann im Büro, wenn du mich brauchst.«

»Es geht wirklich schon wieder«, versicherte ihr ihre Mutter.

»Du rufst mich aber bitte sofort, wenn was ist«, bat Antonia, die sich große Sorgen um Petra zu machen schien.

»Gewiss«, versprach diese.

»Gut«, sagte Antonia und nickte Lou zu. »Wiedersehen.« Sie verschwand durch die Tür, durch die sie gekommen war.

»Sie ist am Boden zerstört«, sagte Petra mit Blick auf die Tür, die ihre Tochter soeben hinter sich geschlossen hatte. »Es ist alles so unwirklich.«

Sie erhob sich abrupt, kramte aus der Lade eine Handvoll Taschentücher, schnäuzte sich in eines und warf es in den Mülleimer unter der Spüle. Die restlichen steckte sie in die Taschen ihres Kleides und setzte sich wieder. »Jetzt liegt alles in unserer Hand. Aber wir Haller-Frauen sind stark.« Sie bemühte sich, zuversichtlich zu klingen.

»Die nächste Zeit wird schwer werden und euch viel Energie und Kraft kosten. Aber immerhin habt ihr einander«, erwiderte Lou, weil ihr nichts Besseres einfiel. Sie wusste, dass es keine Worte gab, die den Schmerz trauernder Menschen lindern konnten, also lenkte sie das Gespräch auf den Imker. »Ich war vorhin übrigens beim Honig-Lorenz. Er hat gestern früh die Bienenstöcke von eurer Riede geholt.«

»Aha?« Petras Augenbrauen wanderten überrascht nach oben. »Ausgerechnet gestern. So ein komischer Zufall«, murmelte sie, und die Trauer in ihrer Stimme wurde von Argwohn überlagert.

»Dieser verfluchte Kerl. Wenn der mir über den Weg läuft, dann gnade ihm Gott.« Ihr Blick verfinsterte sich.

Lou glaubte, Petras Gedanken zu erraten. »Denkst du denn wirklich, dass der Lorenz …« Sie hielt inne, formulierte den Satz um. »Ehrlich gesagt trau ich ihm nicht zu, dass …«

»Wie heißt's so schön?«, fiel ihr die Winzerin ins Wort. »Man kann in niemanden hineinschauen. Und die Stillsten sind oft die Schlimmsten.«

Lou hätte gerne mit der Frage gekontert, woher sie diese Binsenweisheit hatte, schluckte den Impuls aber hinunter. »Du hast gerade doch selbst gesagt, dass euch vermutlich ein Tourist angerufen hat.«

»Der Honig-Lorenz war früher Fremdenführer und hatte dabei täglich mit Touristen zu tun. Der kennt sich aus mit Dialekten und kann einige davon täuschend echt nachahmen«, erwiderte Petra. »Ich hab ihn mal bei einer Geburtstagsfeier beim Wirt gehört.«

»Die Polizei ist vorhin bei ihm aufgetaucht, als ich meine Rechnung bezahlt hab. Die Beamten reden jetzt vermutlich mit jedem, der zu Markus Kontakt hatte.«

»Ich hab dieser Badinger heute Morgen von dem Streit zwischen Markus und dem alten Lorenz erzählt«, stellte Petra richtig.

Lou trank einen Schluck Tee. In ihrem Kopf ratterte es. »Du meinst den Streit wegen der Bienenstöcke?«

»Nein, wegen der Riede.«

Lou setzte die Tasse ab und blinzelte verwundert. »Welcher Riede?«

»Na, der am Loibenberg.«

»Aber die meinte ich doch auch. Dort standen ja die Bienenstöcke«, sagte Lou nachdrücklich.

»Eh, aber ich will auf etwas anderes hinaus. Dieser alte Bienenfanatiker wollte die Lage ebenfalls haben und hat uns in letzter Zeit ziemlichen Ärger gemacht.«

»Ärger?«, wiederholte Lou überrascht. Dieser Konflikt war offenbar sogar an Sigrid vorbeigegangen. »Hat er ein Gegenangebot gemacht?«

»Nein, aber der Erbin gegenüber behauptet, ihr Vater hätte ihm die Riede zugesagt.« Petra senkte den Blick, drehte die Teetasse in ihren Fingern. »Weißt eh, wie so was läuft. Erst saufen s', dann reden s' einen Topfen z'amm.« Sie hob den Kopf, blickte Lou in die Augen. »Sei mir bitte nicht bös, aber da hätt ja jeder daherkommen und behaupten können, dass ihm der Schellbaum die Riede zu einem Spottpreis überlassen wollte. Außerdem hat das Gefasel im Suff sowieso keine Bedeutung.«

Lou hätte ihr gerne widersprochen, denn streng genommen galten vor Gesetz auch mündliche Vereinbarungen. Da Lorenz jedoch vermutlich keinen Zeugen für die Abmachung hatte und der ehemalige Besitzer verstorben war, hatte der Imker gegen die Hallers den Kürzeren gezogen.

»Am Ende haben wir einfach ein unschlagbares Angebot gemacht«, sagte Petra.

Lou nickte. Sie wusste, dass die Alleinerbin an den Bestbietenden verkauft hatte. Was ihr gutes Recht gewesen war, so es denn keine andere schriftliche oder bezeugte Übereinkunft gegeben hatte. »Was hatte der Lorenz denn mit der Riede vor? Wollte er auf seine alten Tage noch anfangen, Wein anzubauen?«

Petra schüttelte den Kopf so heftig, dass sich eine Strähne aus ihrem Haarknoten löste. Schnell steckte sie sie wieder zurück. »Er wollte dort eine Bienenzuchtstation oder so was Ähnliches errichten.«

»Oh«, sagte Lou überrascht. »Das ist eine tolle Idee.«

Petra musterte sie misslaunig.

»Inzwischen dürfte doch jedem von uns klar sein, wie wichtig die kleinen Pollensammler für die Natur sind«, fügte Lou schnell hinzu.

»Kann schon sein«, tat Petra die Sache ab. »Aber dafür braucht er keinen kompletten Hang, auf dem, nur so nebenbei bemerkt, schon seit Hunderten von Jahren Wein angebaut wird. Er hätt sich ja nach einer aufgelassenen Riede umschauen können. Außerdem wollt der Markus schon lange eine Lage am Loibenberg. Das war die Chance.«

*Er hat Weinberg um Weinberg gekauft. Es gibt kaum noch eine Lage in der Umgebung, wo der Haller keine Reben stehen hat*, ging Lou Lorenz' Bemerkung durch den Kopf.

»Außerdem, wie hätte er das Geld dafür aufbringen sollen? Das bisserl Honig, das er verkauft, hat ihn bestimmt nicht reich gemacht. Und seine Pension als Fremdenführer hätte dafür auch nicht gelangt.« Petra nippte an dem mittlerweile lauwarmen Tee. »Wir haben den Kaufvertrag Ende Juli unterschrieben und ihm danach einen ganzen Monat Zeit gegeben, um seine Bienenstöcke zu entfernen. Das reicht, findest nicht?«, fragte sie pikiert. »Jetzt ist schon September, und trotzdem haben wir uns noch immer großzügig gezeigt. Wir hätten ihn auch wegen Besitzstörung verklagen können.«

»Echt? Eine Besitzstörungsklage wegen Bienen?« Lou war irritiert. »Das kapier ich nicht. Die Bienen sind doch Gold wert. Ihr hättet einen großen Nutzen von ihnen gehabt.«

»Der Markus konnte sie nun mal nicht ausstehen. Basta.« Petra zog ein neues Taschentuch aus ihrer Sackkleidtasche und betupfte sich damit die Augen, in denen schon wieder Tränen schwammen.

Lou beschloss, das Thema damit zu beenden. Es war belanglos, weshalb Markus Haller die Stöcke nicht auf seiner Riede gewollt hatte. »Du hast vorhin davon gesprochen, dass der Lorenz euch Ärger gemacht hat. War da nach dem Verkauf an euch noch mehr außer der Meinungsverschiedenheit, die seine Bienenstöcke betraf?«

Petra schnaubte abfällig und steckte das Papiertaschentuch wieder ein. »Wo soll ich anfangen? Begonnen hat alles mit nächtlichen Anrufen auf Markus' Handy.«

»Wann war das?«

Petra überlegte kurz. »Ungefähr vor zwei Wochen.«

»Habt ihr die Nummer zurückverfolgt?«

»Die war natürlich unterdrückt. Trotzdem bin ich sicher, dass er es war.«

»Woher hätte der Lorenz denn Markus' Handynummer haben sollen?«, hakte Lou nach.

»Die steht auf unserer Homepage«, erwiderte Petra. »Sein Handy ist auch unser Firmenhandy.«

»Hat man das Telefon denn gefunden?«

»Nur noch als schwarzen Klumpen.« Petra fuhr sich mit der Hand übers Kinn. »Die Polizei hat schon eine Telefonliste von unserem Anbieter angefordert. Die Beamten können wohl Anrufern Nummern zuordnen, obwohl sie unterdrückt waren. Die Badinger meint, dass so vielleicht auch der Anrufer von gestern Morgen ausgeforscht werden kann.«

»Habt ihr den nächtlichen Anrufer angezeigt?«, fragte Lou.

»Geh!« Petra machte eine abfällige Handbewegung. »Du weißt doch am besten, wie das ist. Die Polizei kann da nicht viel machen, bevor nicht was passiert ist. So wie jetzt.« Sie kramte das zuletzt benutzte Taschentuch wieder hervor, drückte es sich auf die Augen und knurrte: »Aber sie werden ihn kriegen.«

Lou bedachte sie mit einem mitfühlenden Blick, trank ihren Tee und wartete, bis die Winzerin sich wieder gefasst hatte.

»Vor vier Tagen hat der Lorenz dann Mist in unsere Einfahrt gekippt«, fuhr Petra nach einer Weile fort.

»Mist?«, fragte Lou überrascht.

»Pferdemist.«

»Wo hatte er den denn her?«

»Vermutlich von einem Pferdehof, gibt ja ein paar in der Gegend«, antwortete Petra ungeduldig ob Lous vermeintlicher Begriffsstutzigkeit. »Und Freitagnacht hat er Rotweinflaschen gegen die Fassade geworfen. Um drei Uhr.« Zornig kniff sie die Augen zusammen. »Unser Schlafzimmer geht zwar nach hinten raus, trotzdem sind der Markus und ich von einem Moment auf den anderen senkrecht im Bett gestanden. Aber bis wir draußen waren, war der Lorenz natürlich längst über alle Berge. Die Sauerei haben wir gleich weggewischt und die Scherben zusammengekehrt. Wir haben ja viele Gäste zum Weinherbst erwartet, da musste der Hof schon blitzen.«

Lou nickte nachdenklich. Der Imker hatte gemeint, Petra sei eine Nette. Sie hingegen schien kein gutes Wort für ihn übrig zu haben.

»Also ist das erst vorgestern passiert? Nachdem ihr mit euren Vorbereitungen für den Weinherbst fertig wart?«

»Ja, Freitagnacht. Hab ich doch grad gesagt«, antwortete Petra bissig.

»Was war das für ein Rotwein?«, hakte Lou nach.

»Ist das denn wichtig?«

»Möglich. Wenn man weiß, von welchem Weingut die Flaschen stammten, kann man sie vielleicht zurückverfolgen. Zumindest herausfinden, wo der Wein verkauft wird«, konkretisierte Lou. »Und mit etwas Glück sogar den Käufer eruieren.«

»Das dürfte schwierig werden«, antwortete Petra. »Die Flaschen waren nämlich nicht etikettiert.« Sie holte aus der Kleidtasche, die nicht voller Taschentücher war, ihr Handy hervor, suchte darauf nach etwas und zeigte Lou schließlich ein Foto.

Lou sah unzählige Scherben vor der Hausfassade, über die sich ein rot schimmernder Fluss zog, der in einer Lache mündete. »Habt ihr wenigstens nach diesem Vorfall Anzeige erstattet?«

»Natürlich. Markus ist gleich um fünf Uhr morgens zur Polizeiinspektion nach Krems gefahren und hat den Beamten Fotos gezeigt. Anzeige gegen unbekannt. Wir konnten ja nicht beweisen, dass es der Spinner war.«

»Und warum wart ihr so sicher, dass der Lorenz hinter alldem steckt?« Lou wollte es nicht gelingen, die Taten mit dem stoischen Mann in Verbindung zu bringen. Der ehemalige Fremdenführer schien zu sehr in sich zu ruhen. Ihn schien einfach nichts nervös zu machen. Aber auch sie hatte schon erlebt, dass Menschen sie enttäuschten.

»Wer soll's denn sonst gewesen sein?«, gab Petra zurück.

»Keine Ahnung.«

»Na schau«, merkte die Witwe zufrieden an, als hätte Lous Reaktion ihre Vermutung bestätigt.

»Sind die Scherben noch in der Mülltonne?«, fragte Lou und leerte ihre Teetasse.

Petra nickte. »Willst du sie sehen?«

»Vielmehr würd ich gern ein paar davon mitnehmen.«

Die Winzerin lachte auf. »Wennst meinst, dass das was hilft.« Sie erhob sich, nahm einen Plastikbeutel aus einer Lade und gab ihn Lou. »Bitte schön. Tu dir keinen Zwang an.«

»Danke. Aber um noch mal auf den Lorenz zurückzukommen. Ich hab ihn noch nie aggressiv oder auch nur wütend erlebt. Ich kann mir nicht vorstellen, dass er so etwas macht.«

»Dann schau ihn dir mal genauer an«, riet ihr Petra. »Der Mann verbringt seine Lebenszeit hauptsächlich mit Insekten.« Sie beugte sich nach vorn, sah Lou in die Augen. »Er ist nicht ganz richtig im Kopf. Glaub mir.«

# 9

Lou holte mit spitzen Fingern drei Glasscherben aus der Mülltonne. Ein Hauch Rotwein haftete noch an ihnen.

»Der Honig-Lorenz ein Psychopath«, murmelte sie vor sich hin, derweil sie ins Auto stieg. Konnte sie sich so in dem Mann täuschen? Sie legte den Plastikbeutel mit den Scherben in das Handschuhfach.

»Was sagst du dazu, Michelin? Das ist doch ausgemachter Schwachsinn.« Im Rückspiegel sah sie, dass der Rüde sie, auf der Rückbank stehend, freudig wedelnd begrüßte. Kurz darauf spürte sie seinen Kopf auf ihrer Schulter. Sie streichelte ihm über die Schnauze und warf einen Blick auf die Uhr am Armaturenbrett.

»Verflixt«, fluchte sie, weil ihr klar wurde, dass sie den Abstecher zu Maria Blaschitz verschieben musste. Nach dem Besuch bei Petra, der deutlich länger als gedacht gedauert hatte, würde sie sogar zu spät bei ihren Eltern eintreffen. Sie befahl Michelin, sich hinzulegen, und fuhr los.

Fünf Minuten nach zehn hielt Lou vor der elterlichen Kellerei.

»Hast verschlafen?«, schnaubte ihre Mutter leicht angesäuert, als sie den Innenhof betrat.

»Nein, hatte noch etwas zu erledigen«, umging Lou eine konkrete Antwort.

Sie ließ ihren Blick über die kleine Gästeschar wandern, die sich schon im Hof eingefunden hatte. Während Josef die Besucher bewirtete, hielt er einen Vortrag über die Conrad-Bioweine. Wie schon öfter schoss Lou der Gedanke durch den Kopf, dass man die Urlauber in Kategorien unterteilen konnte. Da gab es die Wandervögel mit Rucksack, festen Schuhen und teilweise mit Stöcken bewaffnet. Die Radfahrer in ihren engen Sportklamotten. Und mittendrin Spaziergänger, Kurzurlauber in legerer Kleidung und Einheimische, die die Gelegenheit nutzten, sich wieder mal mit Nachbarn und Freunden bei einem guten Glas Wein zu treffen.

Lou brachte Michelin rasch in den Wohnbereich, zog sich in ihrem ehemaligen Kinderzimmer um, eilte im Dirndl in den Verkostungsraum und stellte sich hinter dem Tresen neben ihren Vater. Nachdem sie ihr charmantestes Lächeln angeknipst hatte, schenkte sie in den darauffolgenden zwei Stunden Wein aus und plauderte mit Besuchern aus nah und fern über die Bioweine ihrer Eltern und den Tod von Markus Haller. Zum Mittagessen gab es schnelle Küche. Im Stehen aß Lou Nudelsuppe und Palatschinken mit der Marillenmarmelade aus ihrem eigenen Laden. Zehn Minuten Pause, mehr gönnte sie sich nicht.

Am späten Nachmittag tauchte zu ihrer Überraschung Verena auf dem Weingut auf. Sie war allein und in Zivil, wahrscheinlich wollte sie mit ihrem Erscheinen niemanden beunruhigen.

»Dass ich dich heut gleich zweimal sehe, hätt ich nicht erwartet«, begrüßte Lou sie. »Ich nehme an, du bist nicht zur Weinverkostung hier?«

»Kann ich mit dir reden?« Ihre ehemalige Vorgesetzte schaute ernst und hatte die Hände tief in den Jackentaschen vergraben. »Unter vier Augen und irgendwo, wo nicht so viele Leute sind.«

Lou gab ihrem Vater Bescheid, dass sie kurz verschwinden

würde. Als sie mit Verena den Innenhof durchschritt, sah ihre Mutter ihnen hinterher. Sie schien zu überlegen, ob sie die Frau an der Seite ihrer Tochter schon einmal gesehen hatte. Lou führte die Ermittlerin in den Wohnbereich. Michelin, der im Flur gedöst hatte, war in Sekundenschnelle hellwach und auf den Beinen. Er freute sich über ihr Wiedersehen, als wären er und Lou eine Ewigkeit getrennt gewesen. Dann beschnupperte er die Polizistin, die ihm schnell über den Kopf strich. Lou ging Verena voraus in die Küche, Michelin folgte den beiden.

»Setz dich.« Lou deutete auf einen Stuhl am Esstisch.

Die Chefinspektorin nahm Platz und behielt ihre Jacke an.

Lou drückte auf einen Knopf der Kaffeemaschine, ließ ungefragt zwei Cappuccini heraus, stellte eine Tasse der Ermittlerin hin und setzte sich mit ihrer ihr gegenüber. »Also, was führt dich zu mir?«

»Es ist wie verhext«, stöhnte Verena leise, während sie ihre Tasse drehte. »Da wuseln tagtäglich Hunderte Wanderer und Spaziergänger in den Weinbergen herum, außerdem unzählige Radfahrer, und dennoch finden wir niemanden, der irgendwas gesehen hat, was uns weiterhelfen könnte.«

»Tja, beim Weinherbst ähnelt die Wachau einem Ameisenhaufen«, erwiderte Lou. »Viele der Touristen, die gestern am Loibenberg waren, sind wahrscheinlich schon abgereist oder haben noch gar nicht mitbekommen, was passiert ist. Was ist denn mit dem Radfahrer, der die Einsatzkräfte benachrichtigt hat?«

»Als er und seine Freunde an der Riede vorbeigekommen sind, hat die schon lichterloh gebrannt. Sie konnten nichts mehr tun, nur noch den Notruf absetzen und warten, bis die Feuerwehr eintrifft.«

»Irgendwelche Spuren an den Händen der Leiche?«, fragte Lou. »Hat Markus Haller sich gewehrt?«

»Der Täter hat die Leiche wie auch deren näheren Umkreis mit Benzin übergossen und zusätzlich Grillanzünder verwendet. Nach so einem Inferno gibt es kaum Spuren«, malte die Ermittlerin ein deutliches Bild und hörte endlich auf, die Tasse zu drehen. Als sie den Kopf hob, sah sie Lou direkt in die Augen. »Ist dir etwas zu Ohren gekommen, was ich nicht weiß?«

Lou erwähnte die Walkerinnen, von denen Lorenz gesprochen hatte. »Die Leiterin der Gruppe wohnt in der Nähe.«

»Ich weiß«, sagte Verena. »Maria Blaschitz. Mein Kollege ist gerade bei ihr.«

»Was ist mit dem Mann, der am Haller-Gut angerufen hat, um den Schaden zu melden?«, wollte Lou wissen. »War möglicherweise ein Tourist, meinte Petra.« Dass Lorenz der Anrufer gewesen sein könnte, unterschlug sie. Das war reine Mutmaßung.

»Bislang hat er uns nicht kontaktiert. Zwar rufen wir seit heute Morgen über Radio Niederösterreich etwaige Zeugen auf, sich bei uns zu melden«, antwortete Verena, »aber bis jetzt: Fehlanzeige.«

»Den Aufruf hab ich vorhin gehört«, sagte Lou und nahm einen Schluck Kaffee. »Vielleicht meldet sich ja noch wer. Manchmal brauchen die Leute ein bisschen Zeit. Der Lorenz hat mir gegenüber übrigens noch erwähnt, dass die Riede völlig in Ordnung war, als er seine Bienenvölker abgeholt hat. Könnte der Anrufer Haller nicht in eine Falle gelockt haben?«, fragte Lou frei heraus.

Verena antwortete nicht. Sie nippte an ihrer Tasse, fixierte Lou über deren Rand hinweg und setzte sie wieder ab. »Du warst heute Morgen noch bei Petra Haller.«

Lou zuckte irritiert zusammen. »Ja. Woher weißt du das?«

»Auch ich war mit meinem Kollegen nach unserem Besuch bei Herrn Krutz noch einmal bei ihr«, erwiderte Verena.

»Ich wollte ihr mein Beileid aussprechen«, behauptete Lou rasch.

»Wie aufmerksam von dir. Und das, obwohl du mir doch gestern erzählt hast, dass ihr euch nur unterhaltet, wenn ihr euch zufällig begegnet. Hätte in dem Fall nicht eine Kondolenzkarte gereicht?«

»Es war eine spontane Idee«, beteuerte Lou.

»Soso«, murmelte die Ermittlerin skeptisch. »Ist die dir zufällig gekommen, nachdem du gehört hattest, wie wir ihren Namen bei Herrn Krutz erwähnten? Und sag mir jetzt nicht, dass du nichts gehört hast, als du gegangen bist. Dafür kenne ich dich zu gut. Du warst schon immer neugierig.«

»Ich nehme an, dass ihr mit dem Honig-Lorenz wegen der anonymen Anrufe bei den Hallers, dem Mist in ihrer Einfahrt und den Flaschen, die gegen ihre Hausmauer geworfen wurden, geredet habt«, ging Lou in die Offensive, um von sich abzulenken.

Die Augenbrauen der Chefermittlerin wanderten nach oben.

»Keine Angst, ich spiele nicht die Hobbyermittlerin«, beteuerte Lou, obwohl sie genau das tat, und hob abwehrend die Hände. »Petra hat mir das alles erzählt. Aber ehrlich gesagt kann ich mir nicht vorstellen, dass Lorenz dahintersteckt.«

»Erst tauchst du am Loibenberg auf, dann treffen wir dich bei Herrn Krutz, anschließend fährst du direkt zu Frau Haller und stellst außerdem ganz schön viele Fragen«, überging Verena erneut Lous Bemerkung.

Lou brauchte einen Moment, um die Botschaft aus dem Gesagten herauszulesen, dann lachte sie erschrocken auf. »Du glaubst doch nicht, dass ich etwas mit dem Mord zu tun habe?«

Die Kriminalinspektorin blieb ernst. »Hast du?«

»Also komm, Veni. Ich bin's, die Lou. Ich verkaufe Marillenmarmelade und Kürbiskernöl und erschieße keine Winzer.«

Verena runzelte die Stirn. »Woher weißt du, dass der Haller erschossen wurde? Das wurde noch nicht an die Öffentlichkeit gegeben.«

Lou lehnte sich im Stuhl zurück, als ob sie bei etwas Verbotenem ertappt worden wäre und Zeit gewinnen müsste. »Hat auch die Petra erwähnt.« Dass Sigrid schon davor geplaudert hatte, behielt sie für sich.

Die Chefinspektorin musterte sie streng. »Warum interessiert dich der Mord eigentlich? Du kanntest den Haller doch kaum, wenn es stimmt, was du mir gegenüber behauptet hast.«

»Die Petra tut mir leid«, beteuerte Lou mit Nachdruck und drehte ihre Handflächen nach oben.

»Und du versuchst nicht, über Umwege den Stand der Ermittlungen zu erfahren?« Verena klang nicht wütend. Eher sachlich, wie bei einer Besprechung. Und doch schwang ein Hauch von gefährlicher Drohung in ihrer Stimme mit.

»Natürlich nicht«, versicherte Lou mit Unschuldsmiene. »Davon abgesehen sind wir in Marienkirchen, Veni. Die Leute reden noch miteinander. Geheimnisse bleiben hier so oder so nicht lange geheim.« Lou versuchte, einen lockeren Ton anzuschlagen. Doch der strenge Blick und die Ernsthaftigkeit ihrer ehemaligen Chefin trieben ihren Puls in die Höhe.

»Und wenn man wie du ein bisserl herumschnüffelt, erfährt man alles sogar aus erster Hand. Ist es nicht so?« Verena fixierte Lou noch immer. »Wo warst du gestern zwischen sieben und acht Uhr morgens?«

»Das ist jetzt nicht dein Ernst.« Lou starrte sie mit offenem Mund an.

»Doch, Lou, das ist es«, betonte die Chefermittlerin. »Dir ist sicher klar, dass meinem Kollegen und mir dein Verhalten sehr eigenartig vorkommen muss.«

Lou verschränkte trotzig die Arme. »Was denn daran?«

»Stell dich nicht dumm, das steht dir nicht.«

Lous Stresspegel stieg weiter. Sie kannte ihre ehemalige Chefin. Wen sie einmal im Visier hatte, der entkam ihrem Fadenkreuz nicht mehr so schnell.

»Wenn ihr mich also verdächtigt, warum bist du dann allein zu mir gekommen und hast nicht deinen charmanten Kollegen mitgebracht?« Lou versuchte, entrüstet zu klingen, um unschuldig zu wirken. Leute mit schlechtem Gewissen verhielten sich der Polizei gegenüber meist auffällig entgegenkommend, das hatte sie in ihrem Polizeialltag oft genug erlebt.

»Weil der, wie vorhin erwähnt, bei der Chefwalkerin ist und ich dich warnen wollte.«

»Warnen?«, wiederholte Lou. Sie konnte ihren Herzschlag mittlerweile in den Schläfen spüren. »Weshalb? Und wovor? Ich hab nichts verbrochen.«

»Der alten Zeiten wegen«, beantwortete die Mordermittlerin immerhin die erste Frage. »Also, wo warst du gestern zu besagter Uhrzeit?« Sie zog ihren kleinen Notizblock demonstrativ aus ihrer Jackentasche und zückte den Kugelschreiber. Auf einmal wirkte ihre Unterhaltung erschreckend offiziell.

Lou vermied es, nervös zu blinzeln. »Daheim. Ich saß auf meiner Gartenbank und hab in die Landschaft geschaut. Das mache ich oft morgens. Und bevor du fragst, bezeugen kann das nur mein Hund.« Sie deutete auf Michelin, der auf dem Küchenboden lag.

Verena notierte sich die Aussage mit enttäuschter Miene. »Du warst eine verdammt gute Polizistin, Lou. Hättest es weit gebracht.«

Lou verzog giftig den Mund.

»Und ich hoffe, du erinnerst dich, wem du das zu verdanken

hattest.« Die Ermittlerin legte den Kugelschreiber auf den Tisch und tippte sich dann mit dem Zeigefinger auf die Brust. »Ich bin doppelt so gut, wie du es in deinen besten Zeiten warst. Und falls du etwas mit dem Mord zu tun hast, finde ich es raus. So leid es mir auch täte, sei gewiss, ich würde keine Rücksicht darauf nehmen, dass du mal eine von uns warst.« Sie kippte den Cappuccino-Rest hinunter.

»Nenn mir bitte mein Motiv.« Lou bemerkte die Veränderung in ihrer Stimme. Auf einmal klang sie so nervös, wie sie sich fühlte.

Die Ermittlerin nahm Kugelschreiber und Notizblock vom Tisch und erhob sich. »Danke für den Kaffee. Ich finde alleine raus.«

»Ich hab keins«, versicherte Lou.

Schon im Türrahmen drehte Verena sich noch einmal um. »Hast du vor, in nächster Zeit zu verreisen?«

Lou schüttelte den Kopf.

»Gut. Dann servus, Lou, war schön, dich noch mal zu sehen«, verabschiedete Verena sich mit aufgesetzter Freundlichkeit und rauschte mit erhobenem Haupt von dannen.

Lou blieb sitzen. Fassungslos starrte sie zur Tür, durch die ihre ehemalige Ausbilderin verschwunden war. Damit, plötzlich zum Kreis der Verdächtigen zu gehören, hatte sie nicht gerechnet. Höchstens hatte sie eine Verwarnung erwartet, sich aus den Ermittlungen rauszuhalten. Diese hätte sie verstanden, aber ignoriert. Dass sie jetzt selbst in der Schusslinie stand, wollte ihr nicht in den Kopf. Sie atmete mehrmals tief ein und aus.

»Zum Glück hatte ich heute Morgen keine Zeit mehr, auch noch bei der Maria vorbeizuschauen«, flüsterte sie, stand auf und räumte die Kaffeetassen in den Spüler.

Plötzlich fiel ihr die Tüte mit den Scherben der Rotweinflaschen im Handschuhfach ihres Jeeps ein. Sie hatte sie Verena geben wollen, zur Analyse. Aber das musste dann wohl warten. In Gedanken vertieft schlurfte Lou zurück in den Verkostungsraum.

Sogleich tauchte ihre Mutter an ihrer Seite auf, wedelte Lous Vater ins Freie und nahm seinen Posten hinter dem Tresen ein.

»Wer war die Frau?«, wisperte Erika.

»Meine ehemalige Vorgesetzte in St. Pölten.«

»Eine Mordermittlerin?«, zischte ihre Mutter aufgeregt.

»Ja, ich hab sie gestern am Loibenberg getroffen«, sagte Lou und versuchte, es so klingen zu lassen, als wären sie einander zufällig im Supermarkt über den Weg gelaufen.

»Und was wollte sie jetzt und hier von dir?«

»Nichts Wichtiges, Mama. Nur ein bisschen tratschen, der alten Zeiten willen«, behauptete Lou und widmete sich dem Paar vor der Verkostungstheke. Ihr Lächeln war nicht mehr ganz so charmant wie am Vormittag.

# 10

Lous Unmut war noch nicht gänzlich verflogen, als sie kurz nach sechs mit Michelin in ihren Jeep stieg. Das Dirndl hatte sie wieder gegen Pulli und Jeans getauscht. Ihre Mutter hatte sie zum Glück nicht weiter mit Fragen gelöchert, obwohl ihr doch klar sein musste, dass Verena nicht zum Plaudern vorbeigekommen war. Trotz allem plante Lou, auf ihrem Heimweg am Gästehaus Blaschitz vorbeizufahren. Die Frühstückspension in einem gepflegten Garten hatte sechs Zimmer, einen Fahrradverleih und bot seit Kurzem geführte Walkingtouren durch die Weinberge an. Letzteres auch deshalb, weil Maria Blaschitz vor einem Jahr ihren überschüssigen Pfunden den Kampf angesagt hatte. Dass die zusätzliche Bewegung Erfolg zeigte, konnte Lou bisher nicht bestätigen.

Gerade als sie das zweistöckige Haus mit der hellblauen Fassade erreichte, sah sie die Enddreißigerin vor einer Staude mit üppigen orangefarbenen Blüten auf einem schwarzen Kissen knien. Es schien, als entfernte sie die vertrockneten Blüten. Maria trug eine kurzärmelige graue Bluse und eine hellgrüne Gartenhose. Ihre Haare wurden ihr von einem hellblauen Tuch, das sie im Nacken zusammengeknotet hatte, aus dem Gesicht gehalten.

Lou stoppte den Geländewagen vor der schmiedeeisernen

Gartentür, ließ das Fahrerfenster nach unten gleiten, damit Michelin genügend Frischluft bekam, und stieg aus. »Hallo, Maria.«

Die stämmige Pensionswirtin drehte den Kopf in ihre Richtung. »Griaß di, Lou.«

»Kann ich dich was fragen? Ich halte dich auch nicht lange auf«, versprach Lou.

Maria legte die Gartenschere auf den Boden, stand auf, zog die Gartenhandschuhe aus und trat an den Zaun. »Du willst sicher wissen, was ich am Loibenberg gesehen habe. Deshalb war heute schon ein Kollege von dir da. Klaus Bachl hieß er, wenn ich mich richtig erinnere.«

»Ich bin nicht mehr bei der Kriminalpolizei«, erinnerte Lou sie. »Aber ja, du hast recht. Also?«

»Dazu kann ich leider nicht viel sagen. Ich war mit den anderen Frauen ja schon wieder herunten, als es brannte.«

»Gäste von euch?«

Maria nickte. »Waren zum Weinherbst da und sind alle heute im Laufe des Tages abgereist.«

Fritz, Marias Mann, trat aus dem Haus. Er war ebenso kräftig wie seine Frau und hielt einen Schraubenschlüssel in der Hand. Offenbar hatte er gerade eine kraftraubende Reparatur vorgenommen, denn auf der Stirn seines runden Gesichts stand der Schweiß. »Servus, Lou!«, rief er.

Lou winkte ihm. »Hallo, Fritz.«

Er legte das Werkzeug weg und näherte sich dem Gartenzaun.

»Hast du den Haller am Loibenberg gesehen?«, fragte Lou indessen die Pensionswirtin.

Maria stopfte sich die Gartenhandschuhe in die Hosentasche. »Ich ihn schon, aber er hat uns nicht wirklich wahrgenommen. Er war auf dem Weg hoch zu seiner Riede.«

»Das war sicher die Aufregung«, behauptete Lou. »Immerhin dachte er, dass jemand seine Reben zerstört hat.«

Maria zog sich das Tuch vom Kopf und fuhr sich mit den Fingern durch die brünetten Haare. »Blödsinn. Als wir daran vorbeigekommen sind, sah es dort aus wie immer.«

»Das hat die Maria auch deinem Kollegen gesagt. Der meinte, dass der Honig-Lorenz das auch behauptet habe«, mischte sich Fritz ein.

Lou sparte sich den erneuten Hinweis darauf, dass sie keinen Kollegen mehr hatte.

Fritz' braune Augen blitzten auf. »Dass der Haller umgebracht wurde, hat sich ja schon rumgesprochen. Was denkst du, was passiert ist?«

Lou zuckte mit den Achseln. »Ich habe keine Ahnung«, antwortete sie wahrheitsgemäß.

Maria wiegte den Kopf. »Na ja, vielleicht melden sich die beiden Radfahrer ja noch, die früh am Loibenberg waren.«

Lou horchte auf. »Meinst du die, die den Notruf abgesetzt haben? Die waren aber zu sechst.«

»Nein, die sind ja aus dem Flachgau und Mitglieder des Radclubs Straßwalchen, das hat mir dein Kollege auch noch verraten. Vielmehr sind uns zwei andere Radfahrer begegnet, bevor wir den Haller in seinem Auto gesehen haben«, erklärte Maria. »Das habe ich vorhin auch deinem Kollegen erzählt, aber er meinte, dass die bislang noch nicht angerufen hätten.« Sie zuckte mit den Achseln. »Wundert mich ehrlich gesagt nicht. Waren wahrscheinlich nur Tagesgäste, die längst woanders oder schon wieder zu Hause sind und nichts mitbekommen haben.«

Lou sparte sich die Bemerkung, dass zwischenzeitlich die Medien österreichweit über den Vorfall berichteten und man daher im gesamten Land davon gehört haben dürfte. Aber vielleicht kamen die Radtouristen auch aus einem Nachbarland. Etwa aus Deutschland, der Slowakei oder Tschechien.

»Und die hatten keine orangefarbigen Trikots an?«, hakte sie nach, weil sie gedanklich noch immer bei den Salzburger Radlern war.

»Nein, grüne. Die Helme waren grau und ihre E-Bikes schwarz«, sagte Maria.

Fritz sah aus, als würde er über etwas nachdenken. »Jetzt wird sich die Antonia wohl eine neue Laufstrecke suchen müssen«, sprach er den Gedanken unversehens aus. »Sie läuft zumeist die gleiche Runde, hat sie mir mal erzählt. Von zu Hause zum Loibenberg hinauf, von dort weiter bis zur Ruine Dürnstein und dann wieder retour.«

Lou nickte. »Möglicherweise wird sie das tun.«

»Bin gespannt, ob sie die Riede behalten.« Maria legte sich die Hand aufs Herz. »Also, ich würde sie ja verkaufen, wenn mein Mann dort umgekommen wäre.« Dann sah sie auf ihre Armbanduhr. »Tut mir leid, Lou, aber jetzt müssen Fritz und ich wirklich weitermachen, sonst schaffen wir unser Arbeitspensum für heute nicht mehr. Dein Kollege hat mich vorhin schon viel zu lange aufgehalten.«

»Natürlich. Ich danke euch.« Grübelnd ging Lou zu ihrem Wagen zurück.

Fünfzehn Minuten später fuhr sie durch das Ortszentrum und sah Sigrid und Hedwig Ast an einem der Bistrotische vor Franzis Café sitzen. Die Konditorin stellte soeben Kuchenteller vor ihnen ab.

In dem Augenblick bemerkte Sigrid Lous Wagen und winkte sie geschäftig herbei. Lou bedeutete ihr mit einem Nicken, verstanden zu haben, parkte den Jeep vor ihrem Delikatessengeschäft und steuerte eine Minute später auf die drei Frauen zu.

Michelin trabte angeleint neben ihr her. Am Tisch wurde der schwarze Riese mit Streicheleinheiten begrüßt. Lou setzte sich auf den letzten freien Stuhl, und Michelin ließ sich daneben auf dem Boden nieder.

»Neue Frisur?«, fragte Lou Hedwig rhetorisch. Es war unübersehbar, dass ihr brauner Pagenkopf einem flotten Kurzhaarschnitt gewichen war. »Steht dir gut.«

Die Bäckerin fuhr sich durch die Haare und bedankte sich mit dem für sie typischen Strahlen. Die Siebenundfünfzigjährige war stets gut gelaunt und brachte ihr sonniges Gemüt auch mit ihrer bunten Bluse zum Ausdruck.

»Gut, dass du da bist«, sagte Sigrid mit Verschwörerinnenmiene.

»Was ist denn los?«, fragte Lou neugierig.

»Magst nicht auch meine Nussschaumtorte probieren?« Franziskas Frage ließ keinen Widerspruch zu. Sie trug ein weißes T-Shirt und über den engen schwarzen Jeans eine Bistroschürze. Nicht zum ersten Mal grübelte Lou bei ihrem Anblick, wie sie bei all den süßen Köstlichkeiten, mit denen sie täglich zu tun hatte, so schlank blieb.

»Hab ich gestern Abend gebacken. Nach einem alten Rezept, das ich erst kürzlich in einem handgeschriebenen Kochbuch meiner Urgroßmutter entdeckt hab«, fuhr die Konditorin geheimnisvoll fort. »Ich hab nur eine Kleinigkeit geändert und die Torte am Ende nicht beeist, wie im Rezept angegeben, sondern mit einer dünnen Zuckerschicht überzogen. Wenn sie euch schmeckt, setz ich sie auf die Karte.«

Da Lou wie ihre Mutter alte Rezepte sammelte, erinnerte sie sich, vor Ewigkeiten ein ähnliches in einem Backbuch aus dem vergangenen Jahrhundert entdeckt zu haben, und bejahte sofort. Die Chance, die Torte zu probieren, wollte sie sich nicht entgehen lassen. Und eine von Franziskas Süßspeisen auszuschlagen glich eh einem Sakrileg.

»Sigi, Hedi, ihr wartet noch mit der Geschichte«, beschwor die Konditorin die beiden. »Ich will dabei sein, wenn Lou das erfährt.«

Lou runzelte fragend die Stirn. »Was denn?«

»Wartet!« Franziska hob mahnend den Zeigefinger und verschwand.

Hedwig und Sigrid widmeten sich stumm ihren Tortenstücken.

»Nur einen winzigen Hinweis«, machte Lou den Versuch, den beiden etwas zu entlocken. Aber die Antwort war nur synchrones Kopfschütteln und beharrliches Schweigen.

»Fantastisch«, beschieden sie stattdessen einstimmig nach etwa einer Minute.

Franziska kehrte mit einem weiteren mit einem Tortenstück beladenen Teller, einer Flasche Mineralwasser und drei Gläsern zurück.

Lou schob sich sofort eine Gabel voll Torte in den Mund und spürte Franziskas Blick auf sich gerichtet. Sie schloss die Augen wie meistens, wenn sie etwas verkostete. Auf diese Weise konnte sie sich nur auf ihren Geschmacksinn konzentrieren. Das feine Nussaroma der Füllung harmonierte perfekt mit dem Teig, aus dem Lou einen Hauch von geriebenen Mandeln und Zimt herausschmeckte.

»Himmlisch«, bestätigte sie gleich darauf die Meinung der anderen.

»Wunderbar«, freute sich Franziska und klatschte in die Hände. »Dann wird das meine neue Haustorte.« Mit einer Hand fuhr sie durch die Luft, wie um die passende Bezeichnung einzufangen. »Franzis Nussschaumtorte nach Urgroßmutters Art.«

»Klingt ein bisserl sperrig, findest nicht?«, wandte Hedwig skeptisch ein.

»Gar nicht, das klingt super«, entschied Franziska.

»Könn' ma jetzt endlich zum Wesentlichen kommen?«, drängte Sigrid ungeduldig.

»Ganz deiner Meinung. Was ist das für eine Geschichte, wegen der ihr so ein Tamtam macht?« Lou trank einen Schluck Wasser und warf dabei einen schnellen Blick Richtung Landhaus Gerber. Ob sie nachher noch rasch dort vorbeisehen sollte? Eventuell war Mona spontan doch schon heute eingetroffen, und es herrschte wieder eitel Sonnenschein zwischen ihr und Fabio. Sie riss sich von dem Gedanken los und konzentrierte sich erneut auf die drei Frauen.

»Stell dir vor«, begann Hedwig endlich, nachdem sie sich Lous ungeteilter Aufmerksamkeit sicher war. »Die Petra war gestern bei uns in der Bäckerei.« Sie fuhr sich mit beiden Händen nervös über den ausgestellten grauen Rock, der ihre breiten Hüften umschmeichelte.

Die drei nagelten sie mit den Augen an ihrem Stuhl fest.

»Als die Sirenen losgeheult haben«, setzte Hedwig mit sensationslüsterner Stimme nach und berichtete dann mit viel Liebe zum Detail, dass Petra eigentlich schon viel früher am Morgen hatte kommen wollen, um die bestellte Ware abzuholen. »Vier Weißbrotwecken, zwei Dinkelbrote und zwanzig Semmeln.« Sie nahm einen großen Schluck Wasser.

Lou erinnerte sich an die Papierbeutel in Petras Küche, konnte aber nach wie vor nichts Aufregendes an der Geschichte entdecken.

»Zu dem Zeitpunkt waren mit Sicherheit längst Gäste am Weingut. Aber die haben ja genug Leute zur Hand, die ihnen bei der Arbeit helfen. Nicht wie unsereins, der alles selber machen muss«, merkte Hedwig bissig an und erwähnte zudem, dass sie und die Winzerin zu dem Zeitpunkt alleine in der Bäckerei gewesen waren. »Die Petra ist aus dem Geschäft gestürmt und hat Richtung Loibenberg geschaut, kaum dass wir den Alarm gehört haben. So als hätt s' gewusst, dass genau dort etwas passiert ist«, fand Hedwig zum eigentlichen Thema zurück.

Sigrid und Franziska nickten bestätigend, als wären sie persönlich dabei gewesen.

»Wie die Petra zurückgekommen ist, kam sie mir ziemlich blass vor. Und total nervös. Hat die Einkäufe ganz schnell zusammengerafft und sich nicht mal das Retourgeld geben lassen.« Hedwig hielt kurz inne, um dann die Frage zu stellen, die den drei Frauen offenbar unter den Nägeln brannte. »Was sagst du dazu?«

Doch Lou war noch immer damit beschäftigt, nach der Sensation in der Story zu suchen.

Franziska tippte sich an die Nase. »Also, die Polizistin in dir. Deine Spürnase funktioniert doch noch, oder?«

Alle Augen waren auf Lou gerichtet. Kein Laut war mehr zu hören.

Sie schob sich das letzte Stück Torte in den Mund und ließ es sich auf der Zunge zergehen, bevor sie endlich antwortete. »Ihr denkt also, dass Petra etwas mit dem Mord an ihrem Mann zu tun haben könnte. Und zwar weil sie ihre Bestellung verspätet abgeholt hat, nervös wirkte, zum Loibenberg geschaut hat, als die Sirenen losheulten, und ohne Retourgeld die Bäckerei verlassen hat.«

Die drei Frauen starrten sie weiterhin an, ohne zu reagieren.

Schließlich ergriff Sigrid das Wort. »So hätten wir das natürlich nicht formuliert, aber ja.«

»Ihr Verhalten war schon eigenartig«, fuhr Hedwig dazwischen.

»Vielleicht hatte sie eine Art Vorahnung wegen des Anrufers«, gab Lou zu bedenken. »Der sich Markus im Übrigen als Zech vorgestellt und mit einem leichten Akzent gesprochen hat. Vermutlich ein Tourist, sagt die Petra.« Lou erzählte von ihrem Besuch bei der Winzerin, von dem nächtlichen Telefonterror, der Sachbeschädigung und von Petras Verdacht, dass der Honig-Lorenz hinter allem steckte.

»Nein«, entfuhr es Sigrid. »Das ist … also, davon wusste ich ja gar nichts.« Sie wirkte ernsthaft entsetzt darüber, dass ihr die Schurkereien entgangen waren.

»Der Lorenz soll das getan haben?« Hedwig verzog skeptisch den Mund. »Ich weiß ja nicht.«

»Stille Wasser gründen zwar tief«, mischte sich Franziska ein, »aber so tief?«

»Kann ich mir auch nicht vorstellen«, stimmte Sigrid den beiden zu.

»Außerdem ist da ja noch das Verhalten von der Petra«, erinnerte Hedwig nachdrücklich an den Vorfall in ihrer Bäckerei.

»Genau«, stimmte ihr Sigrid zu. »Und der hässliche Streit am Freitagabend.«

Franziska und Hedwig nickten.

Offenkundig hatte Sigrid sie bereits ins Bild gesetzt. Unbewusst wanderte Lous Blick wieder zum Restaurant hinüber.

»Was schaust eigentlich ständig in die Richtung?«, fragte Franziska und sah ebenfalls zum Landschlösschen.

»Ich frag mich nur, ob die Mona endlich da ist.«

»Schwer zu sagen. Aber ich glaub, eher nicht«, meinte Hedwig. »Ich hab Fabio heute Morgen gesehen, wie er aus dem Haus gekommen ist. Mit einer Reisetasche.«

»In deren Beziehung stimmt doch etwas nicht«, sagte Sigrid hämisch. »Die Mona sollt längst da sein. Dass sie noch in Südtirol zu tun hat, ist nur eine lahme Ausrede, wenn ihr mich fragt.«

Dem folgte eine lebhafte Debatte über mögliche Gründe für Monas Fernbleiben, die am Ende zu dem Schluss kam, dass nur ein Liebhaber dahinterstecken konnte. Lou beteiligte sich nicht am Gespräch. Sie überlegte derweil, ob sie während ihres Besuches bei Petra Haller etwas übersehen hatte. Einen Hinweis darauf, dass diese sie angelogen hatte. Hütete sie ein Geheimnis?

»Weiß du eigentlich mehr als wir?«, riss Franziska sie aus ihren Gedanken.

»Worüber?«, fragte Lou, weil sie die Diskussion nicht mitverfolgt hatte.

»Na, über Fabio und Mona«, rief Sigrid ihr in Erinnerung. »Mit der Mona warst du doch mal befreundet.«

»Außerdem hat dein Wagen gestern Abend vor dem Restaurant gestanden«, ergänzte Franziska breit grinsend. »In Marienkirchen bleibt nix verborgen.«

»Sieht so aus«, erwiderte Lou.

»Da schau her.« Hedwigs Augenbrauen wanderten nach oben. »Die Lou, unser überzeugter Single, auf Abwegen. Sollten wir etwas wissen?«

Sigrid begnügte sich ausnahmsweise mit einem erstaunten Blick.

»Was ihr schon wieder denkt.« Lou wedelte vor ihrer Stirn einmal hin und her, bevor sie den dreien knapp erzählte, wie es zu ihrem Besuch bei Fabio gekommen war. »Und nein, ich weiß nicht mehr als ihr.« Dass Fabio vermutete, dass Mona die Lust auf das neue Restaurant vergangen war, ließ sie bewusst unerwähnt. Sie wusste, welche Skandalstory die drei aus einer solchen Randnotiz stricken würden. »Und nebenbei hab ich ihm geraten, zu Mona nach Meran zu fahren. Anscheinend ist er meinem Rat gefolgt.«

»Mhmmm«, brummte Sigrid enttäuscht.

»Und was ist jetzt mit dem Mordfall?«, hakte Hedwig ungeduldig nach. »Kümmerst du dich darum?«

Lou rollte mit den Augen. Das Thema war eindeutig noch nicht vom Tisch. »Vielleicht ein bisschen«, gab sie zu.

»Von Petras Besuch hab ich den beiden Kriminesern nämlich nix erzählt, als sie bei mir im Geschäft waren und mich gefragt haben, ob ich was bemerkt hätte«, erklärte Hedwig. »Die beiden sind nicht von hier, müssen also nicht alles wissen, was bei uns so los ist. Außerdem will ich niemanden aus Marienkirchen hinhängen. Deshalb sollten wir auch vorerst für uns behalten, dass Petra, Antonia und Markus sich lautstark gestritten haben.«

»Aber wenn euch die Ermittler fragen, ob es innerhalb der Familie Streit gab, werdet ihr nicht lügen«, mahnte Lou, und die drei gaben ihr ihr Versprechen.

»Na gut«, sagte sie anschließend. »Dann hab ich was für euch: Hört euch mal um. Offenbar waren am Loibenberg kurz vor dem Brand noch zwei Radfahrer unterwegs. Grüne Trikots, graue Helme, schwarze E-Bikes«, wiederholte sie Marias Beschreibung.

»Was für ein Glück, dass sonst niemand in einer solchen Kluft und auf E-Bikes herumfährt«, spottete Sigrid.

Lou schmunzelte. Sie hatte ja recht. Es musste in der Wachau Hunderte Radler geben, auf die diese Beschreibung zutraf. »Bis jetzt haben sie sich nicht bei der Polizei gemeldet.«

»Vermutlich Touristen, die längst abgereist sind«, warf Hedwig ein.

Sigrid nickte. »Und falls nicht, wäre es trotzdem die sprichwörtliche Suche nach der Nadel im Heuhaufen.«

»Die findet man vermutlich sogar leichter«, setzte Franziska noch einen drauf.

»Und wenn schon. Haltet bitte die Augen offen«, beharrte Lou und nahm sich vor, noch einmal mit Lorenz zu reden.

# 11

Die Morgensonne tauchte die Wachau in magisches Licht. Die gemächlich mäandernde Donau leuchtete mit den Weinhängen um die Wette. Ein paradiesischer Anblick. Dennoch verzichtete Lou auf ihren Kaffee auf der Gartenbank vor ihrem Winzerhaus, ließ um acht Uhr stattdessen Michelin in seine Transportbox im Auto springen und fuhr zu Lorenz. Sie hoffte, dass sie diesmal von einem Überraschungsbesuch von Verena und Klaus Bachl verschont bleiben würde.

Der Imker saß vor dem Haus. Lou stellte fest, dass er aussah, als wäre er nach ihrem Aufbruch am Vortag einfach an Ort und Stelle sitzen geblieben. Die Haare waren zerzaust, und er trug dieselbe Arbeitskleidung. Auf dem Tisch standen eine Kaffeekanne und eine Tasse.

»Langsam komm ich mir vor wie in einem meiner Bienenstöcke, so ein Kommen und Gehen ist das hier. Werd mir wohl ein Schloss fürs Gartentürl kaufen«, murmelte er, als Lou und Michelin das Grundstück betraten, dann strich er dem Berner Sennenhund, der auf ihn zugelaufen war, sanft übers Fell. »So viel Besuch wie in den letzten beiden Tagen hatte ich die letzten fünf Jahre nicht.«

»Ich wollt schauen, wie's dir geht«, sagte Lou. »Immerhin hat dich gestern die Kriminalpolizei überfallen.«

Lorenz zwinkerte ihr zu. »Schwindlerin. Neugierig bist. Willst wissen, was s' mich g'fragt haben.« Er machte eine wegwerfende Handbewegung und erhob sich. »Aber mir soll's recht sein, muss ich meinen Kaffee nicht allein trinken.«

Er schlurfte ins Haus und holte eine weitere Tasse und ein Kännchen Milch. Lou nahm derweil auf einem Klappstuhl Platz, und Michelin machte es sich in der Wiese bequem.

»Was wollten sie denn von dir?«, fragte Lou, als sie und Lorenz einander gegenübersaßen. Sie schenkte sich selbst Kaffee ein und gab einen Schuss Milch dazu.

»Die Petra hat denen einen Schmarrn erzählt«, grantelte er. »Darüber wollten s' mit mir reden. Aber ich bin mir sicher, das weißt eh schon.«

»Sie meint halt, dass du wegen der Riede …«

»Vergiss es. Die Lage hätt ich mir eh nicht leisten können. Das war nur so ein Hirngespinst von mir.«

»Hast deshalb kein Angebot abgegeben?«

»Mhmmm«, brummte er bejahend.

Eine Biene landete auf der Blüte eines Hornveilchens direkt vor ihnen in der Wiese. Ein paar Augenblicke sahen sie dem Insekt stumm beim Nektarsammeln zu. Lou nippte währenddessen am Kaffee. Als die Biene wieder davonflog, fuhr sich Lorenz durch die wirren, abstehenden Haare. »Möglicherweise wären der Franz und ich uns irgendwann einig geworden. Der fand meine Idee von einer Bienenzucht nämlich gut. Aber sein Tod hat mir einen Strich durch die Rechnung g'macht.«

»Vielleicht findest ja einen anderen Platz für dein Projekt«, versuchte Lou ihn zu trösten. »Zum Beispiel einen aufgelassenen Weinberg.«

Der betagte Imker nickte und zuckte dann mit den Achseln. »Wenn mir nicht egal wäre, was die Leute über mich denken, würden mich Petras Anschuldigungen glatt kränken.« Er nahm einen großen Schluck.

Lou runzelte die Stirn. »Hat dich dazu eigentlich schon vor gestern jemand befragt?«

»Wer denn zum Beispiel?«

»Ein Beamter der Polizeiinspektion Krems. Markus hat die Sache mit den Rotweinflaschen immerhin angezeigt«, gab Lou wieder, was sie von Petra erfahren hatte. »Die Anzeige lautete gegen unbekannt, aber bestimmt hat er dabei deinen Namen fallen lassen.« Dann erinnerte sie sich, dass der Vorfall erst Freitagnacht passiert war. Die Beamten hätten also äußerst schnell reagieren müssen.

Der Imker schüttelte missmutig den Kopf. »Es gibt keine Anzeige.«

»Was?«

»Die Badinger hat mit einem Kollegen telefoniert, als sie bei mir war«, erläuterte Lorenz. »Der Haller hat in Krems nichts angezeigt.«

Lou brauchte einen Moment, um zu begreifen. »Aber warum hat er dann …? Ich meine, warum hat die Petra …?«

»Wenn es nicht so deppert klingen würd, würd ich sagen, der Haller hat den Brand selbst g'legt und sich dann erschossen.«

»Der Schuss war aufgesetzt«, erwiderte Lou, als ihr einfiel, dass sie weder Petra noch Verena gefragt hatte, ob die Waffe schon gefunden worden war. Offenbar war sie längst eine bessere Delikatessenhändlerin als Ermittlerin. »Jemand hat ihn erschossen.«

»Vielleicht hat er einen Killer hinbestellt«, mutmaßte Lorenz zynisch. »Die Versicherungen zahlen nämlich nicht bei Selbstmord.«

Lou blinzelte verwirrt. »Na geh! Wieso hätte er das tun sollen?«

»Vielleicht, weil er sich übernommen hat?«

»Mit dem Loibenberg?«, hakte Lou nach.

»Generell.«

»Wie kommst denn auf die Idee?«

»Hört man doch öfter, dass sich Topunternehmer zu Tode investieren«, sagte Lorenz. »Manche von denen werden sogar von ranghohen Politikern ausgezeichnet, bevor die Öffentlichkeit feststellt, dass sie gar nicht so großartig sind.«

Lou starrte ihn an. »Glaubst wirklich, dass der Haller ein Schaumschläger war? Der hat doch Topweine produziert. Die Weinproduktion hat er wirklich draufgehabt, was das angeht, hatte er keinen Grund, sich größer zu machen, als er es eh schon war.«

»Es gibt viele Winzer in der Wachau, die was draufhaben, tolle Weine produzieren und trotzdem mit beiden Beinen am Boden bleiben.« Lorenz drehte seine Handflächen nach oben. »Du kennst bestimmt den Spruch: Geld verdirbt nicht den Charakter, es bringt ihn zum Vorschein. Das traf auf den Haller zu hundert Prozent zu. In Wahrheit war er ein Durchschnittsmensch, nur trug er halt teure Schuhe.« Er verzog das Gesicht und knurrte. »Expansion ums Verrecken und alle zwei Jahre ein neues Auto.«

Lou hatte sich nie genauer mit Markus Hallers Aktivitäten und Investments beschäftigt, sie wusste nur, dass er aus einem kleinen Betrieb eine österreichweit bekannte Marke gemacht hatte. »Tja, das bringt Erfolg wohl mit sich. Außerdem hat er vermutlich auch deshalb ständig investiert, um Steuern zu sparen. Du hast doch auch einen Betrieb und musst das kennen.« Letzteres war nur dahergesagt. Lou hatte keine Ahnung, ob Lorenz den Erlös aus dem Honigverkauf versteuerte.

»Aber zwischen Investment und Raffgier besteht ein Unterschied«, hielt Lorenz dagegen.

»Trotzdem. Ein Selbstmord durch einen bestellten Killer ergibt keinen Sinn. Bei Geldsorgen hätte der Haller ja nur eine oder zwei Lagen verkaufen müssen.«

»Die Gier ist ein Hund«, bemühte Lorenz erneut ein Sprichwort.

Es war Zeit, das Thema zu wechseln, beschloss Lou. »Ich hab gestern auch die Maria getroffen. Sie meinte, da waren noch zwei Radfahrer morgens am Loibenberg unterwegs.«

Lorenz machte ein nachdenkliches Gesicht. »Hab keine gesehen.«

»Zwei Männer. Graue Helme, grüne Trikots, E-Bikes«, fuhr Lou dennoch fort.

Er schüttelte den Kopf. »Die hab ich nicht gesehen. Müssen aufgetaucht sein, als ich schon weg war.«

»Möglich«, sagte Lou. »Maria hat ja auch noch den Haller gesehen und du nicht.« Sie machte eine wegwerfende Geste. »Wie auch immer, die Polizei sucht sie vermutlich eh schon.«

»Weshalb?«

»Könnte doch sein, dass sie wichtige Zeugen sind.«

»Hm«, machte Lorenz gleichgültig. »Glaubst nicht, dass sie sich schon längst gemeldet hätten, wenn sie was g'sehen hätten?«

»Keine Ahnung. Vielleicht ist ihnen gar nicht bewusst, dass sie eine wichtige Beobachtung gemacht haben.«

»Oder sie wollen einfach nichts mit der Polizei zu tun haben.« Lorenz runzelte die Stirn. »Kann man niemandem verdenken. Die Kieberer bringen nur Ärger und stellen blöde Fragen.«

Lou schmunzelte. Der Besuch von Verena und ihrem Assistenten hatte ihm offenbar nicht gefallen. Sie sah schnell auf ihr Handy. Schon zwanzig Minuten vor neun. »So gerne ich mit dir weiterplaudern würde, Lorenz …« Sie machte eine entschuldigende Geste. »Aber ich muss ins Geschäft. Bin heute allein, deshalb muss ich pünktlich sein.« Sie erhob sich. »Danke für den Kaffee.«

»Du bist immer willkommen.« Er zwinkerte ihr freundlich zu. »Aber das nächste Mal rufst vorher an, dann back ich uns einen Kuchen.«

Lou schenkte ihm ein Lächeln. »Oder ich nehme einfach einen von der Franzi mit.«

Kurz vor neun betrat sie mit Michelin Lous köstliche Welt und ließ die Eingangstür offen stehen. Das senkte die Hemmschwelle einzutreten, hatte sie mal irgendwo gelesen. Jetzt, am Montag nach dem Weinherbstwochenende, würden natürlich nicht mehr so viele Touristen im Ort sein. Lou stellte sich daher auf einen ruhigen Arbeitstag ein.

Sie durchquerte den Verkaufsraum und trat durch die Glastür in das dahinterliegende Zimmer, in dem sich ihr Büro und eine schmale Küchenzeile befanden. Außerdem gelangte man von dort in eine winzige Abstellkammer, wo Putzmaterialien lagerten. Einer Schreibtischschublade entnahm sie Block und Kugelschreiber und wechselte wieder nach vorne. Michelin blieb im Büro. Auf diese Weise war er stets in ihrer Nähe, und sie vermied etwaige Beschwerden, weil Tiere nun mal in einem Geschäft, das Lebensmittel verkaufte, verboten waren. Durch die Glastür konnte er sie zumindest sehen und Alarm schlagen, wenn er rausmusste.

Sie postierte sich vor dem Regal mit den Marmeladen und begann, die Gläser zu zählen. Über die Hälfte der mit Marillenmarmelade und ein Drittel der mit Himbeermarmelade waren verkauft worden. Ebenso verhielt es sich mit dem Marillensenf und dem Traubenkernöl. Das Wachauer Gold, ein handgeschöpfter Schafskäse mit Safran, den sie von der Biokäserei bezog, die eine halbe Stunde von Marienkirchen entfernt lag, war komplett ausverkauft. Auch das Regalbrett mit den Nudeln aus Waldstaudenroggen war leer. Die alte Getreidesorte zeichnete sich durch einen höheren Ballaststoffgehalt und ein kräftiges Aroma aus und war bei Lous Stammkunden und Urlaubern gleichermaßen beliebt. Sie überflog die Positionen auf ihrer Liste.

»Das Wochenende hat sich ausgezahlt«, murmelte sie. Sigrid hatte recht, sie musste sofort nachordern.

Lous schnelle Inventur wurde von einer Handvoll Kunden unterbrochen, sodass ihre Liste mit den Nachbestellungen noch länger wurde. Zwischendurch schweiften ihre Gedanken immer wieder ab. Sie konnte sich nicht erklären, weshalb in Krems keine Anzeige von Markus Haller vorlag. Hatte Petra sie angelogen? Oder Markus seine Frau? Aber aus welchem Grund? Außerdem bekam Lou Lorenz' Bemerkung, dass Haller sich übernommen habe, einfach nicht aus ihrem Kopf. Die Theorie vom Selbstmord beziehungsweise dem von ihm selbst engagierten Killer klammerte sie trotzdem aus. Aber was, wenn Markus Haller sich von den falschen Leuten Geld geborgt hatte? Andererseits, warum hätte er das tun sollen? Bestimmt war er kreditwürdig gewesen, und seine Bank hätte ihm jede von ihm verlangte Summe geliehen.

Um halb eins schloss sie Lous köstliche Welt. Die nächsten dreißig Minuten machte sie mit Michelin einen Spaziergang an der Donau entlang. Die Bewegung sowie der Anblick des dahinfließenden Wassers und der Weinberge sorgten dafür, dass sie den Kopf freibekam. »Weißt was, Michelin? Ab morgen lassen wir das Auto öfter mal stehen und gehen zu Fuß ins Geschäft. Das ist gesund und schont die Umwelt.«

Michelin reagierte nicht.

Anschließend schlenderte Lou hinüber zu Franzis Café, das

täglich zwei Mittagsgerichte anbot, und setzte sich an einen der Außentische.

»Sag, weißt du, ob die Hallers Geldprobleme haben?«, fragte Lou die Cafébesitzerin, nachdem sie die Karotten-Erdäpfelsuppe bestellt hatte.

»Der Markus und Geldprobleme?« Franziska sah Lou erstaunt an. »Ich glaub, eher wissen die Hallers nicht, wohin mit ihrem Reichtum.«

»Meinst wirklich?«

Franziska nickte. »Die Antonia hat mir erst kürzlich vorgejammert, dass ihr Vater ständig neue Rieden kauft, obwohl ihr Gut längst groß genug ist und sie regelrecht in Arbeit ersticken. Das hätte er doch nicht getan, wenn er Geldsorgen gehabt hätte.«

»Vermutlich nicht«, pflichtet Lou ihr bei.

Franziska beugte sich vor, machte ein Gesicht, als würde sie gleich ein Geheimnis verraten, und sagte mit gedämpfter Stimme: »Die Petra und die Antonia werden demnächst zwei oder drei Weinhänge verkaufen. Dafür stellen sie die Bewirtschaftung der verbliebenen endlich auf biologisch-dynamisch um. Das wollte die Antonia schon seit längerer Zeit, aber der Markus war dagegen, weil so eine Änderung Zeit und Geld kostet. Jetzt können sie Antonias Idee problemlos umsetzen.«

»Woher weißt du das?«, fragte Lou verwundert.

Franziska richtete sich wieder auf. »Von der Petra selbst. Sie hat mich heute Morgen wegen der Torte für den Leichenschmaus angerufen. Der soll übrigens auf dem Weingut stattfinden.«

»Sie hat dich schon heute angerufen?«, wunderte sich Lou. »Gibt es denn schon ein Datum für die Beerdigung?«

»Nein, natürlich nicht. Markus' Leiche ist ja noch nicht mal freigegeben.« Franziska schüttelte den Kopf, als wollte sie sagen: Du als Polizistin solltest das wirklich wissen. »Aber die Petra kann sich halt vorstellen, wie viel Arbeit ich hab, und wollte einfach rechtzeitig Bescheid geben, damit ich gewappnet bin. Gegebenenfalls kann ich die Torte schon mal vorbereiten und einfrieren.«

»Okay«, sagte Lou.

»Sie hat eine Esterházy-Torte bestellt. Die mochte Markus am liebsten.«

»Könnte das der Grund für den Streit gewesen sein?«, kam Lou auf die Weinberge und die Umstellung der Bewirtschaftungsmethode zurück.

Franziska sah Lou erstaunt an. »Das hab ich sie natürlich nicht gefragt. Das wäre respektlos gewesen, findest nicht? Außerdem hat sie keine Ahnung, dass ich von dem Streit weiß. Was dahintersteckt, musst schon du rausfinden. Du bist die Polizistin.«

Lou schluckte die Widerworte, die ihr auf der Zunge lagen, hinunter.

Die Konditorin hielt kurz inne. »Aber, um noch mal auf deine Idee mit den Geldsorgen der Hallers zurückzukommen. Wie kommst darauf? Denkst du etwa, dass Geld das Mordmotiv war?«

»War nur so eine spontane Idee«, wich Lou einer Antwort aus.

In Franziskas Blick lag Argwohn. Sie öffnete den Mund für eine Frage, doch zum Glück wollte ein Gast an einem der anderen Tische zahlen und rief nach ihr. Sie wandte sich um, kassierte ab und ging dann ins Café. Fünf Minuten später kam sie mit der Suppe zurück. »Wenn ich so darüber nachdenke, wäre Geld wirklich ein starkes Motiv«, raunte sie verschwörerisch. »Heißt es nicht oft: Folge dem Geld?«

»In Filmen, ja«, entgegnete Lou spöttisch. »Trotzdem hast du recht. Geld wäre ein starkes Motiv.«

Franziska nickte wissend, als hätte Lou sie soeben in die hohe Kunst der Mordermittlung eingeweiht. »Wenn ich was für dich tun kann, lass es mich wissen.«

Lou lächelte. »Natürlich.« Sie löffelte ihre Suppe mit Genuss und zahlte kurz darauf. Ihre Mittagspause war vorüber.

Zurück im Geschäft versuchte sie, sich wieder auf die Bestellliste zu konzentrieren, fragte sich aber immer wieder, ob sie die Idee mit den Geldsorgen der Hallers ad acta legen sollte. Franziska hatte ziemlich überzeugend geklungen. Jedoch kam es ihr eigenartig vor, dass Petra geradeheraus erzählt hatte, Weinberge verkaufen zu wollen, obwohl Markus erst seit zwei Tagen tot war. Noch dazu war er ermordet worden. Das wog schwer. Lou war sich sicher gewesen, dass Petra und Antonia vor lauter Kummer kaum denken konnten. Doch offenbar waren die Haller-Frauen schon zum Geschäftlichen übergegangen. Das passte nicht in das Bild, das ihr die beiden gestern bei ihrem spontanen Besuch vermittelt hatten. War die Trauer gespielt gewesen? Lou seufzte und verdrängte die Gedanken an die Winzerinnen. Sie musste sich sputen, um ihr Arbeitspensum für heute noch zu erledigen.

Um sieben Uhr abends hatte sie endlich ihre Nachbestellungen aufgegeben. Nachdem sie in erster Linie Erzeugnisse von regionalen Produzenten verkaufte, würden die meisten leeren Regale bis morgen Mittag wieder gefüllt sein. Sie öffnete die Glastür zum Büroraum, um Michelin in die Freiheit zu entlassen, als ihr Handy läutete. Nach einem kurzen Blick aufs Display ging sie ran, während sie die Ladentür von innen versperrte.

»Fabio. Das ist ja eine Überraschung. Danke noch mal für den schönen Abend vorgestern.«

»Mona ist weg!«, rief er aufgeregt.

»Was heißt, sie ist weg?«

»Sie ist fort! Nicht da! Verschwunden!«

»Das hab ich schon verstanden. Aber was ist passiert?«, fragte Lou.

»Das weiß ich nicht genau. Jedenfalls ist sie nicht in unserer Wohnung.«

Lou setzte sich auf den Stuhl hinter dem Verkaufstresen. »Jetzt beruhige dich erst mal und erzähl der Reihe nach.«

Sie hörte, wie Fabio am anderen Ende der Leitung tief durchatmete.

# 12

Ich bin gestern nach Meran gefahren«, begann Fabio schließlich. »Wie du mir am Samstagabend vorgeschlagen hast.«

Er erklärte, dass ihre gemeinsame Wohnung in der Altstadt in der Via Hallergasse lag, inmitten der verkehrsberuhigten Zone nahe der Kirche St. Nikolaus. Und dass Mona und er regelmäßig im kleinen Café Maria in der Via Portici frühstückten, gegenüber dem gotischen Gotteshaus.

»Da war ich heute Morgen auch, und der Besitzer hat mich nach Mona gefragt. Sie hat sich seit Tagen nicht mehr sehen lassen. Er hat schon befürchtet, dass sie weggezogen ist, ohne sich von ihm zu verabschieden.«

»Hast du ihm gesagt, dass du nach ihr suchst?«

»Nein, vorerst will ich keine Pferde scheu machen. Ich muss ohne Hilfe herausfinden, was los ist«, entgegnete Fabio.

Und warum rufst du mich dann an?, rätselte Lou im Stillen. Glaubte er etwa, sie wüsste, wo Mona sich aufhielt?

»Übrigens steht auf der Piazza Duomo häufig ein älterer Mann mit seinem Piaggio-Transporter, den er wie der Honig-Lorenz zu einem Stand umfunktionieren kann. Nur dass er keinen Honig, sondern heiße Würste verkauft«, schweifte Fabio ab.

Lou schrieb es seiner Aufgeregtheit zu, dass er sich in Unwichtigkeiten verrannte, und übte sich in Geduld.

»Als Mona bei meinem Eintreffen nicht in der Wohnung war, hab ich mir erst mal nichts gedacht«, kam Fabio wieder auf den eigentlichen Grund seines Anrufs zurück. »In unseren Jobs ist es normal, sonntags zu arbeiten. Sie wusste ja nicht, dass ich zu Besuch komme. Also hab ich mich auf unsere Terrasse gesetzt und gewartet. Ich wollte sie überraschen.«

Oder ihr die Chance nehmen, sich eine passende Ausrede zu überlegen, weshalb sie noch immer nicht in der Wachau ist, ergänzte Lou in Gedanken.

Fabio schilderte seinen Plan, Mona am vergangenen Abend in ein Restaurant auszuführen. »Ich dachte, bei gutem Essen und einem Glas Wein spricht es sich leichter«, sagte er. »Als sie um sieben Uhr abends immer noch nicht zu Hause war, wurde ich ungeduldig. Ich hab sie angerufen, aber nicht erreicht.«

Michelin stupste Lous freie Hand an. Instinktiv strich sie ihm über den Kopf.

»Ich dachte, dass sie vielleicht noch ein Meeting außer Haus hat. Ihr Laptop ist nämlich auch nicht in der Wohnung.«

Lou überlegte, ob ihm – so wie ihr – schon die Idee gekommen war, dass Mona ihn betrog.

»Also bin ich zur Tiefgarage gegenüber dem Bozener Tor gegangen«, fuhr Fabio unterdessen fort. »Dort haben wir zwei Plätze gemietet. Ich hoffte, dass sie das Auto nach der Arbeit vielleicht dort abgestellt hätte und direkt etwas essen gegangen wäre. Aber der Platz war immer noch leer. Hörst du mir überhaupt zu?«

»Ja, Monas Auto stand nicht dort«, wiederholte Lou und bemühte sich, nicht ungeduldig zu wirken. Sie hatte aufgehört, Michelin zu kraulen.

»Also habe ich die Lokale abgeklappert, in denen wir gerne zu Abend essen. Vergeblich. Immerhin hatte sie mittlerweile bemerkt, dass ich mehrmals versucht hatte, sie anzurufen. Sie hat mir nämlich eine WhatsApp-Nachricht geschickt und behauptet, sie sitze in einem Meeting fest.«

»Was ja auch dein Gedanke war«, erinnerte Lou ihn und fragte sich, wohin die Geschichte noch führen würde.

»Genau, deshalb war ich fürs Erste beruhigt. Zoom-Meetings mit Kunden aus Übersee oder Asien finden häufig abends statt. Aufgrund der Zeitverschiebung«, merkte er an. »Selbst an Wochenenden. Ich dachte, sie wäre noch im Büro. Die nächste Nachricht kam kurz vor Mitternacht. Mona schrieb, dass sie erst jetzt zu Hause und zu müde zum Telefonieren sei.«

»Aber in der Wohnung warst mittlerweile wieder du. Allein«, schlussfolgerte Lou.

»Exakt. Zudem schrieb sie, dass sie am nächsten Morgen schon sehr früh einen Termin im Büro habe und in den kommenden Tagen nur schwer bis gar nicht erreichbar sei.«

»Und weiter?« Lou lehnte sich auf dem Stuhl zurück. Vermutlich würde Fabio ihr nun erklären, warum er überzeugt war, dass Mona verschwunden war. Wobei ihrer Meinung nach alles dafür sprach, dass sie sich eine Auszeit genommen hatte. Mit oder ohne Liebhaber. Das Bild von diesem Jean Leporte blitzte für den Bruchteil einer Sekunde in ihrem Kopf auf.

»Sie will nicht mit mir telefonieren.«

»Das weißt du doch gar nicht«, widersprach Lou instinktiv.

»Wie auch immer«, sagte er ausweichend. »Jedenfalls habe ich mich danach noch mal genauer in der Wohnung umgesehen und bemerkt, dass ihr Trolley und ein paar Kleidungsstücke fehlen.«

»Was ist mit ihrem Reisepass?«, hakte Lou nach.

»Der ist auch weg. Aber den hat sie sowieso immer dabei, um sich ausweisen zu können. Sie hat keinen Personalausweis, weil sie den aufgrund des Passes überflüssig findet«, erklärte Fabio. »Und in ihrem Führerschein steht noch ihr Mädchenname. Den hat sie bislang nicht ändern lassen, weil das nicht gesetzlich vorgeschrieben ist. Deshalb der Reisepass.«

»Also könnte es doch sein, dass sie dich ebenfalls überraschen wollte und früher als geplant zu uns nach Marienkirchen aufgebrochen ist«, versuchte Lou eine logische Erklärung für Monas Verschwinden zu finden, die nichts mit Ehebruch zu tun hatte.

»Aber dann hätte sie mich doch längst zurückgerufen. Für diesen unwahrscheinlichen Fall hab ich sogar einen Zettel in der Küche vom Landhaus Gerber hinterlassen«, sagte Fabio.

Außerdem hätte Mona vermutlich längst bei mir im Geschäft vorbeigesehen, dachte Lou und strich die Erklärung auf ihrer imaginären Liste von Möglichkeiten durch.

»Und die Sachen für die Spedition wären auch zusammengepackt«, fügte er hinzu. »Wir haben nämlich vereinbart, dass unser Hausrat sofort nach Marienkirchen gebracht wird, wenn Mona unterwegs ist.«

»Und sie hat nichts gepackt«, erahnte Lou.

»Sie hat nichts gepackt«, wiederholte Fabio.

»Vielleicht musste sie ja kurzfristig eine letzte Dienstreise machen«, stellte Lou nach einer Weile eine weitere Erklärung in den Raum, die nicht aus der Luft gegriffen war. Bei ihrem überraschenden Besuch in Lous Laden hatte Mona ihr erzählt, wie stressig der Job manchmal war und dass ihre Chefs maximale Flexibilität und Reisebereitschaft voraussetzten.

»Wenn es so wäre, hätte sie mir ebenfalls Bescheid gegeben«, tat Fabio ihre Überlegung sofort ab. »Außerdem würde sie zwischendrin doch mal an ihr Natel gehen, also, an ihr Handy.«

»Wann hast du das letzte Mal mit ihr telefoniert?«

»Am Samstagmorgen. Als sie mir gesagt hat, dass sie nicht vor dem nächsten Wochenende kommen würde, weil sie Philip und Belinda im Moment mit der vielen Arbeit nicht hängen lassen kann.«

»Könnte sie nicht im Büro übernachtet haben?«, gab Lou zu bedenken.

»Dort hab ich heute angerufen. Die Sekretärin konnte mir nicht sagen, wo sie sich aufhält«, entgegnete Fabio postwendend. »Mona verwaltet ihre Termine selbst. Ich hab nur erfahren, dass Belinda und Philip bis morgen auf Geschäftsreise sind.«

»Dann rufst du eben morgen noch mal an. Ich bin sicher, alles wird sich aufklären.« Lou versuchte, zuversichtlich zu klingen, obwohl sie mittlerweile überzeugt war, dass Sigrid, Franziska und Hedwig recht hatten und ein Liebhaber hinter Monas seltsamem Verhalten steckte.

»Und falls du jetzt denkst, dass ein anderer Mann der Grund für dieses ganze Chaos ist«, sagte Fabio, als hätte er ihre Gedanken erraten, »Mona hat bestimmt keinen Liebhaber.«

»Wenn du das sagst«, meinte Lou. Ohne Beweise wäre es ohnehin unseriös, das Gegenteil zu behaupten.

»Könntest du nicht nach Meran kommen?«, bat Fabio sie unvermittelt.

Sie stutzte. »Um was genau zu tun?«, fragte sie, ahnte die Antwort jedoch bereits.

»Um herauszufinden, wo Mona steckt.«

»Aber wie stellst du dir das vor? Ich hab auch ein Leben«, erwiderte Lou. »Mal davon abgesehen, dass du vermutlich nicht weißt, wo wir mit der Suche nach ihr anfangen sollten. Oder hast du eine Ahnung?«

»Bring Michelin ruhig mit«, ignorierte er ihre letzte Frage. »Meran ist eine hundefreundliche Stadt, und er kann wie du in unserer Wohnung übernachten.«

»Ich kann hier nicht alles stehen und liegen lassen«, erhob Lou weiterhin Einwand. »Sigrid hat morgen noch frei. Sie hat das gesamte Wochenende durchgearbeitet und sich die Pause verdient. Zudem ist Meran nicht gerade um die Ecke, sondern sechseinhalb Stunden mit dem Auto entfernt, noch dazu hinter dem Brenner.« Die Brennerautobahn war zu gewissen Zeiten eine einzige Katastrophe. Erst kürzlich hatte Lou in einer Tageszeitung über einen nahezu hundert Kilometer langen Stau gelesen. Nein danke, sie hatte keinen Bedarf. Und mit Bus und Bahn wäre sie mindestens acht Stunden unterwegs. Auch nicht verlockend.

»Bitte überleg es dir«, flehte er.

»Wahrscheinlich ist alles doch nur ein großes Missverständnis.« Lou hoffte mittlerweile wirklich, dass sich die Sache wie auch immer in Wohlgefallen auflösen würde. Aber fest stand, dass sie nicht vorhatte, sich in eine Ehekrise hineinziehen zu lassen.

»Ich bin mit meinem Latein am Ende, Lou.« Fabio klang erschöpft. »Ich habe keine Ahnung, was ich noch tun soll.«

»Warst du schon bei der Polizei?«, fragte Lou und überraschte sich damit selbst. Warum zum Teufel schlug sie ihm das vor, wenn sie Mona doch in den Armen eines anderen Mannes wähnte?

»Nein, weil ich nicht weiß, was ich der Polizei sagen sollte. Ich könnte nur anzeigen, dass meine Frau ihren Koffer gepackt hat, offenbar mit dem Auto weggefahren ist und ich nicht weiß, wohin.«

»Wäre zumindest die Wahrheit«, erwiderte Lou.

»Aber das klingt nach einer Ehefrau, die ihren Ehemann verlassen hat. Am Ende denken die Polizisten noch, ich hätte sie misshandelt und sie wäre deshalb abgehauen«, entgegnete Fabio.

»Damit könntest du recht haben«, gestand Lou ein.

»Eben. Und ich hab keine Lust, ins Fadenkreuz der hiesigen Polizeibehörde zu geraten.« Ein paar Atemzüge lang herrschte Stille. »Denkst du, sie hatte einen Unfall?«, fragte Fabio schließlich.

»Wenn, dann wärst du als Ehemann sicher schon informiert worden«, versicherte ihm Lou.

»Ich werde trotzdem mal in den umliegenden Spitälern anrufen«, beschloss Fabio.

»Mach das, und danach reden wir noch mal«, bestärkte Lou ihn in seinem Entschluss, obwohl sie nicht glaubte, dass er Mona in einem Krankenhaus finden würde. Aber für Fabio war es besser, sich zu beschäftigen, als herumzusitzen und abzuwarten.

»Merci, Lou.« Er legte auf.

Lou starrte auf das stumme Handy in ihrer Hand. Dann schloss sie für einen Moment die Augen und atmete tief durch. Das Telefonat hatte sie aufgewühlt und ausgelaugt. Dass Fabio sie in seine und Monas schwierige Situation hineinziehen wollte, zerrte an ihren Nerven. Sie hatte keine Ahnung, wie es um deren Liebesleben stand, wusste nicht einmal, weshalb sie sich entschieden hatten, Südtirol zu verlassen und in die Wachau zu ziehen. Ihre ehemalige Jugendfreundin war ihr fremd geworden, und auch Fabio kannte sie kaum. Immerhin wusste sie jetzt, dass er genauso gut kochte, wie er aussah. Was war nur los mit den beiden? Als Polizistin hatte sie des Öfteren erlebt, dass Menschen, die einander einmal geliebt und grenzenlos vertraut hatten, zu erbitterten Feinden geworden waren. Die auch vor Mord nicht zurückschreckten. Ein grausamer Gedanke ließ sie die Augen wieder öffnen.

»Steigere dich bloß nicht in etwas hinein, zu dessen objektiver Beurteilung dir die Fakten fehlen«, ermahnte sie sich streng und rief dann entschlossen Monas Kontakt in ihrem Handy auf. Sie hatten Nummern ausgetauscht, als Mona vor einem halben Jahr wie aus dem Nichts in Lous köstlicher Welt aufgetaucht war.

»Vielleicht gehst du ja ran, wenn ich dich anrufe«, murmelte Lou und tippte aufs runde Anrufsfeld. Nach dem fünften Läuten meldete sich die Mailbox. Mona sprach einen kurzen Text in Deutsch, Italienisch und Englisch. Lous erster Impuls war, wieder aufzulegen. Doch dann entschied sie sich anders. Ihr war eine plausible Notlüge für ihren Anruf eingefallen.

»Hey, Mona, hier ist Lou. Du, ich hab gehört, dass du noch in Südtirol bist, deshalb ruf ich an. Sag, habt ihr in der Vinothek einen Lagrein von der Klosterkellerei Muri-Gries im Sortiment? Wenn ja, könntest mir einen Sechserkarton mitbringen, wenn du kommst? Ruf mich doch bitte zurück, wenn du das hörst, und gib mir Bescheid. Danke und ciao!«, flötete sie bemüht unbeschwert und legte dann auf.

Sie atmete tief durch. Zum Glück war ihr die Kellerei des Benediktinerklosters im Bozener Stadtteil Gries eingefallen, die für die Weine der Südtiroler Rebsorte Lagrein bekannt war.

»Dann schaun ma mal, ob du dich meldest«, sagte sie halblaut zu sich selbst.

Augenblicklich kam Michelin angetrottet und stupste mit der Schnauze gegen ihr Knie. Er schien zu wissen, wie es in ihrem Inneren aussah, schließlich lasen Hunde nicht nur Gesichter, sie erfassten auch instinktiv Emotionen. Lou beugte sich nach vorne, nahm den Kopf des Rüden in beide Hände, kraulte ihn hinter den Ohren und legte ihre Stirn auf seine. Die innige Verbindung mit ihm beruhigte sie.

»Die Welt ist doch verrückt, mein Großer«, murmelte sie. »Wie einfach ist dagegen dein Leben. Fressen, spazieren gehen, schlafen.«

Wie zur Bestätigung gab Michelin ein wohliges Brummen

von sich, ein Laut, für den Lou noch keine treffende Bezeichnung gefunden hatte. Sie verglich ihn mit dem Schnurren von Katzen, obwohl er völlig anders klang.

»Genug für heute«, beschloss Lou, hob den Kopf und stand auf. »Lass uns noch eine Runde spazieren gehen, dann nach Hause fahren und was Feines essen. Das haben wir uns verdient.«

Michelin begriff und lief schwanzwedelnd zur Tür. Sie gingen eine Stunde an der Donau entlang, ehe sie sich auf den Heimweg machten.

Zu Hause füllte Lou zuerst die Futterschüssel vor dem Haus mit Nassfutter, schlug ein Ei hinein und mischte zusätzlich Haferflocken und Leinöl darunter. Michelin fiel darüber her, als hätte er seit Wochen nichts gefressen. Nach gefühlten dreißig Sekunden war die Schüssel leer, und der Rüde trat seinen Streifzug ums Haus an.

Lou ging in den Flur und schloss die Eingangstür hinter sich. In der Küche öffnete sie den Kühlschrank und überlegte laut, worauf sie Appetit hatte. »Wie wär's mit gebackenem Schafskäse mit Cocktailtomaten und Honignüssen? Perfekt, Frau Conrad«, sagte sie grinsend, nahm den Feta heraus, schaltete den Backofen ein und strich eine Auflaufform mit Olivenöl aus.

Während sie den Käse würfelte und in die Form gab, wanderten ihre Gedanken wieder zur Sachbeschädigung auf dem Weingut der Hallers.

»Wer macht sich die Mühe, Etiketten von Weinflaschen abzulösen, bevor er sie gegen die Wand schmeißt? Und aus welchem Grund?« Lou führte häufig Selbstgespräche, sie halfen ihr beim Nachdenken. Grübelnd marinierte sie klein geschnittene Cocktailtomaten mit Olivenöl, mischte sie mit ihren hausgemachten Honignüssen und würzte alles mit Pfeffer und Salz.

»Weil der Name des Weingutes ein Hinweis auf den späteren

Mörder von Markus Haller gewesen wäre? Andernfalls hätten die Etiketten dem Unruhestifter doch egal sein können.«

Lou verteilte die Tomaten-Nuss-Mischung gleichmäßig auf dem Feta. Von den Kräutern, die sich in Töpfen auf dem Fensterbrett aufreihten, schnitt sie je einen Zweig Thymian und Rosmarin ab, legte beides auf den Schafskäse und schob die Form in den Herd.

»Oder waren die Flaschen vielleicht noch gar nicht etikettiert?«, gab sie sich weiter ihren Gedankenspielen hin. Nach der Abfüllung lagen die Flaschen oft monatelang ohne Etiketten in offenen Gitterboxen. Jeder, der Zugang zum Keller oder zum Lager hatte, konnte sich an ihnen bedienen.

Sie schenkte sich ein Glas Riesling Federspiel vom Weingut ihrer Eltern ein und beschloss, sich umzuhören, ob einem Winzer, der in der Region Rotwein anbaute, Weinflaschen gestohlen worden waren. Plötzlich runzelte sie die Stirn. »Aber warum hat Markus seine Frau angelogen, als er ihr erzählt hat, dass er die mutwillige Beschädigung angezeigt hat?«, murmelte Lou. »Das ist doch sehr merkwürdig.«

Eine halbe Stunde später nahm sie die heiße Auflaufform aus dem Herd, stellte sie auf einen Metalluntersetzer auf der Anrichte und sog das Aroma von Honig, Nüssen, Thymian und Rosmarin ein. Dann nahm sie einen Teller aus dem Geschirrschrank, richtete eine Portion des gebackenen Käses darauf an und stellte ihn und ihr Glas Weißwein auf den Esstisch. Schließlich holte sie noch ihren Laptop aus dem Arbeitszimmer und hörte auf dem Weg zurück Michelin draußen an der Eingangstür kratzen. Als sie ihn hereinließ, reckte er witternd den Kopf, pilgerte sofort Richtung Küche und setzte sich neben den Tisch.

»Nein, mein Großer. Das ist mein Essen.« Lou deutete in den Flur. »Decke«, sagte sie nachdrücklich.

Michelin sah sie noch einmal mit seinen großen Hundeaugen an, trollte sich dann aber auf seinen Platz.

Nach dem Essen rief Lou die Homepage des Haller-Weingutes auf und klickte sich durch die Seiten. In den Erläuterungen zu jeder Weinsorte fand sich ein Link, der zu dem Weinhang führte, auf dem die zugehörige Riede lag. Lou war beeindruckt. Hallers Weinlagen erstreckten sich tatsächlich über die gesamte Wachau. Unter dem Header fand sie die Kategorie Geschichte und hoffte, dass dort die jährlichen Investitionen angeführt waren, damit sie sich ein Bild davon machen könnte, in welcher Geschwindigkeit der Betrieb gewachsen war. Doch ihre Hoffnung wurde nicht erfüllt. Sie stieß nur auf eine äußerst knappe Zusammenfassung. Markus' Großvater hatte das Familienweingut gegründet, sein Vater ab den 1960er-Jahren geleitet und ihn, Markus, schon mit sechzehn in den Betrieb involviert. Diesen hatte er nach der Übernahme vergrößert und zu einem der bekanntesten Weingüter Österreichs gemacht. Mit seiner Tochter Antonia arbeitete nun schon die vierte Generation im Familienbetrieb.

»Das sind sehr spärliche Informationen, Herr Haller«, seufzte Lou. »Was nicht zu dir passt, weil du dich ja normalerweise gerne aufgeplustert hast wie ein stolzer Gockel.«

Anschließend durchforstete sie die Accounts des Betriebs in den sozialen Medien, für die, wie sie wusste, Antonia zuständig war. Vielleicht fand sie hier ja die Angaben, wann welcher Weinberg gekauft worden war. Sie sah wunderschöne Bilder und Videos vom Weingut, doch nach zehn Minuten hatte sie genug. Sie war nicht fündig geworden.

Gähnend streckte sich Lou und sah auf die Küchenuhr. Es war elf. Zeit, schlafen zu gehen. Sie erhob sich, räumte das Geschirr in den Spüler und schaltete ihn ein. Im Flur strich sie Michelin, der in seinem Hundebett laut schnarchte, übers Fell.

»Dann schaun wir mal, was der morgige Tag bringt«, sagte sie kurz darauf beim Zähneputzen im Badezimmer zu ihrem Spiegelbild. Wenige Minuten später stellte sie den Wecker auf sieben Uhr und kroch unter die Decke. Und während Lou noch überlegte, ob Markus Haller seinen Mörder möglicherweise doch, wie Lorenz angedeutet hatte, gekannt haben könnte, glitt sie in einen tiefen Schlaf.

# 13

Lou erwachte zehn Minuten vor dem Weckerläuten. Überrascht stellte sie fest, dass sie gut geschlafen hatte. Sie hatte mit dem Gegenteil gerechnet, weil ihr so viel durch den Kopf ging. Ihr erster Blick galt dem Handy auf dem Nachttisch. Sie erweckte es zum Leben. Fabio hatte sich nicht gemeldet und Mona nicht geantwortet.

»Alles klar«, murmelte sie. »Wo verdammt noch mal steckst du?« Sie schlug die Bettdecke zurück, zog ihr Nachtshirt aus und den dunkelgrauen Jogginganzug an. Vor dem Haus fütterte sie Michelin und frühstückte selbst schnell in der Küche. Sie wollte früh im Geschäft sein, da ab acht Uhr die ersten Lieferungen eintreffen würden. Das bedeutete zugleich, dass sie auf ihre morgendliche Lieblingsbeschäftigung, Marienkirchen und seiner Umgebung beim Aufwachen zuzusehen, an diesem Tag verzichten musste. Nach einer kurzen Dusche schmiss sie sich in graue Jeans und eine dunkelblaue Hemdbluse und legte dezentes Make-up auf. Dann verließ sie das Haus, rief nach Michelin und fuhr mit ihm in den Ort hinunter.

Vor Franzis Café saßen bereits die ersten Gäste, zumeist Touristen. Auf einigen Tischen standen Etageren, beladen mit Marmelade, Wurst, Käse, Plundergebäckstückchen und Küchlein. Klein geschnittenes Obst war auf einem separaten Teller angerichtet. Ein Mann in Wanderoutfit las seiner Frau aus einer Tageszeitung etwas vor. Vielleicht Neuigkeiten zum Mordfall, dachte Lou, und sofort setzte sich ihr Gedankenkarussell wieder in Bewegung. Welchen Grund hatte Markus Haller gehabt, seine Frau anzulügen? Wollte er sie nicht beunruhigen? Hatte er keine Anzeige erstattet, weil er nicht glaubte, dass sie etwas bewirkte? War er wirklich davon überzeugt gewesen, dass Lorenz hinter der Sachbeschädigung steckte? War er in den letzten Tagen bei dem Imker gewesen? Waren sie in Streit geraten, weil die Bienenstöcke noch auf dem Weinberg gestanden hatten, und hatte Markus etwas gesagt, woraufhin der sonst so friedfertige Imker zum Mörder geworden war?

Lou schüttelte die Gedanken ab, schloss die Tür ihres Ladens auf, ließ Michelin hinein und folgte ihm.

Sie hatte gut daran getan, früh im Geschäft zu sein. Nur wenige Minuten nach ihrem Eintreffen wurde der handgeschöpfte Schafskäse mit Safran geliefert, und nahezu zeitgleich trafen die Nudeln aus Waldstaudenroggen ein, dicht gefolgt von der Marillenmarmelade und dem Marillenessig. Um neun stapelten sich Kisten voller regionaler Spezialitäten im Verkaufsraum.

»Na, dann mal los, Frau Conrad.« Lou fingerte ein Haargummi aus der Hosentasche, band ihre bernsteinfarbenen Locken zu einem hohen Zopf zusammen und zog die kleine Schütte mit dem Weichkäse zur Kühlung. Als sie kurz innehielt, warf sie einen schnellen Blick durch die offen stehende Eingangstür. In einer geblümten Übergangsjacke schob Sigrid ihr Fahrrad in den Radständer und stand Sekunden später in Lous köstlicher Welt.

»Morgen! Was führt dich denn an deinem freien Tag zu dieser schier nachtschlafenden Zeit schon her?« Lou registrierte, dass Sigrids Hose ebenso geblümt war wie ihre Jacke. Nur die Bluse war einfarbig. Hellblau.

»Ich dachte mir, dass du heute bestimmt in Arbeit versinkst.« Die Freundin deutete zuerst auf die Lieferkartons und breitete dann die Arme aus.

»Du hast heute frei«, erinnerte Lou sie.

»Aber ohne meine Hilfe schaffst du das nicht an einem Tag«, behauptete Sigrid und legte ihre Jacke ins Büro, wo Michelin sie freudig begrüßte.

Nicht zum ersten Mal grübelte Lou darüber nach, ob Sigrid, die vor fünf Jahren geschieden worden war, vor allem deshalb im Delikatessengeschäft arbeitete, um sich nicht einsam zu fühlen. Dabei verfügte sie eigentlich über einen großen Freundeskreis, und auch der Kontakt zu ihrem Bruder Alfred und dessen Familie war eng.

»Bist ein Schatz«, sagte Lou, als Sigrid zurückkam.

»Mach ich doch gern.« Ihre Mitarbeiterin griff sich die Box mit den Nudeln. »Mit der Erwähnung der Radfahrer hast du der Franzi und der Hedi ganz schön was in den Kopf gepflanzt. Die zwei überwachen ihre Umgebung jetzt wie die Kieberer.« Lachend begann Sigrid, die Nudelpackungen ins Regal einzusortieren.

Lou fiel in ihr Lachen ein. Eine Weile alberten sie herum, malten sich in bunten Farben aus, wie die beiden sämtlichen Radfahrern nachliefen und sie mit ihren Fragen terrorisierten. Dann sprach Lou ihre Überlegung aus, dass die unetikettierten Rotweinflaschen möglicherweise von einem Weingut gestohlen worden waren.

Sigrid hielt im Einräumen inne und schürzte nachdenklich die Lippen. »Wird schwer rauszufinden sein. Sie müssen ja nicht unmittelbar in der Wachau geklaut worden sein. Genauso gut kann der Wein aus dem Weinviertel, dem Burgenland oder sonst woher stammen.«

»Eh, aber ich werd mich trotzdem mal umhören«, entschied

Lou, wechselte das Thema und berichtete daraufhin, was sie von Franziska erfahren hatte.

»Das ist aber eigenartig«, befand auch Sigrid, »dass die jetzt schon die Umgestaltung des Weingutes angehen. Das kommt mir vor, als käme ihnen Markus' Tod durchaus gelegen.« Nachdenklich fuhr sie fort, die Nudeln ins Regal zu räumen. »Andererseits passt es zu dem, was mir mein Bruder gestern Abend erzählt hat. Alfred meinte, dass Petra und Markus sich möglicherweise scheiden lassen wollten.«

»Da schau her«, entfuhr es Lou. »Warum?«

»Den Grund konnte er mir nicht nennen«, sagte Sigrid. »Aber Markus hat Alfred vor einem Monat an der Theke beim Wirt erzählt, dass Petra im Fall einer Scheidung leer ausgeht. Nur wenn Markus stirbt, während sie verheiratet sind, erbt sie den gesamten Besitz. Sie darf ihn aber nicht verkaufen, sondern muss sicherstellen, dass in Folge Antonia alles bekommt. Es gibt wohl einen Ehevertrag, in dem das genau geregelt ist. Darauf hat Markus' Vater bestanden, damit das Weingut auch in den nächsten Generationen in Familienbesitz bleibt.«

»Leuchtet ein.« Lou war nicht überrascht. Ein Ehevertrag war heutzutage bei vielen Paaren Standard. Vor allem wenn schon vor der Eheschließung Vermögen und Besitztümer vorhanden gewesen waren.

»Alfred hat dem Geschwätz damals keine große Bedeutung zugemessen, weil sie schon ein paar Bier intus hatten«, fuhr Sigrid fort. »Aber jetzt, wo Markus ermordet wurde, hat er sich daran erinnert.«

Lou schob die leere Schütte, in der sich der Weichkäse befunden hatte, zur Seite. »Hat er das der Polizei erzählt?«

Sigrid schüttelte den Kopf. »Nein. Wird er auch nicht. Er will Petra keine Probleme machen.«

»Den Ermittlern möglicherweise Wichtiges zu verschweigen ist neuerdings offenbar Sitte in Marienkirchen«, merkte Lou missmutig an.

Sigrid zuckte verschämt mit den Achseln. »Die Polizei verschwindet irgendwann wieder. Aber wir müssen auch dann noch miteinander auskommen, wenn der Fall längst gelöst ist.« Sie lächelte zurückhaltend. »Außerdem haben wir ja dich. Du machst das schon.«

Lou lachte auf. »Alles klar.« In dem Moment kamen ihr die Scherben in den Sinn, die noch immer in ihrem Jeep lagen. »Ich hol schnell mal was.« Sie griff sich ihre Umhängetasche und sauste ohne ein weiteres Wort aus dem Geschäft. Kurz darauf war sie bei ihrem Wagen, nahm den Plastikbeutel aus dem Handschuhfach und stopfte ihn in ihre Tasche.

Als sie wenig später – ebenso spontan – die Bäckerei Ast betrat, stieg ihr sofort der verlockende Geruch von frischem Gebäck in die Nase. Unmittelbar bekam sie Lust auf Käse mit Weißbrot und erstand ein Baguette.

»Heute waren schon jede Menge Radler da«, ließ Hedwig sie wissen, derweil sie das Stangenweißbrot in einen Papierbeutel steckte. »Um mir einen Überblick über den Radtourismus zu verschaffen, hab ich alle gefragt, was sie so vorhaben. Und wo sie übernachten, ob sie zum ersten Mal in der Wachau sind und woher sie unsere Region kennen. Natürlich unauffällig«, sagte die Bäckerin mit gesenkter Stimme, obwohl sie allein im Geschäft waren.

Lou musste schmunzeln. Hedwig gefiel sich offenbar in der Rolle der Freizeitspionin. »Und was haben deine Ermittlungen ergeben?«

»Die meisten fahren den Donauradweg. Zwei Tagesausflügler aus Oberösterreich wollten heute noch bis Hainburg radeln.

Und eine Gruppe aus dem Chiemgau macht Touren durch die umliegenden Weinberge und übernachtet in Marienkirchen.«

»Na, dann hoffe ich mal, dass du dir auch gemerkt hast, wie sie alle aussahen. Nur falls es demnächst wieder irgendwo bei uns brennt.« Lou zwinkerte ihrer Bekannten zu.

»Eh klar, hab's sogar aufgeschrieben.« Hedwig hielt einen Block hoch und sah sie an, als erwartete sie, für ihr Engagement mit einem Preis ausgezeichnet zu werden.

Lou hatte Mühe, nicht lauthals loszulachen. »Das nenn ich mal Engagement. Heb die Notizen nur gut auf, aber zeig sie besser niemandem. Datenschutz und so. Verstehst?«

Hedwig nickte wissend, und Lou verabschiedete sich.

Zurück im Geschäft legte Lou das Baguette und die Scherben auf den Schreibtisch im Büro. »Ich werde die Scherben so schnell wie möglich Verena geben«, murmelte sie. »Vielleicht kann die Polizei ja herausfinden, welcher Wein daran haftet.«

Um halb eins machten sie Mittagspause. Sie schlossen die Eingangstür und setzten sich gemütlich ins Büro, stärkten sich mit Brot, Käse, Weintrauben und Nüssen. Als sich Lou ein Stück vom Wachauer Gold abschnitt, läutete ihr Handy. Sie wischte ihre Finger an einer Serviette ab, sah aufs Display und nahm den Anruf entgegen.

»Hallo, Fabio.«

»*Salut*, Lou.«

»Ist sie wieder aufgetaucht?« Lou betete stumm zu sämtlichen Göttern dieser Welt, dass dem so war und sich Monas Liebhaber als Hirngespinst entpuppte.

»Nein, und sie hat sich auch nicht mehr gemeldet«, zerstörte Fabio ihre Hoffnung. »Die gute Nachricht ist, dass sie in keinem der umliegenden Krankenhäuser liegt. Die hab ich gestern noch alle durchtelefoniert.« Er klang erleichtert.

Lou steckte sich eine Weintraube in den Mund und wartete geduldig, dass er weiterreden würde. Sigrid hielt ihr ein Blatt vor die Nase, auf das sie »Ruft er wegen Mona an?« geschrieben hatte. Lou nickte schnell.

»Die schlechte ist, dass ich heute Mittag mit Belinda telefoniert habe.«

»Warum ist das eine schlechte Nachricht?«

Fabio seufzte. »Sie sagt, Mona habe sich Urlaub genommen. Sie dachte, sie sei bei mir in der Wachau. Urlaub«, wiederholte er nachdrücklich. »Verstehst du? Sie hat nicht gekündigt.«

»Ich habe verstanden. Urlaub«, antwortete Lou so mechanisch wie ein Roboter. »Hast du denn ausdrücklich gefragt, ob sie gekündigt hat?«

»Das muss ich nicht.« Fabio schnaubte. »Ich weiß auch so, dass sie es nicht getan hat. Denn Belinda hat erwähnt, dass Mona am Montag wieder im Büro erwartet wird, obwohl sie mir doch gesagt hat, dass sie spätestens dann in Marienkirchen sein will. Belinda war natürlich überrascht, dass ich sie anrufe und nichts von dem Urlaub weiß. Ich komme mir total lächerlich vor.«

»Aber Monas Chefs wissen schon, dass ihr ein Restaurant bei uns eröffnet? Zusammen?«, fragte Lou vorsichtig.

»*Oui.*«

Sigrid riss ein Stück Baguette ab und warf Lou einen fragenden Blick zu.

Die zuckte mit den Achseln. »Und du rufst mich jetzt an, weil …?«

»Weil irgendwas nicht stimmt«, sagte er. »Und ich muss herausfinden, was. Aber ohne die Polizei. Deshalb wäre es schön, wenn du mich mit deinem kriminalistischen Spürsinn dabei unterstützen würdest.«

»Na ja, nur weil sich Mona Urlaub genommen hat und sie

offenbar die Kündigung hinauszögert, brauchst du doch keine – ehemalige, wohlgemerkt – Polizistin an deiner Seite«, spielte Lou die Angelegenheit herunter, obwohl auch ihr langsam die Erklärungen für Monas Verhalten ausgingen. »Zukünftig eigenverantwortlich zu arbeiten ist immer ein großer Schritt und mit einem Risiko verbunden. Ich weiß, wovon ich spreche.«

»Heute Morgen hat Mona Post von Markus Haller bekommen«, sagte Fabio zusammenhanglos.

»Was?«

»Haller hat den Umschlag laut Poststempel letzte Woche in Krems aufgegeben.«

Lou stutzte. »Haben wir nicht gerade noch über Monas Verschwinden gesprochen? Wieso kommst du jetzt mit den Hallers?«

»Weil ich das Kuvert geöffnet habe. In ihm war ein Vertrag, den Haller mit einem Weingut in Südtirol geschlossen hat. Offenbar ist er an dem Gut beteiligt.«

»Da schau her«, sagte Lou überrascht.

»›Da schau her‹, das trifft es gut«, spottete Fabio. »Aber die eigentliche Frage, die du stellen solltest, lautet: *Pourquoi diable*, warum zum Teufel schickt er Mona den Vertrag?«

»Und du kannst die Frage beantworten?«

»Nein, kann ich nicht«, antwortete Fabio. »Langsam habe ich wirklich keine Ahnung mehr, was hier gespielt wird.«

»Das kann ich dir nachfühlen.« Lou war ebenso verwirrt. Der Vertrag bewies, dass Mona und Haller aus irgendeinem Grund Kontakt zueinander gehabt hatten und es dabei nicht um die Weinkarte vom Landhaus Gerber gegangen war.

»Komm nach Meran, bitte«, forderte Fabio sie erneut auf.

Lou konnte spüren, wie sich in ihr ein Schalter umlegte. Dass Haller Mona Geschäftsunterlagen geschickt hatte, wendete das Blatt. War das der Anfang einer Spur, ein neuer Hinweis, der für die Aufklärung von Hallers Ermordung wichtig sein könnte und dem sie als Polizistin sofort nachgegangen wäre? Sie brauchte Zeit. »Gib mir fünf Minuten zum Nachdenken. Ich ruf dich dann zurück«, sagte sie, trennte die Verbindung und starrte gedankenverloren ins Leere.

»Jetzt rück schon raus: Was ist los?« Sigrid zersprang förmlich vor Neugier.

»Das ist alles sehr, sehr eigenartig«, sagte Lou und fasste zusammen, was sie gerade erfahren hatte.

»Warum beteiligt sich Haller an einem Weingut in Südtirol?«, fragte Sigrid erstaunt.

»Weil er in der Wachau schon genug Weinberge gekauft hat?«, stellte Lou die rhetorische Gegenfrage.

»Und warum schickt er Mona den Vertrag?«

»Das ist mir und Fabio auch schleierhaft«, gab Lou zu. »Er und Mona wollten die Haller-Weine auf die Karte von ihrem Restaurant nehmen, Mona aber Haller erst kontaktieren, sobald sie umgezogen gewesen wäre.« Sie berichtete, was ihr Fabio am Samstagabend beim spontanen gemeinsamen Abendessen erzählt hatte.

»Aber der Vertrag beweist, dass sie schon in Kontakt standen«, betonte Sigrid. »Auch wenn es dabei offenbar nicht um Weine fürs Restaurant ging.«

»Und warum wusste Fabio nichts davon?«, fragte Lou.

»Hatten die zwei vielleicht was miteinander?«, mutmaßte Sigrid

»Blödsinn«, entfuhr es Lou reflexartig.

Sigrid runzelte die Stirn. »Warum?«

»Ich glaube nicht, dass Markus Haller Monas Typ war. Auch wenn man den Altersunterschied unter den Tisch fallen lassen würde.«

»Und das weißt du, weil …?« Sigrid sah sie herausfordernd an.

Lou schwieg.

»Siehst«, grinste Sigrid.

»Trotzdem kommt mir eine Affäre der beiden an den Haaren herbeigezogen vor«, entgegnete Lou. »Wie auch immer, Fabio will, dass ich nach Meran komme.«

»Und warum sitzt du dann noch nicht im Auto, um zu klären, was hinter alldem steckt?«, konterte Sigrid verwundert.

Lou runzelte die Stirn. »Ich frag mich, warum Fabio ausgerechnet mich angerufen hat«, sagte sie argwöhnisch. »Wir kennen einander erst seit sechs Monaten. Im Übrigen nur oberflächlich, sind keine engen Freunde. Wäre es nicht naheliegender, wenn er sich an Monas Chefs gewandt hätte? Die Berkons sind mehr als ihre Arbeitgeber. Fabio hat mir erzählt, dass er und Mona mit dem Ehepaar befreundet sind.«

»Aber das hat er doch schon getan. Und von Belinda Berkon erfahren, dass seine Frau Urlaub hat, wovon er aber nichts wusste«, wiederholte Sigrid, was ihr Lou in den vergangenen Minuten erzählt hatte. »Außerdem bist du die Jugendfreundin von Mona, die heimlich Kontakt zu einem Mordopfer hatte. Ist doch klar, dass er hofft, dass du für ihn auf unbürokratische Weise herausfinden kannst, was da grad abläuft. Du bist Kriminalbeamtin.« Sie hob die Hand, um Lous Protest im Keim zu ersticken. »Ich weiß, ich weiß, du WARST Kriminalbeamtin. In einem anderen Leben. Trotzdem denkst du immer noch analytischer als unsereins. Entdeckst Hinweise, die wir Otto Normalverbraucher übersehen. Außerdem habt ihr einander doch kürzlich beim Abendessen besser kennengelernt.«

»Und warum weigert er sich, mit der örtlichen Polizei zu reden?«

»Weil seine Frau offiziell im Urlaub ist«, erwiderte Sigrid nachdrücklich. »Möglicherweise will er keinen Staub aufwirbeln. Also, fahr hin und finde raus, was da los ist.« Sie zeigte auf Lous Handy. »Aber vorher rufst du ihn an und sagst ihm, dass er auf deine Hilfe zählen kann.«

»Könnte aber sein, dass ich länger als einen Tag weg bin.« Lou zögerte noch immer. »Ich hab dich doch schon das gesamte vergangene Wochenende alleine gelassen, ich kann nicht schon wieder weg.«

»Doch, du kannst«, widersprach Sigrid. »Ich schupf den Laden auch ohne dich, und das weißt du.« Ihr Blick wanderte zur Glastür. »Michelin kann so lange gerne bei mir bleiben, falls du ihn nicht mitnehmen möchtest.«

Lou sah ebenfalls zur Tür. Sie war nur ungern von ihrem Riesen getrennt. Selbst wenn es nur für kurze Zeit war. Aber sie hatte keine Ahnung, was sie in Meran erwartete. Das Vernünftigste wäre, ihn in Marienkirchen zu lassen.

»Und auf deinen Scherbenhaufen hier pass ich auch auf.« Sigrid zeigte auf den Plastikbeutel. »Wir haben also alles geklärt, ruf Fabio endlich zurück und dann schwing dich in deinen Jeep.«

»Okay.« Lou tippte mit dem Finger auf Fabios Nummer auf ihrem Handydisplay. Er ging unmittelbar ran, wartete gespannt. »Also gut«, erlöste sie ihn. »Aber ich muss noch ein paar Sachen zusammenpacken, bevor ich mich auf den Weg mache.«

*»Merci beaucoup«*, seufzte Fabio. »Mir fällt ein riesiger Stein vom Herzen.«

»Mach dir aber bitte keine allzu großen Hoffnungen, dass ich mehr als du herausfinde.«

»Ich bin einfach nur sehr froh, dass du mir helfen willst«, versicherte er ihr, »was auch immer bei deinen Bemühungen herauskommt.«

Mal schauen, ob du das auch noch sagst, wenn wir Mona im Bett eines anderen finden, dachte Lou und seufzte stumm.

»Melde dich, ein paar Minuten bevor du ankommst«, bat Fabio. »Ich schick dir gleich die Adresse von der Parkgarage aufs Natel, dann treffen wir uns dort.«

Sie beendeten das Telefonat, und in der nächsten Sekunde erhielt Lou eine Nachricht mit den Geodaten des Parkhauses.

Als sie vom Handy aufsah, wedelte Sigrid hektisch mit der Hand. »Und jetzt mach dich schnell auf den Weg und vergiss nicht, mich auf dem Laufenden zu halten.«

# 14

Während Lou in ihrem Winzerhäuschen rasch ein paar Kleidungsstücke und ihren prallen Kulturbeutel in einen kleinen Trolley packte, erinnerte sie sich daran, dass Verena sie ermahnt hatte, in der Gegend zu bleiben.

»Drauf gepfiffen«, murmelte sie und ließ das Schloss des Koffers einrasten. Spätestens in zwei Tagen würde sie wieder daheim sein, Verena würde von ihrem Ausflug gar nichts mitbekommen.

Von Marienkirchen bis Melk folgte sie der Bundesstraße an der Donau entlang und lenkte den Wagen dann auf die Westautobahn. Sie raste nicht, fuhr maximal die zulässige Höchstgeschwindigkeit. Bis nach Innsbruck kam Lou schneller voran als gedacht. Auf der Stadtautobahn der Tiroler Hauptstadt wurde der Verkehr immer dichter, aber bis auf einen Spinner, der ständig die Spur wechselte, ohne den Blinker zu setzen, gab es keine nennenswerten Vorkommnisse. Der Horror begann ein paar Kilometer vor dem Grenzübergang am Brenner. Der Schwerverkehr nahm zu, und Lou sah schon von Weitem eine unendliche LKW-Kolonne. Der Tross rollte erst nur noch im Schritttempo und kam schließlich vollends zum Stehen. Zum Glück überholte kein Fernfahrer, sodass die linke Fahrspur für die PKWs frei blieb.

Als Lou bei Bozen endlich von der Autobahn abfuhr, gab sie Fabio Bescheid, im Anflug zu sein. Eine halbe Stunde später erreichte sie Meran.

Beim Überqueren der Postbrücke bekam sie einen ersten Eindruck von der Kurstadt, in der schon im neunzehnten Jahrhundert die Oberschicht, der Adel und Europas gekrönte Häupter Erholung gesucht und gefunden hatten. Auf der Kurpromenade flanierten vereinzelt Spaziergänger.

Die Tiefgarage, an der sie sich mit Fabio verabredet hatte, lag gleich am Sandplatz beim Bozener Tor, durch das man direkt in die Altstadt gelangte. Er erwartete sie an der Zufahrt, vor der geschlossenen Schranke. Lou stoppte den Jeep und ließ das Wagenfenster auf ihrer Seite nach unten gleiten.

Fabio trat heran und warf einen Blick auf den Rücksitz. »Ist Michelin gar nicht dabei?«

»Ich hab ihn bei Sigrid gelassen.«

Fabio nickte. »Wie war die Fahrt? Hast ziemlich lange gebraucht.«

»Ehrlich? Ich wäre jetzt echt beeindruckt von den Bergen, den bezaubernden Gässchen und allem anderen hier, wenn der Stau auf der Brennerautobahn nicht die Hölle gewesen wär.«

Fabio lächelte. »Nicht umsonst bezeichnet man sie als den größten LKW-Parkplatz.« Er umrundete den Wagen, stieg auf der Beifahrerseite ein und küsste Lou zur Begrüßung links und rechts auf die Wangen.

Sie wich zurück. Sein Dreitagebart kratzte.

»Auf dem Heimweg fahr über den Jaufenpass. Kostet vielleicht etwas mehr Zeit, aber du musst dir die Autobahn nicht antun«, sagte er dann, drückte den Knopf auf einem kleinen Kasten, den er in der Hand hielt, und die Schranke öffnete sich. »Unsere Standplätze sind auf dem Parkdeck drei.«

Lou lenkte den großen Jeep abwärts und parkte ihn wenige Minuten später dort, wo normalerweise Monas Auto stand.

Die Wohnung lag im Parterre eines historischen Gebäudes inmitten der Altstadt.

»Das Apartment ist nicht sonderlich groß«, entschuldigte sich Fabio, als er die Wohnungstür öffnete. »Dafür gemütlich.«

Lou betrat den Korridor. Rechts bildeten ein goldgerahmter Spiegel, eine Sitzbank in Pastelltürkis und farblich abgestimmte Wandhaken die Garderobe.

»Hier ist gleich das Badezimmer«, sagte Fabio und öffnete die Tür daneben.

Lou warf einen schnellen Blick in ein modernes Bad mit weißen Wand- und hellgrauen Bodenfliesen sowie bodengleicher Dusche.

»Ganz hinten ist das Schlafzimmer.« Er zeigte auf die Tür am Ende des Gangs, bevor er sie durch eine, die links abging, in eine Wohnküche im hellen Landhausstil führte. Sie hatte türkis gestrichene Wände, einen gleichfarbigen Kühlschrank, weiße Küchenschränke und einen Esstisch mit vier Stühlen. Vor dem Fenster hing eine transparente Gardine. Fabio steuerte auf einen offenen Durchgang zu. Lou folgte ihm und stand unmittelbar in einem hellen Wohnzimmer mit türkisem Sofa. Darauf lagen eine bezogene Bettdecke und ein Kissen in der gleichen Farbe.

»Die Couch kann man ausziehen«, erklärte Fabio. »Aber du schläfst natürlich im Schlafzimmer.«

»Ich kann auch hier schlafen«, erwiderte sie.

Fabio hob die Hand. »Keine Widerrede.« Er öffnete die Terrassentür, trat hinaus und bedeutete ihr, es ihm gleichzutun. Die Terrasse hatte einen Holzboden und ein verschnörkeltes Geländer, das Wildrosen umrankten. Vor Lou öffnete sich ein begrünter Innenhof mit Baccararosen, zwei prächtigen Olivenbäumen, Kübeln mit Lavendel und anderen blühenden Pflanzen, deren Namen sie nicht kannte. »Boah«, entfuhr es ihr beeindruckt. »Ihr habt es wunderschön hier.«

»Der hauseigene Gärtner ist ein wahrer Zauberer«, sagte Fabio und deutete auf die gusseiserne Sitzgarnitur, die mit ihren Schnörkeln zum Terrassengeländer passte. Auf den Sitzflächen lagen mintfarbene Polster.

»Ihr zieht das Farbthema konsequent durch«, stellte Lou belustigt fest.

»Monas Lieblingsfarbe. Selbst ihr Auto ist türkis«, erklärte Fabio. »Lass uns wieder reingehen. Im September wird es abends auch in Südtirol kühl.« Er verschwand nach drinnen, und Lou folgte ihm in die Wohnküche.

»Setz dich doch.« Fabio deutete zum Esstisch.

Lou nahm Platz.

»Ich dachte, nach der langen Autofahrt hast du sicherlich Hunger. Deshalb hab ich uns eine kleine Südtiroler Marende, eine Jause, hergerichtet.« Er nahm ein großes Servierbrett aus dem Kühlschrank. »Ganz klassisch mit Bauernspeck, Kaminwurzen, Bergkäse, Essiggurken«, zählte er die Köstlichkeiten auf und setzte das Brett in der Mitte des Tisches ab. »Und dazu gibt es natürlich original Vinschgauer Paarln.« Er nahm handtellergroße kräftig gewürzte Fladen aus einem Brotbeutel, legte sie in einen Brotkorb und stellte diesen neben das Brett. »Eigentlich wollte ich Schüttelbrot besorgen, wusste aber nicht, ob du das magst.«

»Ja, mag ich. Aber die Vinschgerl sind auch fein.« Erst jetzt bemerkte Lou, dass ihr Magen knurrte.

»Du musst einmal zur Törggelenzeit herkommen, wenn die Traubenernte abgeschlossen ist«, sagte Fabio. »Dann reicht man zur Marende noch Keschtn, gebratene Kastanien.«

Lou nickte. »Ich weiß, und dazu gibt's den frisch gekelterten Wein. Muss ich mal auf meine To-do-Liste setzen.«

Fabio deutete auf den hauchdünn geschnittenen Speck. »Der wird traditionell mit Wacholderbeeren aromatisiert und über Holz geräuchert.« Er klang fast ein bisschen stolz.

Lou nahm sich mit den Fingern eine Scheibe vom Brett und probierte. »Schmeckt sensationell.«

Fabio lächelte zufrieden und holte zwei Teller, Messer, Gläser, Servietten und eine Flasche Vernatsch.

Eigentlich hätte Lou gerne etwas gegessen und sich dann ein wenig auf dem Sofa ausgeruht. Sie war müde von der anstrengenden Fahrt. Aber sie vermutete, dass Fabio fieberhaft auf sie gewartet hatte, also ignorierte sie ihr Ruhebedürfnis. Zudem hatte er sich mit der Marende so viel Mühe gemacht.

Fabio hielt ihr die Weinflasche hin. »Hab ich hier in einer Vinothek erstanden.«

Lou betrachtete das Etikett. Es handelte sich um einen Vernatsch DOC mit 12,5 Prozent Alkohol. »Ein Wein vom Weingut Meinthaler, schön«, sagte sie, obwohl das Gut ihr unbekannt war. Sie hatte keine Ahnung, wie der Wein schmeckte.

»Das ist das Weingut, an dem Haller beteiligt ist beziehungsweise war«, erläuterte Fabio, während er ihnen einschenkte.

»Oh.« Lous Augen wurden groß. »Du bist ja bestens vorbereitet.« Sie betrachtete den Rotwein im Glas prüfend und nahm dann einen Schluck. »Der ist fantastisch.« Sie stellte das Glas ab. »Und jetzt sag mir bitte ehrlich, was du dir von meiner Anwesenheit hier erhoffst.« Sie biss herzhaft in ein Vinschgerl und lud sich eine große Portion Speck und Bergkäse sowie zwei Essiggurken auf ihren Teller.

Statt einer Antwort reichte Fabio ihr sein Handy. Darauf zig WhatsApp-Nachrichten an Mona. *Wo bist du? – Ich bin in*

*Meran. – Ruf mich an. – Warum hat dir Haller einen Vertrag geschickt? – Warum meldest du dich nicht? – Verdammt, was ist hier eigentlich los?*

Die blauen Häkchen hinter den Texten bestätigten, dass Mona alle Nachrichten abgerufen hatte. Und dennoch hatte sie kein einziges Mal reagiert.

»Das ist wirklich eigenartig«, sagte Lou. »Andererseits dürfte ihr jetzt klar sein, dass du weißt, dass sie dich angelogen hat.«

Fabio verzog spöttisch den Mund. »Und das verschlägt ihr die Sprache, oder wie?«

»Vielleicht will sie keine Diskussion am Telefon, sondern mit dir von Angesicht zu Angesicht sprechen«, führte Lou ihren Gedanken weiter aus. »Mir hat sie übrigens auch nicht geantwortet.« Sie erzählte Fabio von der Nachricht, die sie ihrer alten Schulfreundin auf der Mailbox hinterlassen hatte.

Fabio seufzte. »*Merci beaucoup,* vielen Dank, dass du gekommen bist.« Er erhob sich und ging ins Wohnzimmer.

Lou hörte, wie eine Lade aufgezogen und wieder zugeschoben wurde, dann kam Fabio zurück und reichte ihr einen Umschlag, auf dem Monas Name und ihre Meraner Adresse standen. Lou zog eine Klarsichtfolie mit Papieren heraus: der mysteriöse Vertrag. Sie las ihn und stutzte. Aus ihm ging nicht hervor, mit wie viel Prozent Haller an dem Meinthaler-Gut beteiligt war oder wie hoch die Summe war, die er in den Betrieb investiert hatte. Ungewöhnlich, fand Lou.

»Das Gut liegt an der Weinstraße inmitten von Apfel- und Weingärten, nur etwa zwanzig Autominuten von Meran entfernt«, sagte Fabio. »Ein kleines Unternehmen. Die Betreiber bewirtschaften nur vier Hektar und produzieren ausschließlich Lagrein und Vernatsch. Hab ich gegoogelt.«

»Mhmmm«, brummte Lou, während sie versuchte, die Unterschrift neben jener von Markus Haller zu entziffern. Das Gekrakel war unlesbar.

»Der Teil, wo der Betrag steht, mit dem Haller sich beteiligt hat, wurde geschwärzt. Wie viele Jahre die Beteiligung läuft, wird nicht angeführt.«

»Möglicherweise ist die Laufzeit unbegrenzt«, merkte Lou an.

»Vorstellbar«, stimmte ihr Fabio zu. »Das hier ist ja nur eine Kopie. Das Original wird vermutlich bei Hallers Unterlagen in der Wachau liegen.«

»Vermutlich«, wiederholte Lou. »Was meinst du, rechnet sich so eine Investition?« Sie sah ihn fragend an.

»Millionär wirst du damit wahrscheinlich nicht, dazu ist das Weingut zu klein.« Fabio drehte sein Glas am Stil. »Aber es könnte eine gute Geldanlage sein. Um das zu beurteilen, wäre es vor der Investition vorteilhaft, sich mit jemandem zu unterhalten, der mehr über den Betrieb weiß. *Tu comprends?*«

»Ich verstehe. Denkst du, Mona hat den Kontakt zwischen den Besitzern und Markus Haller hergestellt? Das würde zumindest erklären, weshalb er ihr eine Vertragskopie geschickt hat.«

Fabio zuckte mit den Schultern. »Sie hat mir hiervon nie etwas erzählt.« Er zeigte auf die Papiere in Lous Hand. »Außerdem ist der Vertrag schon vor einem Jahr unterschrieben worden. Von daher ist das undenkbar.«

»Aber sie hatten Kontakt, ohne dass du davon wusstest. Das beweist der Vertrag in Monas Post«, beharrte Lou.

»Ich verstehe das alles nicht«, murmelte Fabio verunsichert. Er stand erneut auf, holte seinen Laptop aus dem Wohnzimmer und rief die Homepage des Meinthaler-Weingutes auf. Sie war unspektakulär, wirkte auf Lou selbst gemacht. Drei Fotos von Weingärten und der Hinweis, dass man vier Hektar bewirtschaftete, auf denen man die autochthonen Sorten Vernatsch und

Lagrein anbaute. Den Beschreibungen der abgebildeten Weinflaschen entnahm Lou, dass der Betrieb diese ausschließlich in der Qualitätsstufe DOC produzierte und der Durchschnittspreis bei dreizehn Euro pro Flasche lag. Von den Besitzern gab es keine Fotos auf der Seite.

»Schaut in der Tat nach einem kleinen, feinen und respektablen Weingut aus«, sagte sie und gab Fabio die Vertragskopie zurück.

Er nahm sie, klickte die Homepage weg, schloss den Laptop, legte ihn vorsichtig auf den Boden und den Vertrag obenauf.

»Hast du schon mit Hallers Frau darüber gesprochen? Vielleicht kann ja Petra Licht ins Dunkel bringen.« Lou fiel auf, dass Fabio bislang kaum etwas gegessen hatte. Sie griff nach einem bisher unangetasteten Vinschgerl, brach es entzwei und reichte ihm eine Hälfte. »Zu hungern bringt uns auch nicht weiter.«

Er zögerte, bevor er nach dem Stück griff. »Petra Haller und ich kennen uns nicht. Ich wollte zuerst mit dir reden.« Er nickte in Richtung der Papiere. »Auch Mona hatte meines Wissens keinen Kontakt zu ihr«, sagte er, biss von dem Brot ab und kaute.

»Ich an deiner Stelle wäre mittlerweile vorsichtig zu behaupten, was Mona so treibt oder mit wem sie Kontakt hat oder nicht«, wandte Lou ein.

»Du hast vollkommen recht«, schnaubte er, nachdem er geschluckt hatte. »Offenbar hat Mona Geheimnisse vor mir.« Er verzog gekränkt sein Gesicht.

Lou überlegte. Sollte sie hier und jetzt eine etwaige Liebschaft ins Spiel bringen? Sie entschied sich dagegen. Damit würde sie Fabio nur einen weiteren imaginären Faustschlag in die Magengrube verpassen, und das zu tun lag ihr fern. Vor allem, solange sie keine eindeutigen Beweise für ihre Vermutung hatte.

»Du hast doch gesagt, dass Mona vor vier Wochen zum letzten Mal in der Wachau war und ihr zuletzt am Samstag telefoniert habt«, fasste Lou zusammen.

»Ja.«

»Und sie hat dir nichts erzählt, das auf das alles hier hingedeutet hat? Nicht mal die kleinste Anspielung gemacht?«, hakte Lou nach.

Fabio schüttelte den Kopf.

Lou seufzte. »Na gut, dann ruf ich jetzt mal die Sigrid an.« Sie griff zu ihrem Handy.

Ihre Angestellte ging sofort ran, als hätte sie neben dem Handy gewartet. »Bist du angekommen?«

»Ja. Alles wunderbar.«

»Michelin geht's auch gut. Musst dir also keine Sorgen machen.«

»Mach ich nicht, bei dir ist er in guten Händen«, antwortete Lou überzeugt. »Ich ruf an, weil ich dich um etwas bitten möchte. Wenn's geht, schau doch morgen früh, bevor du ins Geschäft fährst, bei Petra vorbei und frag sie, ob Markus oder sie in letzter Zeit Kontakt zu Mona hatten.«

»Also doch«, triumphierte Sigrid.

»Es ist nicht so, wie du denkst.« Lou war klar, dass ihre Freundin nach wie vor von einer Affäre zwischen Mona und Markus Haller ausging. »Bring einfach in Erfahrung, ob sie miteinander telefoniert haben und ob Petra und Antonia von einem Weingut mit dem Namen Meinthaler in Südtirol wissen, in das der Markus Geld gesteckt hat.«

»Geht klar«, versprach Sigrid. »Obwohl es dem eitlen Pfau gar nicht ähnlich sieht, dass er darauf verzichtet hat, mit stolz geschwellter Brust durch Marienkirchen zu laufen, um allen zu verkünden, dass er Teilhaber eines Weingutes in Südtirol ist.«

»Da ist was Wahres dran«, sagte Lou. »Aber anscheinend ist er schon seit einem Jahr daran beteiligt. Hat Petra denn nie etwas gesagt, nicht mal eine Bemerkung fallen lassen?«

»Kann mich nicht erinnern.«

»Na ja, vielleicht wollte Markus seinen Neidern keinen weiteren Grund für gehässiges Gerede liefern und hat es deshalb für sich behalten und seine beiden Mädels gebeten, das auch zu tun.«

»Das klingt aber wirklich nicht nach Markus Haller«, blieb Sigrid skeptisch. »Wart mal«, sagte sie, als ob ihr ein Gedankenblitz gekommen wäre. »Alfred hat doch von einer Scheidung gesprochen, die vielleicht im Raum stand. Wenn da etwas dran war, hing der Haussegen bei den Hallers vermutlich schon länger schief. Vielleicht hat Markus die Beteiligung deshalb verheimlicht.«

»Ich kenne mich im Scheidungsrecht nicht aus. Aber es könnte doch sein, dass Markus den Gewinn, den seine Investition abgeworfen hätte, im Fall einer Scheidung mit Petra hätte teilen müssen. Denn der Ehevertrag regelt ja nur, dass sie nach der Trennung kein Anrecht auf das Haller-Weingut in der Wachau gehabt hätte. Vielleicht hat er ihr deshalb die Südtiroler Kapitalanlage verschwiegen«, führte Lou den Gedankengang fort.

»Wow«, platzte es aus Sigrid heraus. »Da tun sich wahre Abgründe auf.«

»Lass uns jetzt keine voreiligen Schlüsse ziehen. Das sind im Moment nur Mutmaßungen. Also besprich das bitte auf gar keinen Fall mit der Hedi oder der Franzi«, bat Lou ihre Freundin mit Nachdruck.

»Na gut, ich schweige wie ein Grab«, versprach Sigrid. »Und ich melde mich bei dir, sobald ich bei den Haller-Mädels war.«

»Markus und Petra Haller wollten sich scheiden lassen?«, fragte Fabio, nachdem Lou ihr Handy weggelegt hatte. »Interessant, aber was hat das mit dem Vertrag zu tun?«

Lou setzte ihn ins Bild. »Das ist jetzt aber nur eine Theorie. Genau wissen wir es nicht.«

Fabio schaute ihr ein paar Sekunden lang schweigend in die Augen, als fiele es ihm schwer, die passenden Worte zu finden. »Ich habe Angst, dass Mona etwas zugestoßen ist.«

»Geh, was soll ihr denn zugestoßen sein? Und warum?«, protestierte Lou automatisch.

»Aber weshalb sonst antwortet sie mir nicht mehr?«

Lou wollte einen harmlosen Grund nennen, konnte sich aber nicht überwinden. Haller war tot, Mona unerreichbar. Die beiden Fakten beflügelten nicht nur Fabios dunkle Fantasie.

»Es wird sich schon alles aufklären.« Sie hörte selbst, wie erbärmlich sie klang.

Als Fabio den Blick senkte, sah er so verzweifelt aus, dass Lou ihn am liebsten in die Arme genommen und ihm wie einem Kleinkind über den Kopf gestreichelt und versichert hätte, dass alles wieder gut werden würde. Aber in ihrem ehemaligen Job hatte sie gelernt, keine Versprechen zu geben, die sie möglicherweise nicht halten könnte.

Gedankenverloren knabberte sie an einer Kaminwurzen, deren Name daran erinnerte, dass man sie einst zum Räuchern und Trocknen vor dem Kamin aufgehängt hatte.

Ohne große Motivation griff sich auch Fabio eine Wurst. »Was sollen wir jetzt tun? Herumsitzen und abwarten? Das hat doch keinen Sinn, oder?«

»Nein, hat es nicht. Dafür bin ich auch nicht hergekommen. Morgen sehen wir uns mal das Weingut Meinthaler an«, entschied Lou.

In Fabios Augen flackerte für den Bruchteil einer Sekunde ein Hoffnungsschimmer auf.

»Und danach die Vinothek Berkon«, fuhr Lou fort. »Ich werde

allein versuchen, mit dem Ehepaar zu sprechen. Du bleibst in meinem Wagen, damit sie dich nicht sehen. Ich werde mich als Monas alte Jugendfreundin vorstellen und behaupten, zufällig in der Gegend zu sein und sie mit meinem Besuch überraschen zu wollen.« Sie drehte ihre Handflächen nach oben. »Möglicherweise hat sie Philip und Belinda Berkon ihre Pläne anvertraut, und sie verplappern sich mir gegenüber.« Entschlossen wischte sich Lou die Finger an der Serviette ab. »Ich kann dir natürlich nicht versprechen, dass uns das weiterbringt, aber versuchen sollten wir es.« Sie leerte ihr Glas, hielt aber, als er ihr nachschenken wollte, ihre Hand über die Öffnung und schüttelte den Kopf.

Fabio stellte die Flasche wieder ab. »Es hilft mir schon, dass du jetzt da bist.« Seine Stimme war erschreckend dünn.

Lou gab sich alle Mühe, ihn aufmunternd anzulächeln. »Gern. Aber jetzt geh ich erst mal duschen, wenn ich darf, und dann schlafen. Ich bin hundemüde.«

# 15

Am nächsten Morgen schlich sich Lou schon um sieben ins Badezimmer. Sie wollte Fabio nicht wecken. Rasch wusch sie sich das Gesicht, putzte sich die Zähne und schlüpfte in Jeans und ein olivgrünes Oberteil mit langen Ärmeln. Auf dem Küchentisch hinterließ sie einen Zettel mit der Nachricht, dass sie in ein bis zwei Stunden wieder zurück sein würde. Dann zog sie ihre Softshelljacke über, schlüpfte in ihre Trekkingschuhe und stand wenig später im morgendlichen Meran. Sie musste dringend einen klaren Kopf bekommen, und ein Spaziergang auf dem nahe gelegenen Tappeinerweg würde ihr mit Sicherheit dabei helfen. In der Broschüre, die Fabio auf dem Nachtkästchen im Schlafzimmer für sie bereitgelegt hatte, hieß es, dass er der schönste Höhenpanoramaweg Europas war. Außerdem freute sie sich, an diesem Tag einmal nicht Marienkirchen, sondern Meran beim Aufwachen zuzusehen.

Wenige Minuten später ging Lou durch das über siebenhundert Jahre alte Passeirertor der Stadtmauer und bog kurz darauf auf den steil ansteigenden Krallingerweg ab, der sie direkt zum Tappeinerweg führte. Auf dem Weinhang, an dem sie dabei vorbeikam, schnitten zwei Frauen und drei Männer bereits Trauben ab. In Südtirol begann die Lese früher als in der Wachau, sie dauerte von Anfang September bis Mitte Oktober. Beim Pulverturm blieb Lou erstmals stehen. Um sie herum keine Menschenseele. Nachdem sie ein paarmal tief und langsam durchgeatmet hatte, nahm sie die Treppe mit Gitterboden in dem zinnenbewehrten Viereckturm, einem Relikt der ehemaligen Burg Ortenstein. Oben angekommen hielt sie für einen kurzen Moment den Atem an. Vor ihr breiteten sich die Meraner Altstadt mit dem Turm der Nikolauskirche als Wahrzeichen sowie der weitläufige Talkessel aus. Der Anblick war so vollkommen wie ein Gemälde eines alten Meisters. Der Himmel über der umliegenden Berglandschaft war nahezu wolkenlos, und die Sonne wärmte bereits. Lou zog die Jacke aus, band sie sich um die Hüfte und schob sich die Ärmel ihres Shirts über die Ellenbogen. Dann gönnte sie sich einen letzten langen Blick über die Umgebung, stieg die Treppe wieder hinunter und ging weiter. Entlang des serpentinenartigen Weges gedieh eine üppige Pflanzenwelt aus Pinien, Feigenkakteen, Ölbäumen, Faserpalmen, Rosmarin, Lavendel, Myrten und vielem mehr. Als sie sich nach ein paar Minuten an das Geländer lehnte, das zum Schutz neben dem Weg verlief, entdeckte sie einige Meter unterhalb eine kleine Gruppe Spaziergänger.

Fast wie in Marienkirchen, dachte Lou. Nur dass das Erscheinungsbild der Stadt am Zusammenfluss von Etsch und Passer von Gebäuden im Jugendstil und von Kurbädern geprägt war. Aber Lou war nicht zum Vergnügen oder wegen der glanzvollen Geschichte Merans als Kurstadt hier. Ihre Gedanken wanderten zurück zu dem eigentlichen Grund ihrer Anwesenheit.

»Machst du dir wirklich Sorgen, Fabio, oder hast du vielmehr etwas zu verbergen?«, murmelte sie. Was, überlegte sie, wenn Mona entdeckt hatte, dass ihr Mann in kriminelle Machenschaften verwickelt war, und deshalb untergetaucht war? Womöglich hatte er sie sogar umgebracht? Aber was sollten das für Machenschaften sein? Und warum hätte er sie, Lou, dann gebeten, nach

Meran zu kommen? Wollte er sie vielleicht benutzen, um eine falsche Spur zu legen? Lou spürte, wie sich ihre gesamte Schulterpartie verkrampfte. Sie hasste es, wenn sich Misstrauen gegen Personen, denen sie eigentlich freundlich gesinnt war, in ihr breitmachte. Aber gegen das Überbleibsel aus ihrer Zeit als Kriminalpolizistin kam sie einfach nicht an.

»Immer die Augen offen halten«, ermahnte sie sich flüsternd und machte sich auf den Rückweg.

Um halb neun läutete Lou an der Tür von Fabios Wohnung. Der Spaziergang hatte die erwünschte Wirkung gehabt. Sie fühlte sich energiegeladen und hatte ein bisschen Ordnung in ihre Gedanken gebracht.

»Hast du dir Meran angesehen?«, fragte Fabio, während er in der Küche verschwand. Er trug Jeans, ein weißes Shirt und roch nach Duschgel.

»Ich bin den Tappeinerweg ein Stück gegangen. Wunderschön da oben.«

»Ja, das ist es.« Fabio nahm zwei Teller und ging auf die Terrasse.

Lou hängte die Jacke an die Garderobe, tauschte im Schlafzimmer rasch das Langarmshirt gegen ein hellblaues T-Shirt und betrat ebenfalls die Terrasse, auf die schon die Sonne schien. Fabio hatte ein Frühstück mit Spiegeleiern, Tomaten, Käse und Brot angerichtet. Sie nahm Platz und schenkte sich Kaffee aus einer großen Kanne ein. »Ich fühl mich glatt wie im Urlaub.« Sie nippte an der Tasse, sah ihn über den Rand hinweg an.

»Ein Frühstück ist das Mindeste, womit ich mich bei dir revanchieren kann«, beteuerte er. »Immerhin opferst du deine wertvolle Zeit für mich.«

Um halb zehn brachen sie auf. Ihre Jacken nahmen sie vorsichtshalber mit, legten sie aber auf den Rücksitz von Lous Geländewagen. Mittlerweile war es sommerlich warm geworden. Nach kurzem Überlegen warf Lou auch ihre Umhängetasche auf die Rückbank, dann schickte sie sich an, die Anschrift des Weingutes in das Navi ihres Wagens einzutippen.

Fabio hielt sie davon ab, indem er seine Hand auf ihre legte. »Das Navi führt uns mit Sicherheit über die MeBo, die Schnellstraße. Lass uns lieber Nebenstraßen fahren. Wir verlieren maximal ein paar Minuten, können aber die traumhafte Landschaft um uns genießen.«

Seine Berührung war sanft und löste ein Kribbeln in Lou aus. Das sie sich augenblicklich verbat. Fabio war der Mann ihrer Jugendfreundin. Sie legte ihre Hand ans Lenkrad.

Nachdem sie die Schranke der Garage passiert hatten, hielt Lou kurz an, kramte aus dem Fach in der Mittelkonsole ihre Sonnenbrille hervor und setzte sie auf. Fabio drehte sich nach hinten zur Rückbank und fischte ebenfalls seine Sonnenbrille aus der Jackentasche. Währenddessen warf Lou einen Blick auf ihr Handy, das sie in die Halterung der Freisprechanlage gesteckt hatte. Sigrid war sicher schon bei Petra gewesen und stand jetzt im Geschäft, hatte sich aber noch nicht gemeldet. Lou überlegte, sie anzurufen. Doch möglicherweise war viel los. In dem Fall könnte Sigrid nicht ungestört telefonieren. Vermutlich war das der Grund, weshalb sie sich bislang nicht gemeldet hatte.

Also gut, ich geb dir noch eine halbe Stunde, dachte Lou.

Fünfzehn Minuten später stellte sie fest, dass Fabio nicht übertrieben hatte. Die Landschaft hinter Lana war tatsächlich atemberaubend schön. Ringsum erstreckten sich endlos erscheinende Apfelplantagen, in deren breiten Gängen Helfer Früchte ernteten.

»Die ersten Sorten werden hier ab Mitte August reif«, erklärte

Fabio mit Blick aus dem Beifahrerfenster. »Die gesamte Anbaufläche ist fast so groß wie sechsundzwanzigtausend Fußballfelder und erstreckt sich von Salurn durch das Etschtal bis in den Vinschgau.« Er drehte den Kopf in ihre Richtung. »Halt mal an!«

»Warum?«, wunderte sich Lou. »Wir wollen doch zum Weingut.«

»Mach es einfach«, beharrte Fabio. »Du wirst es nicht bereuen, glaub mir.«

Was auch immer er vorhatte, sie hielt es für Zeitverschwendung, wollte aber keine Spielverderberin sein. Sie stoppte am Straßenrand hinter einem Anhänger, der Kisten voller Äpfel geladen hatte.

Fabio stieg aus und bedeutete ihr, ihm zu folgen. Sie fügte sich widerwillig, wusste im nächsten Moment jedoch, weshalb sie stehen geblieben waren. Die Luft war getränkt mit süßlichem Apfelduft. Das betörende Aroma erfüllte jeden Kubikzentimeter um sie herum.

»Was sagst du jetzt?«, fragte Fabio erwartungsvoll.

Lou schloss für einen Moment die Augen, spürte die Sonne auf der Haut und sog den Duft ein. Ihr war, als würde sie direkt in eine süße Frucht beißen. »Der Geruch ist überwältigend.«

Fabio lächelte zufrieden. »Du musst mal im Frühjahr kommen.« Er drehte sich um die eigene Achse, um mit einer Geste die gesamte Anbaufläche mit einzubeziehen. »Nicht nur, dass die Landschaft einem rosa und weißen Blütenmeer gleicht. Inmitten der Plantagen summen dann Tausende Bienen und Hummeln«, schwärmte er. »Ein einmaliges Naturkonzert, abgesehen davon, dass die Insekten enorm wichtig für die Bestäubung der Blüten sind. Ohne sie gäbe es keine Äpfel.«

»Der Honig-Lorenz und seine Bienen würden sich hier wahrscheinlich im Paradies wähnen«, sagte Lou lachend.

Das Klingeln ihres Handys beendete die idyllische Stimmung.

»Es ist Sigrid.« Lou ging ran. »Sigi! Endlich! Auf deinen Anruf hab ich schon gewartet. Ich stehe hier übrigens umgeben von zigtausend Apfelbäumen. Ein Bild für Götter, sag ich dir. Wie im Paradies.«

»Wie schön für dich«, hörte sie jemanden zynisch sagen. Es war Verena.

Lous Herzschlag setzte kurz aus. »Veni? Warum rufst du mich von Sigrids Telefon an?« Dann schlug ihr Herz im schnellen Stakkato. »Ist etwas mit ihr?«

Fabio schob sich die Sonnenbrille in die Haare und sah sie an. Als Lou den Kopf schüttelte und hilflos mit den Achseln zuckte, bildeten sich auf seiner Stirn Sorgenfalten.

»Und wo befindet sich dieses Paradies, von dem du gerade so geschwärmt hast?«, schnauzte die Ermittlerin anstelle einer Antwort.

»In Südtirol«, antwortete Lou, ohne zu überlegen.

»Hatte ich dich nicht gebeten, in Marienkirchen zu bleiben?«, konterte Verena streng.

»Eh, aber es hat sich etwas ergeben.«

»Ich stehe übrigens gerade in deinem Delikatessengeschäft«, fuhr die Chefermittlerin ihr über den Mund.

Mittlerweile raste Lous Herz. »Jetzt sag endlich, ist etwas mit Sigrid?« Ihre Stimme klang vor Panik hoch, und sie wappnete sich für eine schlechte Nachricht.

»Als ich reinkam, stand Frau Dorfer mit dem Handy in der Hand hinter dem Tresen«, sagte die Ermittlerin. »Ich hab nach dir gefragt. Frau Dorfer meinte ominös, du seist unterwegs, aber sie wollte dich soeben anrufen. Da hab ich die Chance genutzt und sie höflich gebeten, mir ihr Handy zu überlassen. Ich hoffe, die Überraschung ist gelungen.«

»Das heißt, es ist nichts passiert und Sigrid geht es gut«, schlussfolgerte Lou erleichtert.

»Natürlich. Würde ich andernfalls so fröhlich klingen?«

»Puh.« Lou atmete befreit auf.

»Also, was soll deine überstürzte Reise?«

»Woher weißt du das?«

»Du hast dich gerade selbst am Telefon verplaudert. Außerdem bin ich die Polizei, Lou. Schon vergessen?«, blaffte Verena.

»Stimmt«, gab Lou zu und schimpfte sich stumm eine Idiotin. Andererseits hätte ihr eine Lüge nichts gebracht.

»Ich habe vorhin schon wieder Frau Haller aufgesucht, wenige Minuten nachdem Frau Dorfer ihr einen Besuch abgestattet hatte«, fuhr Verena fort. »Petra Haller erzählte mir, dass deine Angestellte sie gefragt hat, ob sie oder ihr Mann in letzter Zeit Kontakt zu einer gewissen Mona Gerber hatten, und ihr mitgeteilt hat, dass sie beziehungsweise ihr verstorbener Mann in ein Südtiroler Weingut investiert hat. Tja, und jetzt stehe ich hier in deiner köstlichen Welt und würde nur allzu gern wissen: Warum die Frage?«

Lou starrte gedankenverloren auf die Apfelbäume, dann entschied sie sich, weiterhin bei der Wahrheit zu bleiben. Mit knappen Worten berichtete sie von dem Beteiligungsvertrag, der im Briefkasten der Meraner Wohnung gelandet war, und davon, dass Mona laut ihrer Chefin im Urlaub war, ihr Mann Fabio jedoch keine Ahnung davon gehabt hatte.

»Die Beziehung scheint mir nicht wirklich rundzulaufen«, merkte die Ermittlerin spöttisch an.

Lou ging nicht darauf ein. »Wenn du schon im Laden bist, sag doch Sigrid, sie soll dir den Plastikbeutel mit den Scherben geben. Vielleicht kann dein Verein anhand der Anhaftungen den Wein bestimmen, der in den Flaschen war. Sigrid erklärt dir alles Weitere.«

»Das sind aber nicht zufällig Scherben aus Hallers Mülltonne, in der du herumgewühlt hast?«, fragte Verena.

»Dich kann man aber auch gar nicht überraschen«, brummte Lou enttäuscht.

»Die Scherben kannst du wegschmeißen«, sagte Verena. »Auch wir erledigen unsere Hausaufgaben. Wir haben vor dir schon Proben aus dem Müll genommen und zum Analysieren gegeben, aber noch kein Ergebnis.«

»War eh nur eine spontane Idee«, sagte Lou.

»Und welche spontane Eingebung hast du jetzt gerade?« Verena schien sich ehrlich dafür zu interessieren.

»Fabio und ich sind auf dem Weg zu diesem Weingut. Wir wollen uns dort ein wenig umschauen.«

»Hm«, machte Verena. »Und warum hast du mich nicht angerufen und erzählt, was du vorhast?«

»Weil du mich verdächtigst, etwas mit dem Mord am Haller zu tun zu haben«, erwiderte Lou.

»Na ja, du tauchst am Tatort auf, befragst wahllos Leute und wühlst im Müll des Mordopfers herum«, hielt Verena dagegen.

»Ich will doch nur herausfinden …«

»Und das wundert mich überhaupt nicht«, fiel ihr die Kriminalbeamtin ins Wort. »Das Ermitteln ist in deiner DNA. Zudem warst du schon immer ein Sturkopf und deshalb eine der Besten. Wirklich schade, dass du aufgehört hast. Trotzdem.«

Eine Gruppe Mountainbiker strampelte auf dem Fahrweg an Lou und Fabio vorbei.

Lou sah an ihnen vorbei und seufzte. »Ich weiß, Veni, es gibt keine Gnade, nur weil ich mal Polizistin war.« Damit ihre ehemalige Vorgesetzte ihr nicht wieder dazwischenredete, sprach sie weiter, ohne Luft zu holen. »Aber ich will einem Freund beistehen, der sich Sorgen um seine Frau macht.« Sie schenkte Fabio ein dünnes Lächeln. »Und weil du mir das untersagt hättest, konnte ich meinen Plan unmöglich mit dir absprechen.«

Dass ihre Entscheidung keine rationale war, würde sie Verena gegenüber nie zugeben. Sie schalt sich ja selbst dafür, dass sie planlos und aus dem Bauch heraus gehandelt hatte.

»Außerdem hat mich die überraschende Verbindung zwischen Mona und Haller neugierig gemacht. Ich muss herausfinden, ob die in einem Zusammenhang mit dem Mordfall steht«, begründete Lou dennoch weiter ihren Entschluss. »Natürlich hätte ich dir gleich Bescheid gegeben, hätte sich etwas für dich Relevantes ergeben.«

Einen langen Moment herrschte Stille um Lou herum. Sie kaute nervös an ihrer Unterlippe. Fabio wandte seinen Blick nicht von ihr, zwei Männer nahmen leere Kisten vom Anhänger und kippten Äpfel aus einer Schütte hinein, während sie Lou und Fabio immer wieder argwöhnisch und stumm betrachteten.

»Gut«, sagte die Chefinspektorin schließlich. »Dann verrate ich dir jetzt, was dir die engagierte Frau Dorfer so Dringendes mitteilen wollte.«

»Okay?« Lou spitzte die Ohren und beobachtete aus den Augenwinkeln, wie die Erntehelfer wieder in einem der langen Plantagengänge verschwanden.

»Also, Frau Haller hat deiner Mitarbeiterin erzählt, dass wir mittlerweile wissen, dass Markus Haller am Samstagmorgen von einem Prepaidhandy aus angerufen wurde.«

»Das heißt, ihr habt den Anrufer«, schöpfte Lou Hoffnung, denn seit einigen Jahren musste man sich in Österreich auch beim Kauf einer Prepaidkarte legitimieren.

»Die Karte wurde in einem Telefonshop in Salzburg gekauft, aber erwartungsgemäß war der Führerschein, mit dem sich der Käufer ausgewiesen hat, gefälscht. So einen Wisch bekommst du im Dark Web um fünfhundertfünfzig Euro.« Verena klang nur wenig enttäuscht. Derartige Hindernisse war sie als Kriminalinspektorin gewohnt. Lou erinnerte sich, dass sie sich während ihrer Zusammenarbeit stets nur kurz geärgert hatte, wenn nicht alles glattlief. »Zum letzten Mal hat sich das Handy am vergangenen Samstagmorgen um Viertel vor acht in eine Funkzelle in der Nähe vom Loibenberg eingeloggt. Vermutlich wurde es eigens für den Anruf beim Haller angeschafft.«

»Um ihn zum Loibenberg zu locken«, konstatierte Lou.

»Genau. Du weißt sicher auch, dass Markus Hallers Handy nur noch ein Stück Kohle war, als wir es fanden, und wir daher die Anrufliste von seinem Telefonanbieter angefordert haben. Sie liegt mittlerweile ausgedruckt auf dem Schreibtisch meines Kollegen. Klaus ist gleich mal die Telefonate der letzten Wochen durchgegangen. Ich mach's kurz: Haller hat in den vergangenen zwei Monaten auffallend oft mit Mona Gerber telefoniert.«

»Was?«, rief Lou völlig perplex.

»Zum letzten Mal am Abend vor seinem Tod.«

# 16

»Puuuh.« Lou stieß die Luft aus, die sie unbewusst angehalten hatte. »Weiß Petra, worum es in den Gesprächen ging?«

Verena verzichtete auf eine Antwort. »Du informierst mich in Zukunft, wenn du irgendwohin fährst oder relevante Infos hast.«

»Auf jeden Fall.«

»Umgehend!«, beharrte die Ermittlerin.

»Auf jeden Fall«, wiederholte Lou.

»Gut, dann würde ich jetzt gern mit Herrn Gerber sprechen. Der steht sicher neben dir.«

Lou reichte Fabio das Handy. »Chefinspektorin Badinger will mit dir reden.«

Er verzog das Gesicht und nahm das Mobiltelefon. Nach einer kurzen Begrüßung hörte er konzentriert zu und sagte dann: »Ja, das ist die Nummer meiner Frau.« Wieder lauschte er einen Moment lang schweigend, bevor er erwiderte: »Ich habe keine Ahnung, weshalb die beiden miteinander telefoniert haben.«

Während er mit ihrer ehemaligen Chefin sprach und ihr neuerlich von dem Beteiligungsvertrag erzählte, hielt Lou nach einer verräterischen Bewegung oder einem merkwürdigen Ausdruck in seinen Augen Ausschau. Wusste er mehr, als er sagte? Sie fand keine Anzeichen dafür. Er erschien ihr zwar aufgeregt, war aber konzentriert und gab bereitwillig Antwort, ohne lange nachdenken zu müssen. Auch blinzelte er nicht irritiert oder auffällig oft.

Nach wenigen Minuten gab Fabio ihr das Mobiltelefon zurück. »Sie will dich noch mal sprechen.«

»Ja?«, meldete sich Lou, als Fabio die Sonnenbrille vom Kopf nahm und sie sich wieder aufsetzte.

»Schick mir die genaue Adresse des Weingutes. Und am besten machst auch gleich noch ein paar Fotos von dem Betrieb, wenn du schon mal dort bist. Und schick mir auch eins vom Vertrag. Wie hoch ist eigentlich die Summe, mit der Haller sich beteiligt hat?«

»Keine Ahnung. Der Teil wurde geschwärzt.«

»Alles klar«, murmelte die Ermittlerin. »Frau Haller und ich haben nach Frau Dorfers Überraschungsbesuch natürlich über Südtirol gesprochen. Die Witwe hat gesagt, sie wisse nichts von einer Beteiligung.«

»Mir ist zu Ohren gekommen, dass sich Petra und Markus scheiden lassen wollten«, vertraute Lou ihrer ehemaligen Vorgesetzten an.

»Soso, das ist dir also zu Ohren gekommen. Verrätst du mir, welches Vögelchen dir das gezwitschert hat?«

»Du weißt doch, wie sich das mit Gerüchten in Marienkirchen verhält«, antwortete Lou vage.

»Erspar mir das Geschwafel von wegen, die Leute reden«, brummte Verena. »Das beleidigt meine Intelligenz.«

»Vielleicht hat Markus die Beteiligung deshalb verheimlicht«, fuhr Lou fort. »Weil er nicht wollte, dass sein Gewinn daraus bei der Vermögensaufteilung aufscheint.«

»Denkbar«, räumte Verena ein.

»Angeblich gibt es einen Ehevertrag«, sagte Lou.

»Hat dir das auch dein Vögelchen verraten?« Verena klang zynisch.

Lou reagierte nicht. »Was ist eigentlich mit Lorenz Krutz?«, fragte sie anstelle einer Antwort unvermittelt.

»Ähm«, machte die Ermittlerin überrascht ob des Themenwechsels, »was soll denn mit ihm sein?«

»Hast du ihn schon vom Haken gelassen?«

»Warum hätte ich?«

»Weil ich denke, dass er weder etwas mit der Sachbeschädigung noch mit dem Mord zu tun hat«, behauptete Lou mit Nachdruck. »Und es seinem Ansehen in der Gegend schadet, wenn er länger als notwendig auf der Liste der Verdächtigen steht. In Marienkirchen weiß sicher schon jeder darüber Bescheid.«

Verena lachte laut auf. »Du machst dir Sorgen um das Ansehen eines alten Mannes? Das ist ja süß.« Sie wurde wieder ernst. »Du kennst das Spiel doch, Lou. So lange, wie wir keine handfesten Beweise für seine Unschuld haben, bleibt er auf der Liste. – So wie andere auch«, fügte sie nach einer kurzen Pause hinzu.

Lou begriff, dass damit sie gemeint war.

»Du meldest dich von nun an regelmäßig«, mahnte Verena sie. »Höre ich einen Tag nichts von dir, lasse ich dich von den Carabinieri einsammeln.«

»Ich hab schon verstanden, Veni.«

»Und ruf mich an, sobald du wieder in Marienkirchen bist.«

»Versprochen.«

»Gut, dann geb ich dir jetzt Frau Dorfer. Pfiat di, Lou.«

»Servus, Veni.«

Einen Moment lang war es still im Handy.

»Tut mir leid«, vernahm Lou ein paar Atemzüge später Sigrids Stimme. »Die Badinger wusste, warum auch immer, dass ich dich anrufen will, als sie ins Geschäft kam. Sie hat mir das Telefon einfach aus der Hand genommen. Wer ist die Frau? Eine Hellseherin? Des Teufels Schwester?« Der Schrecken war ihr deutlich anzuhören.

»Es ist alles okay«, versuchte Lou sie zu beruhigen. Aufgrund von Sigrids Wortwahl war klar, dass die Ermittlerin das Geschäft bereits wieder verlassen hatte. »Veni kann einem schon mal Angst einjagen. Aber eigentlich ist sie ganz in Ordnung. Vielleicht ist es sogar das Beste, dass sie jetzt über alles Bescheid weiß.« Sie schluckte kurz. »Sorry, dass ich dir nicht gesagt habe, dass ich in Marienkirchen bleiben sollte.«

»Schon gut«, tat Sigrid ihre Entschuldigung ab. »Ich hatte nur einen Moment Angst, dass mir das Herz stehen bleibt. Petra scheint übrigens wirklich nichts von der Beteiligung an dem Südtiroler Weingut zu wissen«, kam sie dann auf den eigentlichen Grund ihres Anrufs zurück. »Als ich sie darauf ansprach, war sie total überrascht und murmelte etwas davon, dass es sich um eine Verwechslung handeln muss.«

»Was nicht stimmt. Auf dem Vertrag steht ja nicht nur Markus' Name, sondern auch die Adresse des Haller-Gutes in der Wachau«, widersprach Lou. »Aber wie auch immer, die Wahrheit wird schon noch ans Licht kommen. Und falls du's nicht mitbekommen hast: Die Flaschenscherben kannst du entsorgen.«

»Mach ich gleich.«

»Weißt, was mich noch interessiert, Sigi? Wusste Petra, worum es bei den Telefonaten zwischen Markus und Mona ging, und hat sie selbst auch mal mit ihr telefoniert?« Die Antworten war ihr Verena schuldig geblieben.

»Zu deiner ersten Frage: Nein, wusste sie nicht. Und zwischen der Mona und ihr gab es auch keinen Kontakt. Das hat mir Petra gleich drei Mal hintereinander versichert.«

»Na gut, dann wollen wir ihr das mal glauben«, sagte Lou. »Und danke für deine Hilfe.«

»Gerne«, beteuerte Sigrid. »Das Gerücht der möglichen Scheidung hab ich aber Petra gegenüber nicht erwähnt, weil ich ihr nicht verraten wollte, wer mir davon erzählt hat.«

»Aber ich habe es erwähnt«, gab Lou zu. »Natürlich, ohne Alfreds Namen auszuplaudern. Ich bin mir sicher, Verena wird mit Petra darüber reden.«

Anschließend erkundigte sie sich noch nach Michelin und dem Geschäft.

»Es läuft alles gut«, erwiderte Sigrid. »Mach dir keine Sorgen um uns.«

»Wunderbar. Und du, hol dir von der Franzi jetzt gleich mal ein Megastück Torte für deine Nerven. Geht auf mich. Ich zahl, sobald ich zurück bin«, versprach Lou und verabschiedete sich.

»Ich hab nachgedacht«, sagte Fabio, nachdem sie das Handy weggesteckt hatte. »Vielleicht hast du recht, und Mona war wirklich dafür verantwortlich, dass der Vertrag zwischen Haller und dem Meinthaler-Weingut zustande gekommen ist. Immerhin kennt sie hier so gut wie jeden in der Weinbranche. Aber selbst wenn es so wäre, kann ich mir immer noch nicht erklären, weshalb sie mir das verheimlicht hat.«

Lou fuhr sich durch die Locken, um ihre innere Anspannung zu lösen. »Dann lass es uns herausfinden. Jetzt.«

Noch einmal ließ sie die Postkartenidylle ringsum auf sich wirken, dann stieg sie ins Auto. Fabio folgte ihr. Als Lou diesmal Anstalten machte, die Adresse des Gutes ins Navi zu tippen, protestierte er nicht.

»Mona hat mit Haller telefoniert. Und das nicht nur ein Mal.« Er sah sie an wie ein weidwundes Reh. »Wie viele Geheimnisse hat sie eigentlich noch vor mir?«

»Auch das werden wir herausfinden«, versicherte ihm Lou und fuhr los. »Darf ich dich mal etwas Persönliches fragen?«

»Nur zu.«

»Dein Name, Gerber, klingt nicht gerade nach französischer Schweiz, oder irre ich mich?«

»Nein, du hast recht. Mein Vater stammt aus dem deutschen Teil.«

Lou nickte, als hätte sie die Antwort gekannt. »Leben deine Eltern noch?«

»Ja, in Genf, wo ich aufgewachsen bin. Meine Mutter kommt aus der Gegend. Ihr Mädchenname ist Favre.«

»Ich war noch nie in der Schweiz.«

»Ist schön dort. Solltest mal hinfahren.«

»Warum habt ihr euch nicht dort etwas Neues gesucht, wenn ihr schon Südtirol verlassen wolltet, obwohl es nicht zu übersehen ist, dass es dir hier gefällt? Warum habt ihr euch für die Wachau entschieden?«

Fabio drehte den Kopf zu ihr, zog sich die Sonnenbrille auf die Nasenspitze und sah Lou argwöhnisch über deren Rand hinweg an. »Interessiert dich das wirklich, oder wird das ein schlecht getarntes Verhör?«

»Reines persönliches Interesse«, beteuerte Lou matt lächelnd. »Ich weiß so wenig über euer bisheriges Leben.«

Fabio schob die Sonnenbrille wieder zurück. »Wir wollten etwas Eigenes, und das wäre in der Schweiz nicht realisierbar gewesen. Es war Monas Idee, in die Wachau zu ziehen. Sozusagen back to the roots.«

»Zumindest zurück zu ihren Wurzeln«, hielt Lou dagegen. »Und wie habt ihr erfahren, dass das Landschlösschen zum Verkauf steht?«

Über Fabios Lippen huschte ein Lächeln. »Es gibt da so eine

Erfindung, die heißt Internet. Da findet man viele Dinge, auch Immobilien, die man kaufen kann.«

Lou verdrehte die Augen. »Alles klar, hab schon verstanden.«

Fabio sagte nichts mehr und starrte wieder ausdruckslos durchs Seitenfenster.

# 17

Das Navi lotste sie durch Nals. Rund um den Ort wuchsen Apfelbäume neben Weinreben. Zudem standen unzählige blütenübersäte Rosensträucher an historischen Gebäuden, Straßenrändern und auf Obstwiesen, was dem Dorf an der Weinstraße den Beinamen Rosendorf eingebracht hatte. Etwa vierhundert Meter nach dem Ortsausgang bogen sie in ein Labyrinth aus schmalen Wegen ab, das durch eine unendliche Weite von Obstgärten führte. Auch hier war die Ernte in vollem Gange. Nach weiteren fünf Minuten schnarrte eine blecherne Stimme: »Sie haben Ihr Ziel erreicht.«

Lou stoppte und wähnte sich im Nirgendwo. Kilometerweit sah sie nur Apfelbäume, keine Spur von einem Weingut.

»Es muss hier aber irgendwo sein«, brummte Fabio.

»Vielleicht sollten wir jemanden fragen«, meinte Lou, sah aber sofort ein, dass ihr Vorschlag bei der Menschenleere um sie herum sinnlos war.

Fabio stieg aus, schaute sich um, ging ein paar Schritte und winkte dann Lou zu sich. Sie rollte ihm langsam hinterher, und er kletterte zurück in den Wagen. »Sieh mal, hier zweigt ein Wirtschaftsweg ab. Lass uns mal schauen, wohin der führt.«

Lou bog auf den kaum erkennbaren Weg ab, und nach wenigen Metern ging die Apfelplantage in einen Weinberg über. Der

Pfad schien auf ein eingeschossiges Einfamilienhaus mit hellgelber Fassade zuzuführen. Daneben erhob sich eine große Holzscheune mit Schindeldach. Das Ensemble wirkte wie zufällig in den Weingarten geworfen.

»*Voilà!*«, rief Fabio zufrieden.

Lou hielt an. »Das ist also das Weingut.«

Sie machte mit dem Smartphone ein Foto und schickte es samt Adresse und dem Zusatz, dass die Häuser einsam inmitten eines Weingartens lagen, Verena aufs Handy. Dann fuhr sie im Schritttempo weiter und parkte vor dem Wohnhaus.

Wenige Atemzüge nachdem sie ausgestiegen waren, drückte Fabio auf den Klingelknopf neben der Haustür. Nichts passierte. Lou trat einen Schritt zurück, sah an der Fassade hinauf. Das Haus machte einen verlassenen Eindruck. Die Fenster waren verschlossen und die Vorhänge zugezogen. Niemand schien sich darin aufzuhalten. Sie blickte nach rechts. Zumindest das Tor der Scheune war halb geöffnet, und an der Außenmauer standen ein Mulchgerät, eine Bodenfräse und ein Entrapper.

»Sind vermutlich alle bei der Lese«, spekulierte Fabio, obwohl ein Traktor samt Anhänger wenige Meter vor dem Tor parkte.

»Oder in der Scheune.« Lou machte Anstalten, sich in Bewegung zu setzen.

»Was hast du vor?«

»Ich schau mal, ob drinnen jemand ist«, antwortete sie.

»Du kannst dich hier doch nicht einfach so umsehen.« Fabio behielt die Haustür im Blick.

»Und wieso nicht?«, entgegnete Lou selbstsicher. »Wollen wir denn nicht Mona finden?«

»Ich glaube kaum, dass sie in der Scheune sitzt.«

Lou machte eine Unschuldsmiene. »Kann man's wissen?«

Er sah zu dem großen Gebäude. »Da sind Kameras.«

Lou folgte seinem Blick. »Hab ich schon gesehen. Aber ich will nichts stehlen.«

Ohne ein weiteres Wort eilte sie los, umrundete den Anhänger des Traktors und betrat die Scheune. Kurz hinter dem Eingang blieb sie stehen.

»Hallo? Ist da jemand?« Sie bekam keine Antwort. »Hallo?«, wiederholte sie. Als sich wieder niemand meldete, begann Lou umherzustreifen. Das Innere wirkte sauber und penibel aufgeräumt, auf dem Betonboden glänzten feuchte Flecken. Vermutlich war er erst kürzlich abgespritzt worden, und man hatte das Tor offen gelassen, damit er schneller trocknete. An der Wand reihten sich Besen und Schaufeln aneinander. Auf zwei Werkbänken lagen eine Rebschere, drei Schaber, ein Refraktometer, vier Rollen Paketband und eine durchsichtige Plastikbox mit Nägeln. Links davon türmten sich zusammengefaltete Kartons und Holzkisten in einem Metallregal, neben dem in einer Schütte Luftkissenpolster und zwei Kanister lagen. Lou beugte sich zu ihnen und las »Klebstoffentferner« und »Desinfektionskonzentrat«. Hier wurde anerkennenswert penibel auf Sauberkeit geachtet.

Sie ging weiter. Im hinteren Bereich entdeckte sie eine vollautomatische Etikettiermaschine und eine Abfüllanlage. In einer Gitterbox daneben lagerten vier Reihen Weinflaschen mit Drehverschluss – ohne Etikett. Lou nahm eine Flasche heraus, hielt sie gegen das schummrige Licht, das durch das offene Tor fiel. Eindeutig Weißwein. Hatte sie nicht auf der Homepage des Betriebs gelesen, dass ausschließlich Rotweinsorten angebaut wurden? Sie legte die Flasche zurück und überlegte. Die Fässer und Gärtanks befanden sich mit an Sicherheit grenzender Wahrscheinlichkeit im Keller. Sie drehte sich um die eigene Achse und sah sich nach einer Treppe um. Dabei streifte ihr Blick die hintere Wand, vor der sich Transportpaletten mit leeren grünen und braunen Glasflaschen bis unters Dach stapelten. Lou schätzte, dass es mindestens hundert Paletten sein mussten, was grob gerechnet siebzigtausend Flaschen ergab.

Eine ganze Menge für so ein kleines Weingut, dachte Lou und fotografierte die Flaschenwand. Rechter Hand standen in etwa drei Meter Entfernung weitere Gitterboxen mit Weinflaschen. Sie schärfte ihren Blick und konnte erkennen, dass diese bereits etikettiert waren. Sie ging näher, als sie Motorengeräusche hörte, die nach einem fahrenden Auto klangen. Sofort hastete sie zurück zum Scheunentor und ins Freie.

Aus einem dunkelgrauen Kastenwagen stieg ein athletischer Kerl mit schwarzen Haaren. Lou schätzte ihn auf Mitte dreißig. Die Ärmel seines blauen Hemdes waren hochgekrempelt, sodass seine muskulösen Unterarme unübersehbar waren.

*»Buongiorno, signore«*, hörte sie Fabio.

»Du kimmscht aus Österreich«, stellte der Mann in breitem Südtirolerisch mit Blick auf das Kennzeichen des Jeeps fest.

Lou mochte es, dass in Tirol üblicherweise auch Fremde geduzt wurden. Man fühlte sich gleich willkommen. Ob man das auch war, stand auf einem anderen Blatt.

»Ja«, bestätigte Fabio.

»Hast di verfahren?«

»Nein. Wir haben das Weingut gesucht und zum Glück auch gefunden«, sagte Lou laut und gesellte sich zu den beiden Männern.

Der Fremde wirbelte herum und sah sie verdutzt an. In der nächsten Sekunde warf er einen irritierten Blick zur Scheune.

»War eine ganz schöne Herausforderung. Das Gut liegt ja ziemlich weit ab vom Schuss.« Lou bemühte sich, entspannt wie eine Urlauberin zu klingen. »Bist du der Meinthaler, der Besitzer?«

Der Mann steckte die Hände in die Hosentaschen, runzelte misstrauisch die Stirn, nickte dann aber. »Ja.«

»Das Wohnhaus sah so verlassen aus. Ich dachte, ich finde dich vielleicht da drin bei der Arbeit.« Sie zeigte auf die Holzscheune.

Meinthaler blinzelte nervös. »Und ihr seids?«

»Entschuldige.« Lou stellte sie beide mit Vornamen vor.

»Hier gibt's keinen Hofverkauf.« Offenbar hielt der Südtiroler Winzer sie für Touristen auf der Suche nach Weingütern mit Direktverkauf. Er zog die Hände wieder aus den Taschen.

»Wir wollen keinen Wein kaufen. Wir wollten uns nur das Anwesen ansehen. Gell, Schatz?«, flötete Lou, als wären sie und Fabio in den Flitterwochen.

Er unterdrückte sichtbar ein Lachen und lächelte breit.

»Hier gibt's aber nix zum Schauen.« Für den Bruchteil einer Sekunde huschte Meinthalers Blick wieder zur Scheune. Machte es ihn nervös, dass Lou sich darin aufgehalten hatte?

Da hörte sie ein Geräusch. Es kam aus der Richtung. Lous Puls schoss in die Höhe. Da war ja doch jemand! Aber vermutlich war die Person im Keller bei den Fässern gewesen und hatte sie genauso wenig bemerkt wie umgekehrt.

Ein Mann mit ungekämmten dunkelblonden Haaren und in Jeans und weißem T-Shirt trat aus dem Tor und kam auf sie zu. Lou schätzte ihn auf Anfang dreißig.

»Griaß enk«, sagte er höflich und stellte sich als Kassian vor.

Sie schüttelten sich die Hände, und diesmal war es Fabio, der ihre Vornamen nannte.

»Die meinen, bei uns gibt's was zum Schauen«, sagte Meinthaler freundlich lächelnd.

»Soso.« Kassians Augenbrauen wanderten belustigt nach oben.

»Gehören alle umliegenden Weinstöcke zum Gut?«, fragte Lou im Plauderton.

»Ja.« Meinthaler strich sich mit der rechten Hand über den linken Unterarm, als würde er frieren.

»Wir kommen aus der Wachau«, fuhr Lou fort, als könnte das ihr plötzliches Auftauchen erklären. »Meine Eltern besitzen ein kleines Weingut, vier Hektar. Wie groß ist das hier?«

»Auch vier«, antwortete Meinthaler.

Lou überlegte, ob sie gleich Markus Haller erwähnen oder vorher noch etwas Unbedeutendes sagen sollte.

»Uns interessiert, wie hier gearbeitet wird«, sprang Fabio ihr zur Seite.

»Wir sollen das Gut von meinen Eltern nämlich übernehmen und wollen vielleicht ein bisschen was verändern.« Lou hakte sich für drei Sekunden bei Fabio unter, bemüht, das Bild einer frischgebackenen Ehefrau abzugeben, die sich auf die gemeinsame Zukunft freut.

»Da seids leider umsonst hergefahren. Wir machen keine Führungen. Außerdem stecken wir mitten in der Lese«, sagte Meinthaler geradeheraus.

»Die Kellereigenossenschaft macht Führungen. Fahrt dorthin«, schlug Kassian vor. »Da könnt ihr bestimmt auch all eure Fragen stellen.« Seine graugrünen Augen fixierten Lou und Fabio.

»Aber Markus Haller meinte, dass ihr uns sicher gerne euren Betrieb zeigt und uns ein bisschen hinter die Kulissen schauen lasst«, ließ Lou nicht locker und knipste ihr charmantestes Lächeln an.

Meinthaler fuhr sich mehrmals nachdenklich übers Kinn. »Ich hab doch schon gesagt, dass wir für so was keine Zeit haben. Die Erntehelfer warten auf uns. Und wer soll das überhaupt sein, Markus Haller? Kennst du den, Kassian?«

Der Angesprochene schüttelte den Kopf, starrte Lou dabei aber an, als versuchte er, ihre Gedanken zu lesen.

Lou erklärte mit wenigen Worten, um wen es sich bei Markus Haller handelte, ließ den Mord jedoch unerwähnt. »Komisch, dass ihr ihn nicht kennt. Er ist so stolz darauf, an eurem Gut beteiligt zu sein«, flötete sie und sah den älteren der beiden Männer direkt an. »Es hat mir einen Vertrag mit deiner Unterschrift gezeigt«, behauptete sie, obwohl die Signatur unlesbar war.

Der Winzer runzelte wieder die Stirn. »Ha? Ein Vertrag?« Ihm war anzuhören, dass seine Geduld mit dieser nervigen Besucherin langsam zur Neige ging.

»An unserm Gut ist niemand beteiligt. Das gehört uns.« Meinthaler zeigte auf sich und Kassian.

Lou überlegte. Waren sie nur Geschäftspartner oder sogar verwandt? Brüder, Schwäger?

»Sagt euch dann vielleicht der Name Mona Gerber etwas?«, wechselte Fabio das Thema.

»Kenn i net«, antwortete Kassian, ohne nachzudenken, und verschränkte die Arme. Mit Sicherheit hatte er mittlerweile seine Zweifel, dass sie nur ein harmloses Urlaubspärchen waren.

Meinthaler wedelte ungeduldig mit der Hand. »Wir müssen jetzt weitermachen.«

Fabios Mund öffnete sich. Lou hakte sich wieder bei ihm unter, was ihn aus dem Konzept zu bringen schien. Er schloss den Mund, ohne etwas gesagt zu haben.

»Dann lassen wir euch jetzt mal wieder arbeiten. Tut uns leid, dass wir gestört haben.« Sie zog Fabio zum Wagen.

»Ich wollte denen gerade die Wahrheit sagen; dass meine Frau verschwunden ist und wir sie suchen«, jammerte er, als sie im Auto saßen und Lou wendete.

»Und dass wir vermuten, dass sie auf dem Hof gefangen

gehalten wird, oder wie?« Im Rückspiegel sah Lou die zwei Männer. Meinthaler telefonierte, Kassian schaute ihnen nach. »Irgendwas stimmt da nicht«, murmelte sie.

Fabio reagierte nicht, starrte stattdessen vor sich hin.

# 18

Lou beobachtete nach wie vor die Männer im Rückspiegel, die langsam kleiner wurden, bis sie schließlich aus ihrem Blickfeld verschwunden waren. »Dann mal auf zur Vinothek der Berkons«, sagte sie und seufzte.

»Lief nicht so, wie wir uns das vorgestellt haben«, stellte Fabio fest.

»Nein, lief nicht ganz so«, gestand Lou. »Was sagt dein Gefühl?«

»Ich weiß nicht, was du von mir hören willst.« Er klang verstimmt.

»Ist doch eigenartig, dass sie behaupten, Haller nicht zu kennen, oder nicht?«

»Vielleicht war es gar nicht der Meinthaler, der den Vertrag unterschrieben hat. Wir konnten die Unterschrift ja nicht entziffern«, erinnerte sie Fabio.

»Aber das Weingut Meinthaler wird auf dem Dokument als Vertragspartner genannt«, hielt Lou dagegen.

»Das stimmt. Trotzdem sind sie das vielleicht in Wahrheit gar nicht.«

»Geht's ein bisschen genauer?«, fragte Lou.

»Der Vertrag könnte eine Fälschung sein«, sagte Fabio.

»Eine Fälschung?«, wiederholte Lou, als würde sie die Bedeutung des Wortes nicht kennen. Sie wandte ihren Kopf und betrachtete sein trauriges Gesicht. »Malst du dir grad einen Krimi aus, in dem Mona und Haller die Rollen von Urkundenfälschern spielen?«

Fabio zuckte teilnahmslos mit den Schultern.

»Traust du Mona so etwas denn zu?«, hakte sie nach.

Fabio fuhr sich in einer verzweifelten Geste durch die Haare. »Ich weiß gerade überhaupt nicht mehr, was ich über sie denken soll.«

»Ja oder nein?«, pochte Lou auf eine Antwort.

Fabio schüttelte den Kopf und sah angestrengt durch die Windschutzscheibe.

Lou hatte dennoch den Verdacht, dass er es sich durchaus vorstellen konnte. »Es ist unwahrscheinlich, dass deine Frau den Vertrag gefälscht hat. Haller hat ihn ihr doch geschickt«, sagte sie.

»Ich hab keine Ahnung, wie so etwas funktioniert.« Erneut zuckte er hilflos mit den Achseln. »Vielleicht ist die Kopie, die in der Post war, ja so eine Art Beleg, damit ihre Unterlagen vollständig sind.« Er klang zynisch.

»Oder der Meinthaler hat uns schlichtweg angelogen und kennt Markus Haller doch«, entgegnete Lou.

»Oder der Vertrag ist eine Fälschung«, sagte Fabio noch einmal mit Nachdruck.

Lou antwortete nicht mehr darauf, um die Debatte nicht weiter anzuheizen. Denn in Wahrheit fischten sie beide im Trüben. Sie konzentrierte sich wieder auf die Straße. Endlose Apfelbaumplantagen zogen an ihnen vorbei.

In Andrian fuhr Lou nicht auf die MeBo, die Schnellstraße nach Bozen, sondern überquerte die Etsch. Sie wollte auf der Landstraße bleiben, das Rasen überließ sie gerne anderen. »Wie auch immer«, wechselte sie das Thema, »ich hatte jedenfalls das

Gefühl, dass die beiden Haller kennen und uns schnellstmöglich loswerden wollten.«

Fabio lachte kurz auf. »Ist Letzteres wirklich so verwunderlich? Wir sind wildfremde Personen, stehen mitten in der Lese auf ihrem Hof und wollen herumgeführt werden, ein bisschen hinter die Kulissen schauen.« Er äffte sie nach.

»Lass das«, knurrte Lou.

»Zudem hast du dir einfach mal so deren Scheune angesehen«, setzte er nach.

Lou sah in den Rückspiegel, wie sie es immer in regelmäßigen Abständen tat. Diesmal tauchte ein schwarzer SUV auf. Ein Alfa, wenn sie sich nicht irrte. »Wäre schön, wenn Michelin bei uns gewesen wäre.«

»Häh?«

»Mikroausdrücke«, erklärte Lou kryptisch. »Ein flüchtiges Mienenspiel, das nur den Bruchteil einer Sekunde dauert. Hunde können es sehr gut lesen. Genauso wie Körpersprache. Michelins Reaktion hätte uns verraten, ob die beiden vertrauenswürdig sind.«

»Ich glaube nicht, dass man einen Lügner durch seine Mienen und Gesten enttarnen kann«, hielt Fabio dagegen.

»Doch, Hunde können das, genauso wie Mentalisten und Verhörspezialisten bei der Polizei. Sie trainieren ihre Fähigkeit, die Körpersprache ihres Gegenübers zu lesen, folglich erkennen sie kleinste Veränderungen und können sie sogar interpretieren«, beharrte Lou. Einst hatte sie selbst eine Ausbildung zur Verhörspezialistin angestrebt, doch dann war der Wunsch, sich zukünftig mit den genussvollen Seiten des Lebens zu beschäftigen, immer stärker geworden. Sie hatte es keine Sekunde lang bereut, sich neu orientiert zu haben. Sie verkaufte viel lieber Delikatessen, als die Bösen dieser Welt zu verhören.

Fabio schaute sie immer noch skeptisch an. »Dann sind wir diesbezüglich offenbar unterschiedlicher Meinung.« Seine Lippen verzogen sich zu einem Lächeln. »Aber bitte verrate Michelin nicht, dass ich an seinen magischen Fähigkeiten zweifle.«

Lou zog eine Grimasse. »Dann sag mir, was du über die beiden denkst.«

»Vielleicht beschützen sie Mona.«

»Das glaubst du jetzt aber nicht wirklich?« Lou war konsterniert.

»Warum hast du diesen Kassian im Schuppen eigentlich nicht bemerkt?«, wollte Fabio übergangslos wissen, ohne auf ihre Frage zu reagieren.

»Die Scheune muss unterkellert sein«, sagte Lou. »Vermutlich war er unten, bei den Fässern und Gärtanks.«

»Hast du etwas Interessantes entdeckt?«, fragte Fabio.

Lou sah in den Rückspiegel. Der Alfa war noch immer hinter ihnen. »In der Scheune lagern Unmengen von leeren Glasflaschen. Meinem Geschmack nach zu viele für so ein kleines Weingut.«

»Vielleicht haben sie die Flaschen in der hohen Stückzahl zu einem supergünstigen Preis bekommen«, mutmaßte Fabio. »Glas ist teurer geworden, und es verdirbt nicht, wenn man mehr kauft, als man braucht, um es zu lagern.«

»Wie du weißt, bewirtschaften meine Eltern auch vier Hektar, so wie der Meinthaler. Sie produzieren jährlich zehntausend Flaschen Qualitätswein, brauchen also genau diese Menge an Leerflaschen«, ließ Lou nicht locker. »Deshalb bestellen meine Eltern etwa fünfzehn Paletten pro Jahr, also etwa zehntausendfünfhundert Flaschen, falls welche zu Bruch gehen. Auf eine Palette passen etwa siebenhundert Flaschen. Aber in der Scheune vom Meinthaler stehen auf den ersten Blick geschätzt einhundert Paletten. Möglicherweise noch mehr.«

»Vieleicht produzieren sie im Gegensatz zu deinen Eltern Billigwein, dann würden sie wesentlich mehr abfüllen.«

»Du hast doch selbst die Website gesehen, das Weingut produziert ausschließlich Qualitätsweine«, tat Lou seinen Einwand ab. »Und wer, bitte schön, würde fast sechzigtausend Flaschen mehr kaufen, als er im Jahr braucht? Außerdem ist da noch etwas.« Lou hielt inne und sah aus den Augenwinkeln, dass Fabio den Kopf in ihre Richtung drehte. »Die beiden haben behauptet, mitten in der Lese zu sein, dabei werden Lagrein und Vernatsch, die sie laut Homepage produzieren, noch gar nicht gelesen. Jetzt, Anfang September, sind in Südtirol erst mal die Weißweinsorten dran. Rotweine wie Lagrein und Vernatsch kommen Ende des Monats oder sogar erst im Oktober an die Reihe.«

Fabio überlegte. »Ich dachte eigentlich, die Lesezeiten variieren in der Region wegen der vielen verschiedenen Mikroklimata. Was am Ende den Ausschlag gibt, ist nicht die Zeit im Jahr, sondern der Reifegrad und der Zuckergehalt der Trauben.«

»Trotzdem«, beharrte Lou. »Zudem hab ich mir den Inhalt einer Flasche genauer angesehen. Es war zwar nicht gerade hell in der Scheune, aber es war definitiv kein Rotwein.« Sie fuhren an dem modernen Gebäude der Kellerei Bozen vorbei, und Lou war kurz abgelenkt. »Du musst doch verstehen, dass das meine Skepsis befeuert, was den Meinthaler und diesen Kassian betrifft«, sagte sie dann und warf erneut einen Blick in den Rückspiegel.

Der Alfa folgte ihnen immer noch im gleichen Abstand.

»Vielleicht füllt das Weingut Meinthaler Flaschen für andere Weingüter ab«, suchte Fabio nach einer logischen Erklärung.

Lou ging nicht darauf ein, weil sie sich mit dem Wagen hinter ihnen befasste. Sie drosselte das Tempo, und der schwarze SUV verringerte ebenfalls die Geschwindigkeit. Lous Puls stieg. Wurden sie verfolgt?

»Hast du einen schwarzen Alfa auf dem Hof gesehen?«, fragte sie unvermittelt.

»Was?« Fabio blinzelte irritiert. »Nein. Warum?«

»Ich befürchte, dass uns jemand folgt.«

Er machte Anstalten, sich im Sitz umzudrehen.

»Nicht nach hinten sehen!«, fuhr Lou ihn an.

Fabio blickte wieder nach vorn. »Aus welchem Grund sollte uns jemand verfolgen?«

»Gute Frage.«

Er beäugte sie argwöhnisch. »Ist das nicht ein Klischee aus einem Mafiafilm?«

Lou grinste schief. »Wieso? Ein Alfa als Verfolgungsfahrzeug wäre perfekt, der fällt in Italien ebenso wenig auf wie ein BMW oder ein Audi in Bayern.«

»Ich meinte nicht die Automarke, sondern dass wir beschattet werden«, präzisierte Fabio. »Wir gehören zu keiner Gang, Lou. Du bist Delikatessenhändlerin und ich Koch.«

»Aber das wissen die beiden nicht.«

»Stimmt, die denken, wir seien Winzer«, erinnerte Fabio sie an ihre kleine Lüge.

»Ich bezweifle, dass sie uns das abgenommen haben«, erwiderte Lou. »Vielleicht haben wir ja gerade doch in ein Wespennest gestochen.«

Sie sah wieder in den Rückspiegel und erhöhte das Tempo. Der Fahrer hinter ihr tat es ihr gleich. »Du selbst hast doch gerade noch gemeint, dass die beiden Mona beschützen wollen. Vielleicht verfolgt uns jetzt einer der Bodyguards deiner Frau.« Sie schaute ihn spöttisch an.

»Wir sind gleich da«, sagte er tonlos. Ihre Bemerkung ließ er unkommentiert.

Während vor ihnen die Benediktinerabtei Muri-Gries auftauchte, musste Lou daran denken, dass Mona ihr noch immer nicht geantwortet hatte.

»Nimm im Kreisverkehr die zweite Ausfahrt. Rechts kommt dann eine Kurzparkzone. Da kannst du stehen bleiben und mich rauslassen. Ich warte später in der Bäckerei gegenüber auf dich.«

»Okay.« Lou sah abermals zu ihrem Verfolger. »Bin mal gespannt, was du gleich tust, mein Guter«, murmelte sie, fuhr in den Kreisverkehr ein, setzte den Blinker und nahm die zweite Ausfahrt. Gleich darauf parkte sie an der Seite.

Der Alfa rauschte vorbei. Die Seitenscheiben waren verdunkelt, sodass Lou nicht sehen konnte, wer am Lenkrad saß. Ihr Blick flog zum Kennzeichen, der Wagen kam aus Bozen. Tonale, las sie stumm das Automodell am Heck ab.

»Womöglich hast du dich geirrt«, meinte Fabio, der dem schwarzen Wagen hinterhersah.

»Schaun ma mal«, antwortete Lou weniger zuversichtlich.

»Du bist äußerst misstrauisch«, stellte Fabio fest.

»Misstrauen war lange Zeit mein zweiter Vorname. So eine Charaktereigenschaft legt man nicht so schnell ab.« Sie musterte ihn. »Gehen wir mal davon aus, dass der Vertrag keine Fälschung ist. Weißt du, welche Frage ich mir dann nämlich noch stelle? Weshalb hat Haller in Südtirol in ein unscheinbares Weingut investiert? Warum hat er kein bekannteres ausgewählt? Eins, mit dem er angeben kann? Das hätte doch eher seinem Naturell entsprochen.«

Fabio öffnete die Beifahrertür, blieb aber sitzen. »Vielleicht hatte er keine Wahl, weil ihm nur das eine angeboten wurde. Oder er wollte beweisen, dass er es nicht nur in seiner Heimat schafft, einen Winzling in einen berühmten Riesen zu verwandeln. Und bis er diesen Triumph hätte feiern können, wollte er den Mund halten.«

»Schöne Theorie, klingt aber so gar nicht nach Haller«, meinte Lou und hatte in dem Augenblick einen Geistesblitz. »Könnte es nicht sein, dass er Schwarzgeld investiert hat? Das würde doch erklären, weshalb Petra von dem ganzen Zinnober nichts weiß. Oder warum sie vorgibt, nichts zu wissen«, schränkte Lou ein. »Zudem wäre das ein zusätzlicher Grund dafür, dass er nicht offen über die Beteiligung gesprochen hat. Abgesehen von der möglichen Scheidung.«

»Ehrlich?« Fabio stieg aus, drehte sich um, stützte sich mit den Händen am Autodach ab und beugte sich zu ihr in den Wagen. »Mir ist es scheißegal, was Haller getan hat und was nicht. Ob der Vertrag echt oder eine Fälschung ist. Ob er das Finanzamt beschissen hat oder nicht. Ob er sich scheiden lassen wollte oder nicht. Mich interessiert allein, wo Mona ist, und ich bete zu Gott, dass ihr nichts zugestoßen ist.«

Lou schenkte ihm ein mitfühlendes Lächeln. »Ich verstehe ja, dass du dir große Sorgen machst. Aber ich glaube, wenn wir das Geheimnis um Hallers Mord lösen …«

»Du musst jetzt gleich nach rechts in die Fagenstraße einbiegen«, ließ er sie nicht ausreden. »Ein paar Meter hinter dem Kulturheim Gries liegt die Vinothek der Berkons auf der rechten Seite. Du kannst sie nicht übersehen.« Fabio warf die Beifahrertür zu und schlurfte davon.

Lou atmete tief durch. Dass Mona möglicherweise in eine krumme Sache verwickelt war und sie noch immer nicht wussten, wo sie sich gegenwärtig aufhielt und ob sie tot oder lebendig war, setzte ihm sichtbar zu. Aber was hatte er von ihr, Lou, erwartet? Dass sie Mona herbeizaubern würde wie eine Magierin? Sie schnaubte und legte den ersten Gang ein.

# 19

Die Vinothek Berkon war schon von Weitem zu sehen. Das zweigeschossige Haus mit blauer Fassade und weißen Erkern stach aus den umliegenden Gebäuden hervor. Auf dem dazugehörigen Parkplatz standen zwei Porsche Cayenne und ein Mercedes SL, alle mit Bozener Kennzeichen. Durch die Panoramafenster des Hauses sah Lou lange Regalreihen mit unzähligen Weinflaschen. Sie nahm die Sonnenbrille ab, steckte sie in ihre Umhängetasche, die sie sich vom Rücksitz geangelt hatte, stieg aus dem Jeep und betrat die Weinhandlung durch die Rundbogentür. Zeit für ein bisschen Theater.

Die Atmosphäre in der Vinothek war so einzigartig, wie Fabio behauptet hatte, als er ihr die Fotos von der Eröffnung des neuen Verkaufsraums gezeigt hatte. Der Raum wirkte durch das verarbeitete Lärchenholz gemütlich und elegant zugleich. Dazu kam die Einrichtung, die den Blick auf sich zog: Die Weinregale waren in die Holzwand eingebaut, und auf den am oberen Regalende angebrachten Schiefertafeln waren die Namen jener Weingüter handschriftlich angeführt, deren Weine in dem jeweiligen Regal lagerten. Ein ausgeklügeltes Lichtkonzept setzte alles in Szene.

Hinter einem länglichen Tresen vor der Regalreihe entdeckte Lou Philip und Belinda Berkon. Sie erkannte die beiden aufgrund des Fotos sofort. Der Weinhändler trug einen blauen Anzug und eine Designerbrille mit Goldgestell. Seine Frau hatte ihre blonde Mähne lässig nach oben drapiert und sah in einem lila Etuikleid fast zu elegant aus. Auf ihrer Nase saß eine Lesebrille mit dunkler Fassung, die sie in diesem Moment abnahm. Dabei blitzte an ihrer rechten Hand ein Diamantring auf. Beide sprachen mit einem Mitarbeiter gerade über etwas, das Lou nicht hören konnte. Der Mann trug ein weißes Hemd, auf dessen Brusttasche das Logo der Vinothek gestickt war. Um einen Stehtisch mit drei Weinflaschen darauf hatten sich zwei Frauen und vier Männer geschart. Vermutlich die Porsche- und Mercedesfahrer. Zwei Sommelièren berieten sie. Eine von ihnen war blond, die andere rothaarig, und im Brustbereich ihrer weißen Blusen prangte ebenfalls das Firmenlogo.

*»Buongiorno, signora«*, grüßte Belinda Berkon, als sie Lou bemerkte. *»Posso aiutarla?«*

»Guten Tag«, sagte Lou und stellte sich vor den Tresen. »Ich spreche leider kein Italienisch.«

»Kein Problem«, wechselte die andere ins Deutsche. »Sie sind Österreicherin?«

»Ja.«

»Das höre ich sofort. Ich stamme nämlich selbst von dort. Aus Villach«, machte die Weinhändlerin im Kärntner Dialekt Small Talk.

»Ich komme aus der Wachau«, ging Lou darauf ein.

»Ah«, schwärmte Belinda Berkon, »in der Wachau ist es wunderschön.« Sie zwinkerte Lou zu. »Fast so schön wie hier in Südtirol.«

Lou nickte kurz, bevor sie zur Sache kam. »Ich bin auf Kurzurlaub hier und wollte meine Jugendfreundin Mona überraschen. Mona Gerber, sie arbeitet doch hier?« Lou blickte nach oben, da sie im ersten Stock die Büros vermutete.

Die Weinhändlerin sah sie bedauernd an. »Ja, aber sie ist leider nicht hier. Sie hat Urlaub.«

»Oje«, sagte Lou enttäuscht. »Das ist aber schade.«

Philip Berkon, der den Angestellten mit einer Handbewegung entlassen hatte, stellte sich zu ihnen. »Wie schön, eine Freundin unserer Mona hier begrüßen zu dürfen«, sagte er hocherfreut mit Tiroler Klangfarbe. »Dürfen wir dir ein paar Schätze aus unserer reichhaltigen Sammlung zum Verkosten anbieten? Dann wärst du immerhin nicht ganz umsonst gekommen.«

Sie hob abwehrend die Hand. »Ich muss noch fahren, aber ich nehme gern einen Lagrein und einen Vernatsch mit. Die bekomme ich bei mir zu Hause in der Wachau nicht.«

»Das sind traditionelle Südtiroler Rebsorten. Aber auch ihr habt ausgezeichnete Weine«, sagte er.

»Einen Kaffee trinkst aber schon mit uns?«, mischte sich jetzt wieder Belinda ein, die scheinbar keine Widerrede zulassen würde.

Lou lächelte, da ihr Plan aufzugehen schien. »Gern, wenn ich nicht störe.«

»Du störst doch nicht. Im Gegenteil, wir freuen uns, eine Jugendfreundin von Mona kennenzulernen«, behauptete Belinda. »Espresso oder Cappuccino?«

»Espresso«, sagte Lou.

Die Chefin der Vinothek rief den Mitarbeiter zurück, der ein paar Schritte entfernt Flaschen in ein Regal geräumt hatte. »*Tre espressi*«, sagte sie zu ihm auf Italienisch.

Er nickte und verschwand durch eine Tür neben den Weinregalen, die Lou davor nicht aufgefallen war. Dann erkundigten sich die Berkons in freundlichem Plauderton, was Lou während ihres Urlaubs schon alles gesehen hatte, und sie schwärmte überzeugend von den Apfelplantagen und dem Tappeinerweg. »Für mehr hatte ich noch keine Zeit.«

»Dann ist deine Unterkunft also in Meran«, schlussfolgerte Philip. »Geh doch einfach bei Monas Wohnung vorbei und klingele an.«

»Vielleicht mach ich das. Gestern bin ich erst spät am Abend angereist und wollte sie nicht mehr stören. Ich hatte sowieso vor, nach Bozen zu fahren, nachdem Mona mir bei ihrem letzten Besuch in der Wachau so begeistert von eurer Vinothek erzählt hat, und da dachte ich, ich könnte den Besuch hier mit einer Überraschung verbinden.« Lou wusste, dass Schmeicheleien eigentlich immer Wirkung zeigten. Und wie beabsichtigt lächelten die Berkons entzückt.

Der Angestellte kam mit einem Tablett zurück und stellte es auf der Theke ab. Darauf drei Espressi und drei Wassergläser.

»Wisst ihr, ob Mona in ihrem Urlaub in Meran geblieben oder weggefahren ist?«, fragte Lou, als er wieder verschwunden war.

»Leider haben wir keine Ahnung«, bedauerte Belinda und nippte an ihrer Tasse.

Lou nahm ebenfalls einen Schluck vom Espresso, ehe sie weitersprach. »Ich hoffe, sie ist nicht weg. Ich bin zum ersten Mal in Südtirol und hatte eigentlich darauf spekuliert, dass sie mir ein paar Tipps geben und mich eventuell sogar ein wenig herumführen kann, damit ich mich nicht verlaufe. Mein Orientierungssinn ist nicht der beste.« Sie grinste.

»So schnell verläufst dich bei uns schon nicht«, sagte Philip. »Und die meisten in der Region sprechen ja Deutsch.«

»Auf jeden Fall musst du ins Zentrum von Bozen fahren und dir die Lauben und den Obstmarkt ansehen«, meinte Belinda. »Beides fasziniert mich heute noch, obwohl ich schon seit zwanzig Jahren hier lebe.«

»Wenn du wissen willst, wo Mona ist, ruf sie doch an.« Philip stürzte seinen Espresso hinunter.

»Das mache ich. Hoffentlich hat Fabio sie nicht auf die Seychellen entführt. Ein letzter Urlaub, bevor die beiden ihr Restaurant in der Wachau eröffnen«, brachte Lou die Rede auf Monas Umzug.

»Hoffentlich.« Belinda lächelte, als wüsste sie von dem geplanten Umzug. Allerdings wirkte sie nicht so, als wollte sie Lou erzählen, dass Fabio gestern Morgen angerufen und selbst nicht gewusst hatte, wo Mona sich aufhielt.

Lou wertete ihr Verhalten als Loyalität gegenüber ihrer befreundeten Angestellten und deren Mann. In dem Moment schob sich der vermeintliche Liebhaber wieder in Lous Gedanken. Würden die Berkons in einem solchen Fall Mona decken?

»Ein gewagter Schritt, sich selbstständig zu machen«, sagte Philip unterdessen. »Aber ich bin froh, dass sie uns trotzdem erhalten bleibt.«

»Wie das?«, fragte Lou überrascht.

»Als Beraterin«, antwortete Belinda. »Deshalb haben wir vereinbart, das Dienstverhältnis vorerst nicht zu beenden.« Sie zwinkerte Lou zu. »Auch ein bisschen zu ihrer eigenen Sicherheit, bis das Restaurant läuft.«

Lou fragte sich, warum Mona das Fabio verschwiegen hatte. »Aber wie will sie für euch arbeiten, wenn sie in der Wachau ist?«

Philip sah sie amüsiert an. »Es ist doch egal, von wo aus sie uns berät. Dank Skype, Facetime und Zoom könnte sie auch in Indien sitzen. Aber es ist ja zum Glück nur die Wachau.«

»Logisch.« Lou fuhr sich über die Stirn, als wäre ihr soeben etwas eingefallen. »Apropos Beratung. Kennt ihr zufällig das Weingut Meinthaler? Es liegt irgendwo in der Gemeinde Nals.« Sie versuchte, möglichst ahnungslos auszusehen.

Belinda und Philip warfen sich einen raschen Blick zu, vermutlich irritiert ob des plötzlichen Themenwechsels. Sie schienen einen Moment nachzudenken, bevor sie synchron die Köpfe schüttelten.

»Sollten wir es kennen?«, hakte Belinda nach.

»Ich weiß nicht. War nur eine spontane Idee. Markus Haller, ein Winzer aus Marienkirchen, ist daran beteiligt. Ich wollte es mir auf dem Rückweg nach Meran ansehen und hatte gehofft, ihr könntet mir sagen, wie ich am besten hinkomme«, schwindelte Lou. »Ihr kennt ja sicher fast alle Weingüter Südtirols, zumindest namentlich.«

»Leider können wir dir nicht weiterhelfen.« Philip schüttelte nochmals bedauernd den Kopf.

»Egal, mein Navi wird mich schon hinführen.«

Monas Chef verstand das als Wink, dass Lou aufbrechen wollte. Er entnahm einer Schublade des Tresens einen zusammengefalteten Karton, entfaltete ihn und ging zu einem ein paar Schritte entfernten Regal. Ein Blick auf die Schiefertafel darüber verriet Lou, dass er den Karton mit Flaschen vom Klosterstift Muri-Gries und vom Ansitz Waldgries bestückte.

»Drei Lagrein und drei Vernatsch. Gehen aufs Haus«, sagte er lächelnd, als er Lou den Karton entgegenhielt.

»Das geht doch nicht«, protestierte sie. »Ich bezahle selbstverständlich.«

»Doch, das geht«, versicherte er nachdrücklich.

»Genieß sie«, sagte Belinda. »Und denk dabei ans schöne Südtirol. Mit lieben Grüßen in die Wachau.«

# 20

Nachdem Lou den Weinkarton im Kofferraum verstaut hatte, stieg sie in den Jeep. Sie war erschöpft. Was tat sie hier? Eigentlich sollte sie zu Hause in ihrem Geschäft stehen, Marillenmarmelade und Honig verkaufen und vor und nach der Arbeit mit Michelin durch die Weinberge streifen. Stattdessen jagte sie einem Phantom hinterher. So kam es ihr zumindest vor. Denn Mona schien nicht die Absicht zu haben, gefunden werden zu wollen. Den Gedanken, dass ihrer Jugendfreundin tatsächlich etwas zugestoßen sein könnte, schob Lou weit von sich.

Beim Verlassen des Parkplatzes hielt sie nach dem schwarzen Alfa Ausschau. Er war nirgendwo zu sehen. »Du wirst schon paranoid, Mädel«, schimpfte sie leise mit sich selbst.

Fabio hatte ihr eine Nachricht aufs Handy geschickt. Nach einem schnellen Espresso in der Bäckerei war er spazieren gegangen und bat sie, ihn nahe dem Benediktinerstift aufzusammeln.

»Ich brauche eine Pause«, sagte sie, nachdem er eingestiegen war. »Lass uns in die Stadt fahren und ein bisschen umherbummeln.«

»War es so schlimm?«, fragte er verwundert.

»Nein, im Gegenteil. Die beiden waren unglaublich charmant und freundlich. Aber ich muss mich mal kurz sammeln.«

Auf dem Weg ins Bozener Zentrum berichtete sie ihm von dem Gespräch.

»Mona will sie beraten?«, fragte Fabio ungläubig, als sie fertig war. »Das ist doch alles …« Er beendete den Satz nicht.

»Warum hat sie mit dir nicht darüber geredet?« Es war nicht das erste Mal, dass Lou ihm diese Frage stellte. Jedes Mal in einem anderen Zusammenhang. Was hielt Mona noch vor ihm geheim?

Er zuckte die Achseln.

»Hättest du etwas gegen ein solches Arbeitsmodell gehabt?«, hakte sie nach.

Fabio schüttelte den Kopf. »Wenn sie alles unter einen Hut bekommt, soll es mir recht sein.«

Auf dem Waltherplatz tranken sie Mineralwasser und hingen schweigend ihren Gedanken nach. Da sie keinen Plan hatten, was sie tun sollten, schlenderten sie anschließend über die Silbergasse, eine der ältesten Straßen von Bozen, zum Obstplatz. Die Lauben, die die Trientiner Bischöfe bereits im zwölften Jahrhundert hatten bauen lassen, waren heute eine attraktive Einkaufsmeile mit entzückenden Läden, Bars, Cafés und Feinkostgeschäften. An den Schaufenstern von Letzteren drückte sich Lou die Nase platt, bevor sie für sich und ihre Lieben daheim Speck, Bergkäse und Schüttelbrot kaufte. Als sie auf dem Obstmarkt auch noch Südtiroler Äpfel erstand, war sie glücklich, weil sie es geschafft hatte, sich eine knappe Stunde zu entspannen.

»Ich hab noch mal über Monas Vorhaben nachgedacht, Belinda und Philip weiterhin mit ihrem Wissen zu unterstützen«, sagte Fabio unvermittelt. »Ich denke, sie hält sich auf diese Weise eine Hintertür offen, falls das mit unserem Restaurant schiefgeht.«

»Könnte sein.« In dem Moment klingelte Lous Handy. Sie drückte Fabio die Papiertragetasche mit den Einkäufen in die

Hand und kramte es aus ihrer Umhängetasche. Auf dem Display leuchtete Verenas Name. »Hallo, Veni.«

»Lou. Ist deine Freundin wieder aufgetaucht?«

»Leider nicht.«

»Wahrscheinlich macht sie sich irgendwo eine schöne Zeit.«

»Hm«, brummte Lou und erzählte von ihrem Besuch bei Belinda und Philip Berkon. »Aber du rufst mich sicher nicht wegen Mona an.«

»So ist es. Ich hab meine Kollegen in Bozen um Informationen über das Weingut Meinthaler gebeten. Es gehört zwei Brüdern. Kassian und Anton. Die beiden bewirtschaften vier Hektar, bauen Lagrein und Vernatsch an, wobei sie die Hälfte der Ernte an die Genossenschaft liefern.«

Lou horchte auf. Das bedeutete, dass die Brüder unter viertausend Liter Wein für ihr eigenes Weingut abfüllten, womit die Anzahl der gelagerten Glasflaschen noch unerklärlicher war.

»Sie scheinen seriös und unauffällig zu sein, jedenfalls zahlen sie pünktlich ihre Steuern«, fuhr Verena unterdessen fort.

»Wie schön. Das macht sie mir gleich viel sympathischer«, höhnte Lou.

»Was ich dir eigentlich sagen wollte«, ignorierte Verena den Zynismus in Lous Stimme. »Du musst mir von dem Beteiligungsvertrag kein Foto mehr schicken. Wir haben in Hallers Büro das Original gefunden. Es war mit Klebeband an einer Schubladenunterseite seines Schreibtisches fixiert.«

»Er hat den Vertrag versteckt«, stellte Lou fest.

»Übrigens hat er sich mit sechzigtausend Euro beteiligt«, sagte Verena. »Auf dem Original ist die Stelle mit der Summe nicht geschwärzt.«

Lou legte ihre Schwarzgeldtheorie dar.

»Wir überprüfen in den nächsten Tagen die Steuerunterlagen

und Bankkonten, ich kann dir darauf also noch keine Antwort geben«, erwiderte die Ermittlerin. »Aber wenn die Summe nicht in den Geschäftspapieren von Markus Haller aufscheint, werden sich die Kollegen von der Finanzpolizei darum kümmern. Und in Italien wird sich die Guardia di Finanza die Steuerunterlagen der Brüder Meinthaler vornehmen.«

»Hast du nicht eben gesagt, die sind seriös?«, versuchte Lou einen Scherz.

»Eh«, meinte Verena, »aber mit einer Steuerprüfung muss man als Unternehmer immer rechnen. Das ist nichts Ungewöhnliches.«

»Einfach ausgedrückt, das italienische Finanzamt wird nachschauen, ob die Beteiligung in deren Steuerunterlagen vermerkt ist«, fasste Lou zusammen. »Und wenn nicht?«

»Ich ermittle in einem Mordfall, Lou. Die Steuersache ist die Baustelle meiner Kollegen«, antwortete Verena ausweichend. »Aber jetzt warten wir erst mal ab, ob die Bezahlung der Beteiligungssumme nicht eh hochseriös abgelaufen ist. Möglicherweise hat Herr Haller die Teilhaberschaft nur vor seiner Familie verheimlicht. Was nicht verboten ist.«

»Aber eine Ehefrau, von der er sich scheiden lassen will, zur Weißglut bringen kann«, merkte Lou an.

»Und du, bleib bitte nicht mehr allzu lange in Südtirol«, ignorierte Verena Lous Bemerkung.

Damit verabschiedeten sie sich voneinander, Lou schob das Handy in ihre Umhängetasche und starrte Fabio nachdenklich an.

»Was ist los?«, fragte er.

»Wir müssen unbedingt noch mal zum Weingut.«

Er verzog das Gesicht. »Nach vorhin denke ich nicht, dass man uns dort den roten Teppich ausrollen wird.«

»Niemand wird bemerken, dass wir da sind.«

Fabio massierte seine Stirn, als litte er plötzlich unter Kopfschmerzen. »Das klingt nach einem fürchterlichen Plan.«

Lou lächelte verschmitzt.

Auf dem Weg erzählte sie Fabio von dem Originalvertrag unter Hallers Schublade und dass Anton und Kassian Meinthaler Brüder waren.

»Ich frag mich trotzdem, warum wir noch mal zum Weingut fahren«, sagte Fabio.

»Vertrau mir«, wich Lou einer Antwort aus.

»Das mach ich, aber es hilft mir nicht, mich besser zu fühlen.«

Eine halbe Stunde später parkte Lou den Jeep am Wegrand mitten in einer Apfelplantage, weit genug vom Weingut entfernt, um von den Besitzern nicht entdeckt zu werden.

»Das restliche Stück gehen wir zu Fuß.« Sie fummelte ein Haargummi aus ihrer Jeans, band ihre Locken streng nach hinten und stieg aus.

Fabio folgte ihr.

»Es darf uns niemand sehen, auch keiner der vielen Erntehelfer.« Lou schlüpfte in ihre Softshelljacke, wischte über ihr Handy, schob es in die Seitentasche und reichte Fabio seine Jacke. »Handy auf lautlos«, wies sie ihn an. »Und steck es tief in die Tasche, damit du es nicht verlierst, wenn wir plötzlich abhauen müssen.«

»Das sind ja rosige Aussichten«, murrte Fabio, tat aber wie geheißen.

Derweil verstaute Lou ihre Umhängetasche zwischen den Einkäufen im Kofferraum, damit sie nicht sichtbar im Auto herumlag, und verriegelte den Wagen.

Begleitet von süßem Apfelduft spazierten sie wie normale Touristen durch die Plantage. Lou widerstand der Versuchung, einen Apfel zu stehlen. Kurz bevor sie den Weingarten erreichten, der an den Apfelgarten angrenzte, vergewisserte sie sich, dass sie niemand beobachtete.

»Lass uns hoffen, dass an der Rückseite der Scheune keine Kameras installiert sind«, flüsterte sie.

»Was wir hier tun, ist *fou*, total verrückt.« Fabio sprach ebenfalls mit gedämpfter Stimme. »Ich meine, wer sind wir denn? Mata Hari und James Bond?«

»Hast du einen besseren Vorschlag? Du hast vorhin selbst gesagt, dass die Meinthalers uns nicht freudig empfangen werden.«

Fabio biss sich auf die Unterlippe.

»Na schau«, sagte Lou zufrieden und legte den Zeigefinger auf ihren Mund. »Und ab jetzt kein Wort mehr.«

Vorsichtig huschten sie von der Apfelplantage in eine Rebzeile. Lou erkannte mit Expertinnenblick, dass hier tatsächlich Lagrein wuchs. Sie horchte, ob in unmittelbarer Nähe Stimmen oder Geräusche zu hören waren. Doch es war still. Hier fand definitiv keine Lese statt. Trotzdem hieß es, wachsam bleiben. Da Winzer immer wieder den Reifegrad der Trauben kontrollierten, konnten die Brüder jederzeit auftauchen.

Fabio zupfte im Vorbeischleichen zwei tiefdunkle Beeren ab. Eine steckte er sich in den Mund, die andere gab er Lou. Sie war saftig und schmeckte fruchtig. Der Jahrgang versprach ein guter zu werden.

So leise wie möglich näherten sie sich der Rückseite des Anwesens. Ein halbhoher Lattenzaun trennte den Weingarten vom Weingut. Lous Blick tastete die hintere Fassade der Scheune nach Kameras ab. Vergeblich. Das Wohnhaus des Gutes war von ihrer Position aus nicht zu sehen.

Vorsichtig kletterten sie über den Zaun und hasteten zur Scheunenrückseite. Lou legte ihr Ohr an die Holzwand, horchte angestrengt. Auch hier: Stille. Ihr Herz raste vor Anspannung. Fabio war der Stress ins Gesicht geschrieben. Sie atmeten beide kräftig durch, dann schlichen sie an der dem Wohnhaus abgewandten Scheunenwand entlang. Für den Fall, dass einer der Brüder aus dem Fenster blickte, würde man sie nicht bemerken. An der vorderen Scheunenecke blieben sie stehen, und Lou lugte vorsichtig um sie herum.

Der Platz war leer, der Kastenwagen und der Traktor samt Anhänger verschwunden. Das Wohnhaus erschien ihr genauso verlassen wie bei ihrem ersten Besuch am Vormittag. Allerdings war das Scheunentor jetzt geschlossen. Lou nahm den Kopf zurück und aus dem Aufzeichnungsbereich der Kameras an der Vorderseite.

»Das Tor ist zu«, flüsterte sie.

»Und was machen wir jetzt?«, fragte Fabio fast lautlos.

In dem Moment hörten sie, wie das Tor nach oben geschoben wurde. Lou wagte einen neuerlichen Blick und sah Kassian Meinthaler aus der Scheune treten. Er zog das Rolltor wieder runter, überquerte den Vorplatz und verschwand im Wohnhaus. Das war ihre Chance.

»Ich geh rein. Du bleibst hier und klopfst kurz gegen die Wand, falls wer kommt.«

»Na, wunderbar«, knurrte Fabio leise. »Jetzt sind wir also wirklich Einbrecher. Hast du wenigstens Übung darin?«

»Natürlich«, wisperte Lou spitzzüngig. »Der perfekte Einbruch stand bei meiner Polizeiausbildung ganz oben auf der Liste.«

Dann sauste sie auch schon um die Ecke und zum Tor, hielt sich immer dicht am Gebäude, im toten Winkel der Kameras. Vorsichtig schob sie das Tor einen Spalt weit auf, huschte ins Scheuneninnere und zog das Tor lautlos wieder hinter sich nach unten.

Das Bild, das sich ihr bot, ähnelte dem vom Vormittag. Allerdings warteten jetzt drei Weinkartons gut zugeklebt und abholbereit auf der Werkbank. Lou warf einen Blick auf die Sendungslabels. Die Empfängeradresse war in Hongkong.

»Was versteckt ihr hier nur?«, murmelte sie und machte ein Foto von den Paketen. Dann ging sie zu den Gitterboxen mit den etikettierten Flaschen, betrachtete sie und wunderte sich. Demnach stammten die Weine aus unterschiedlichen Regionen Italiens. Auf den ersten Blick konnte Lou drei Flaschen Barolo von einem bekannten Winzer im Piemont sowie zwei Primitivo aus Apulien und vier Nino Negri von einem Weingut aus der Lombardei ausmachen. Alle gehörten laut Etiketten zur ersten Preisklasse und waren von höchster Qualität. Lou machte mehrere Fotos. Als sie vor die Box daneben trat, stutzte sie kurz. Dann fotografierte sie auch sie samt Inhalt und nahm geräuschlos eine Flasche heraus. Da hörte sie ein leises Klopfen an der Seitenwand und in der nächsten Sekunde Motorengeräusch. Offenbar fuhr ein Auto auf den Hof. Das Geräusch wurde lauter, das Auto kam anscheinend näher. Verflixt, der Wagen schien direkt vor dem Scheunentor angehalten zu haben.

Lous Gehirn arbeitete auf Hochtouren. Gab es in der Scheune eine Hintertür, die ihr bisher entgangen war? Hektisch sah sie hin und her, entdeckte aber weder einen zweiten Ausgang noch ein vernünftiges Versteck, in das sie sich schnell hätte flüchten können. Die Etikettiermaschine, hinter die sie sich ducken könnte, war zu weit entfernt, und die Gitterboxen boten kaum Sichtschutz. »Mist«, murmelte sie und presste sich mit der Flasche in der Hand in eine dunkle Nische.

Im selben Augenblick wurde das Tor hochgeschoben.

# 21

Lou stand der Schweiß auf der Stirn. Das Herz schlug ihr bis zum Hals. Mit angehaltenem Atem versuchte sie, sich so unsichtbar wie möglich zu machen. Sie unterdrückte den Impuls, die Augen zu schließen, zwang sich, einen vorsichtigen Blick zu riskieren. Der Kastenwagen parkte unmittelbar vor dem Tor, und Anton Meinthaler betrat die Scheune.

»Kassian!«, rief er. »Bist du hier?«

Er ist nicht da, dreh um und geh zum Haus, flehte Lou stumm. Doch den Gefallen tat Anton Meinthaler ihr nicht. Obwohl er keine Antwort erhielt, ging er zum Wagen zurück und öffnete die hinteren Türen. Dann kam er wieder in die Scheune, griff sich einen Karton von der Werkbank, lud ihn ins Auto und verfuhr mit den anderen beiden genauso.

Und jetzt hau ab!, brüllte Lous innere Stimme. Wenn er nur ein paar Schritte in ihre Richtung machte, um zum Beispiel Flaschen aus den Gitterboxen zu holen, war sie geliefert. Ihr Versteck war alles andere als sicher. Sollte das Worst-Case-Szenario eintreten und er sie entdecken, hatte sie keine vernünftige Erklärung für ihre Anwesenheit in der Scheune parat. Sie überlegte, ob sie es unbemerkt bis zum Abfallbehälter schaffen würde, um dahinter in Deckung zu gehen. Er stand schätzungsweise vier Meter von ihr entfernt. Sie verwarf den Gedanken so schnell, wie er ihr gekommen war. Jeder noch so leise Mucks hätte Meinthaler auf sie aufmerksam gemacht. Es blieb ihr nichts anderes übrig, als auszuharren und darauf zu hoffen, dass er sie nicht bemerkte und wieder verschwand.

»Anton!«, hörte sie in dem Moment eine männliche Stimme rufen. »Ich bin hier … im Haus!«

»Okay, ich komme!«, plärrte Anton Meinthaler zurück, warf die Türen des Kastenwagens zu und schloss das Tor. Gleich darauf entfernten sich seine Schritte.

Lou verharrte noch eine Sekunde in ihrem Versteck, dann schlich sie zum Ausgang. Mit spitzen Fingern und angehaltenem Atem öffnete sie das Tor einen Spalt weit, spähte hinaus und hoffte, dass die Brüder im Haus blieben und nicht zum Fenster heraussahen. Die Haustür war zu, die Vorhänge vorgezogen: Die Luft schien rein zu sein. Sie schob das Tor nur ein Stückchen nach oben, zwängte sich durch die Lücke, zog es wieder nach unten und hetzte um die Scheunenecke.

Fabio erwartete sie mit schreckgeweiteten Augen.

»Lass uns abhauen«, wisperte Lou und zog ihn mit sich. Gemeinsam flitzten sie zum Zaun und kletterten darüber, bevor sie in geduckter Haltung durch den Weingarten liefen.

»Das war knapp«, keuchte Lou, als sie beim Auto ankamen, und gab Fabio die Weinflasche, die sie mitgenommen hatte. Da sie Seitenstechen hatte, beugte sie den Oberkörper nach vorn, stützte die Hände auf die Oberschenkel und atmete mehrmals hintereinander tief durch.

»Was ist das?«, fragte Fabio.

»Ein Riesling Smaragd vom Haller.« Lou richtete sich wieder auf.

Fabio starrte das Etikett an. »Das seh ich auch. Was ich meine, ist: Wie kommt Hallers Wein hierher?«

»Gar nicht«, sagte Lou und nahm ihm die Flasche wieder ab.

»Was?« Fabio sah sie irritiert an.

Lou drehte den Verschluss auf.

»Was machst du?«

Sie gab keine Antwort, roch stattdessen an der Flaschenöffnung. Dann nahm sie einen Schluck, rollte den Wein am Gaumen, kaute ihn und schluckte ihn schließlich hinunter. »Probier mal.« Sie reichte Fabio wieder die Flasche.

Zögernd nahm er sie und folgte ihrem Beispiel.

»Das ist nie und nimmer ein Riesling vom Haller«, behauptete Lou unterdessen. »Mal abgesehen vom Geruch und Geschmack verkorkt der Haller alle seine Weine in der Qualitätsstufe. Und der hier hat unleugbar einen Drehverschluss.«

Fabio begriff sofort. »Ein gepanschter, minderwertiger Wein mit gefälschtem Etikett.«

»Davon gehe ich aus.« Lou klang so nüchtern, als hätte sie damit gerechnet. »In der Scheune hab ich noch mehrere Flaschen Barolo, Primitivo und Nino Negri gesehen.« Sie zeigte ihm ein Foto auf ihrem Handy. »Außerdem drei versandfertige Kartons, die nach Hongkong gehen.« Lou entriegelte den Jeep, und sie stiegen ein.

Fabio behielt den falschen Riesling in der Hand, als Lou losfuhr. Anfangs schwiegen sie. Um runterzukommen und den Fahrtwind zu spüren, ließ sie das Fahrerfenster herunter. Sofort erfüllte das Aroma reifer Äpfel den Wagen. Sie drehte das Radio auf. Lady Gaga sang: *Hold my hand, everything will be okay.*

Wenn nur in meinem Leben auch alles in Ordnung wäre, dachte Lou. Zumindest ging ihr Atem mittlerweile wieder normal. »Das war mal ein Abenteuer.«

Fabio schüttelte den Kopf. »Auf so eine Aufregung kann ich gern verzichten.«

Lou sah kontrollierend in den Rückspiegel, aber die Straße hinter ihnen war frei. »Denkst du, Haller wusste, was hier abläuft, und war an dem Betrug beteiligt?«

»Keine Ahnung. Ich frage mich vielmehr, ob Mona Bescheid weiß und hier mitmischt«, grübelte Fabio sorgenvoll. »*Peu importe*, egal ...« Er schaute auf die Uhr. »Auf jeden Fall haben wir uns heute zum Abendessen etwas Gutes verdient. Was hältst du davon, wenn ich dich ins Sissi einlade?«

Zwanzig Minuten später parkte Lou den Jeep in der Garage am Sandplatz. Die Äpfel vom Markt und die Weinflasche nahm sie mit, die Mitbringsel für ihre Lieben daheim ließ sie gleich im Wagen.

In der Wohnung wickelte Fabio die geöffnete Rieslingflasche in ein T-Shirt und stopfte sie im Kleiderschrank zwischen zwei Decken. »Vermutlich nicht das beste Versteck, aber ein besseres fällt mir nicht ein.«

»Hast du Angst, dass uns doch jemand gefolgt ist und hier einbricht, während wir beim Essen sind?«, fragte Lou. »Ich habe keinen Verfolger bemerkt.«

»Vorsicht ist besser als Nachsicht«, antwortete Fabio.

»Wo du recht hast, hast du recht«, erwiderte Lou, indem sie ebenfalls eine Redensart bemühte.

Sie duschten nacheinander und zogen sich um. Noch immer war es sommerlich warm, und es versprach ein lauer Abend zu werden. Lou schlüpfte wieder in ihre Jeans und ein tiefblaues T-Shirt, Fabio wechselte in schwarze Jeans und beigen Sommerpulli.

Um acht Uhr betraten sie das Restaurant Sissi. Der Besitzer und Sternekoch Andrea Fenoglio freute sich sehr, Fabio zu sehen.

Als er ihnen einen Tisch am Fenster zuwies, stellte Fabio ihm Lou als Jugendfreundin seiner Frau vor. »Mona kann leider heute Abend nicht dabei sein. Sie hat noch im Büro zu tun«, schwindelte er.

Im nächsten Moment erfuhren sie, dass Mona vor ein paar Wochen mit einem gut aussehenden Franzosen da gewesen war. Fabio ließ sich seine Überraschung nicht anmerken, tat, als wüsste er Bescheid. »Ein alter Freund, der geschäftlich in Meran war.«

»Jean Leporte?«, mutmaßte Lou leise, als Fenoglio sich vom Tisch entfernt hatte.

»Vermutlich.« Fabio klang verbittert.

Lou lächelte ihm aufmunternd zu.

Als Appetithäppchen brachte man ihnen flüssige Pizza im Schnapsglas; eine Tomatenessenz mit gerösteten Brotstücken und etwas Olivenöl. Quer über den Gläsern lagen kleine Büffelmozzarellaspieße.

»Das ist eine grandiose Idee.« Lou war von dem Gruß aus der Küche restlos begeistert.

Als Vorspeise wurde ihnen geräuchertes Makrelenfilet mit Apfel und Ingwer serviert und danach hausgemachte Maltagliati mit Geflügelragout und Haselnüssen. Dazu tranken sie eine Flasche Pinot grigio Sanct Valentin von der Kellerei St. Michael-Eppan.

Fabio schob sich ein Stück Fisch in den Mund. »*Excellent*«, schwelgte er, und Lou konnte ihm nur zustimmen.

Das Essen schmeckte ausgezeichnet, der Wein war fantastisch und der Abend perfekt.

»Den Riesling sollten wir Verena überlassen, damit sie ihn im Labor überprüfen lassen kann«, meinte Lou und nahm einen Schluck Pinot grigio. »Am besten fahre ich gleich morgen früh zurück. Tut mir leid, dass wir nicht heraufgefunden haben, wo Mona steckt. Aber ich befürchte, das würde uns auch nicht gelingen, wenn ich länger bliebe.«

Fabio machte ein betrübtes Gesicht. »Sieht so aus, als müsste ich noch bis Montag ausharren. Wenn sie dann wieder im Büro ist, erfahr ich, was los war. Und wenn sie vorher nach Hause kommt, klärt sich die Sache noch früher.«

»Du bleibst wirklich so lange hier?«

Fabio nickte und sah Lou im nächsten Augenblick flehend an. »Sollte Mona keine Lust mehr auf die Wachau haben, hilfst du mir dann, einen Käufer für das Schlösschen samt Restaurant zu finden?«

»Mal bitte den Teufel nicht an die Wand.« Sie hatte ganz vergessen, was für Fabio auf dem Spiel stand. »Außerdem habe ich eine Idee, die ich mit dir und Mona schon seit ein paar Tagen besprechen wollte. Aber da deine Frau unauffindbar ist, dachte ich, ich rede jetzt einfach mal nur mit dir darüber.«

Sie erörterte ihre Idee mit der Vitrine, die sie im Landhaus Gerber mit Produkten aus Lous köstlicher Welt aufstellen wollte. »Natürlich nur mit haltbaren Lebensmitteln wie Essig, Ölen, Nudeln und Safran«, zählte sie ein paar auf. »Und alles schön arrangiert. Dazu könnte ich Flyer drucken lassen mit Informationen über die Herkunft der Produkte«, ereiferte sie sich.

»Ein Ratgeber?«, spielte Fabio verschmitzt lächelnd darauf an, was er ihr scherzhaft bei ihrem ersten Abendessen ans Herz gelegt hatte.

Lou lachte. »Nicht wirklich, eher ein Minilexikon mit Spezialitäten aus der Wachau«, meinte sie, bevor sie wieder ernst wurde. »Ich weiß, das klingt, als ob ich euer Restaurant für Werbezwecke nutzen möchte, und irgendwie stimmt da ja auch.«

»Die Idee hört sich gut an. Und die Produkte würden meine«,

er hielt kurz inne, »also, Monas und meine Philosophie unterstützen. Wie bieten beste Gerichte an, hergestellt aus regionalen Lebensmitteln.«

»Natürlich muss die Vitrine sich in das Ambiente einfügen«, beeilte sich Lou zu sagen.

»Aber so gut deine Idee auch klingt …«, fuhr Fabio fort, als hätte er sie nicht gehört, und in Lou krampfte sich etwas zusammen. Sie hasste Sätze, die mit »aber« anfingen.

»Ich eröffne das Restaurant nur mit Mona.«

Lous Schultern sackten leicht nach vorn. Ihre Euphorie war augenblicklich verpufft. »Versteh ich.« Sie trank den Rest Wein in ihrem Glas, und eine freundlich lächelnde Kellnerin trat sofort an den Tisch, um nachzuschenken.

Gegen zehn Uhr brachen sie auf. Fabio musste Fenoglio versprechen, in naher Zukunft wiederzukommen, dann traten er und Lou den Heimweg an. Die Meraner Altstadt war nahezu ausgestorben. Ihre Schritte hallten unter den Lauben.

In der Wohnung klappte Lou ihren Trolley auf.

Fabio holte die Rieslingflasche aus dem Versteck, wickelte sie aus seinem T-Shirt und in ein Küchenhandtuch und reichte sie Lou. »Wann fährst du los?«

»Spätestens um acht will ich unterwegs sein. Ich fahre über den Jaufenpass, wie du vorgeschlagen hast, auch wenn ich so etwa zwei Stunden länger brauche als über die Autobahn. Aber diesmal will ich mir den Schwerverkehr ersparen. Wenn alles gut geht, bin ich am frühen Abend in Marienkirchen.«

»Tut mir leid, dass ich deine Zeit verschwendet habe.«

Lou legte das olivgrüne Langarmshirt in den Koffer. »Das hast du nicht. Mit der hier«, sie zeigte auf die eingewickelte Flasche, »kann ich Veni vielleicht überzeugen, dass hinter dem Mord an

Markus Haller etwas anderes steckt als der angebliche Kleinkrieg mit dem Honig-Lorenz.«

»Denkst du, jemand hat ihn wegen des Etikettenschwindels umgebracht?«

Lou zuckte mit den Achseln. »Ich weiß immer noch nicht, warum Markus sterben musste. Möglicherweise steckt auch Petra dahinter, weil sie nach einer Scheidung auf gar keinen Fall leer ausgehen wollte. Oder Antonia, weil sie endlich ihre Ideen in der Firma umsetzen wollte und sie die diesbezüglichen Diskussionen mit ihrem Vater genervt haben. Oder sie beide.« Sie schwieg eine Sekunde lang betreten, weil ihr der Gedankengang missfiel. Ebenso bereitete es ihr Magenschmerzen, dass möglicherweise Mona in die Sache mit den gefälschten Etiketten verwickelt war. »Aber erst mal kümmere ich mich um die Flasche und gehe davon aus, dass sich herausstellen wird, dass sie keinen Riesling enthält. Dann soll Verena die Behörde für Kontrolle und Betrugsbekämpfung in Italien informieren, damit die Kollegen sich mal die anderen Weinflaschen in dem Lager näher ansehen. Alles Weitere ergibt sich dann hoffentlich.« Sie klappte den Kofferdeckel zu. »So, meine restlichen Sachen schmeiß ich morgen früh rein.«

»Dann lass uns noch ein Glas Wein zum Ausklang deiner Stippvisite in Meran trinken.« Fabio sah sich um. »Die Wohnung wird mir fehlen.«

»Habt ihr die eigentlich schon gekündigt?«

Er nickte. »Zu Ende September müssen wir raus sein.«

Sie setzten sich an den Küchentisch, Fabio öffnete eine Flasche Vernatsch und schenkte ihnen ein. »*À la vie*, auf das Leben.« Er hob sein Glas.

Lou tat es ihm gleich. *»Salute.«*

# 22

Am nächsten Morgen kroch Lou um halb sieben aus dem Bett. Zu ihrer Überraschung stand Fabio bereits in der Küche und kümmerte sich ums Frühstück.

»Ich kann dich doch nicht hungrig fahren lassen«, sagte er, als er sie bemerkte. Er sah müde und wie durch den Fleischwolf gedreht aus. Vermutlich fühlte er sich auch so.

»Gut geschlafen?«, fragte Lou trotzdem.

»Leider nicht. Mir geht momentan einfach zu viel durch den Kopf.«

Lou nickte. Sie wusste, worüber er nachdachte, auch ohne nachbohren zu müssen. Während sie frühstückten, sprachen sie nur über Belanglosigkeiten. Um halb acht verabschiedeten sie sich voneinander. Die Sonne schien, so wie in Südtirol überdurchschnittlich oft. Ihr war es egal, ob man glücklich oder frustriert war. Lou verließ Meran mit einem flauen Gefühl im Magen, da sie Mona nicht gefunden hatten, freute sich aber gleichzeitig auf Michelin, ihre Eltern, Sigrid und die Wachau.

Sie folgte Fabios Empfehlung und wählte die Route über den Jaufenpass. Das Panorama auf der Passhöhe war unbezahlbar. Sie erlaubte sich eine kurze Pause, um den Anblick zu genießen. In Schwaz gönnte sie sich einen Espresso und kaufte Wasser und zwei Sandwiches, die sie während der Fahrt aß. Bis Salzburg blieb sie auf der Landstraße, dann fuhr sie auf die Autobahn, und als sie zwei Stunden später das barocke Benediktinerkloster Stift Melk sah, war sie nicht nur gefühlsmäßig wieder zu Hause. Wenn man aus dem Westen Österreichs kam, begann hier die Wachau. Die gesamte Fahrt über hatte sie in regelmäßigen Abständen im Rückspiegel Ausschau nach Verfolgern gehalten, nach dem schwarzen Alfa oder einem anderen Wagen, aber nichts Auffälliges entdeckt. Sie verließ die A1 und überquerte wenig später die Melker Donaubrücke. Um fünf Uhr nachmittags fuhr sie auf der Donaustraße an Spitz an der Donau vorbei und rief Verena über die Freisprechanlage an.

»Servus, Veni. Ich bin auf dem Rückweg und in fünfzehn Minuten in Marienkirchen. Kannst du in einer halben Stunde in meinem Geschäft sein?«

»Lou! Du hast Glück, dass ich gerade bei Frau Haller bin und nicht in St. Pölten. Deshalb ja, das schaffe ich. Aber warum eigentlich?«, fragte die Ermittlerin interessiert.

»Ich hab etwas für dich.«

»Du machst mich neugierig. Was ist es denn?«

»Sag ich dir dann.«

»Ein Geschenk aus Südtirol?«, scherzte die Ermittlerin.

»Etwas in der Art.«

Lou stellte den Jeep auf dem Parkplatz außerhalb des Ortszentrums ab, griff sich die eingewickelte Weinflasche und die Mitbringsel für Sigrid und ging zu ihrem Geschäft. Vor Franzis Café waren drei Tische besetzt, aber die Chefin war nicht zu sehen. Vermutlich war sie drinnen beschäftigt. Durch das Schaufenster ihres Ladens sah Lou, wie Sigrid in Jeans und geblümter Schlupfbluse gerade einen Edelbrand ins Regal zurückstellte. Als sie die Tür aufgehen hörte, wandte sich ihre Angestellte um.

»Du? Was … machst du denn schon wieder hier?«, stammelte Sigrid erstaunt. »Nicht falsch verstehen, ich freu mich, dass du wieder da bist, aber warum so schnell?«

Sie begrüßten einander mit zwei Wangenküssen.

»Weil ich in Meran nichts mehr ausrichten konnte.« Lou wickelte die Weinflasche aus dem Handtuch und stellte sie auf den Tresen, als Michelin hinter der Bürotür aufgeregt zu bellen begann. »Und weil ich dir was mitgebracht hab.« Sie drückte ihr den Bergkäse, den Bauernspeck und das Schüttelbrot in die Hand.

»Oh, das ist ja total süß von dir, vielen Dank«, säuselte Sigrid. »Und warum steht ein Riesling vom Haller auf der Theke?«

»Erklär ich dir später. Die Veni kommt nämlich gleich, und vorher muss ich noch ganz dringend meinen Großen begrüßen.«

Lou ließ Michelin aus dem Büro, und der Berner Sennenhund überschlug sich schier vor Wiedersehensfreude. Er wuselte um Lou herum, stupste mit der Schnauze gegen ihre Hand und schmiegte seinen Kopf an ihren Oberschenkel. Lou kniete sich neben ihn und kraulte ihn ausgiebig.

»Petra war gestern hier«, informierte Sigrid Lou unterdessen und holte ein Blatt Papier aus dem Büro. »Sie hat die Parte vorbeigebracht. Markus' Begräbnis ist am Sonntag um elf, also in zehn Tagen. Wir können gemeinsam hingehen.«

Lou nickte. »Machen wir.«

»Was ist denn jetzt mit Mona?«, erkundigte sich Sigrid.

»Leider sind wir in der Sache keinen Schritt weitergekommen.«

»Also kein Liebesdrama?« Sigrid klang enttäuscht.

Lou zuckte mit den Achseln und unterschlug Monas Essen mit Jean Leporte. »Aber von ihren Chefs habe ich zumindest den Grund erfahren, weshalb sie noch nicht gekündigt hat.« Lou berichtete von ihrem Besuch in der Vinothek. »Fabio bleibt noch bis Montag in Meran, dann soll Mona offiziell aus dem Urlaub zurück sein. Mal schauen, wie dann der Stand der Dinge ist.«

Sigrid setzte eine mitfühlende Miene auf. »Wie geht's ihm?«

Lou zuckte mit den Schultern. »Er schwankt zwischen Angst um Mona, Enttäuschung und Panik davor, dass sie in krumme Geschäfte verwickelt ist.« Sie deutete auf die Rieslingflasche. »Und hier kommt die Flasche ins Spiel.« Sie nahm ein Verkostungsglas aus einer kleinen Vitrine und schenkte etwas weniger als ein Achtel ein.

Als ihr Magen unüberhörbar knurrte, fiel ihr Blick auf das Servierbrett, auf dem sie normalerweise Probierhäppchen für die Kundschaft anrichteten. Es war leer. Allerdings entdeckte sie in einem Brotkorb auf dem Tresen noch ein halbes Roggenbrot.

»Aber erst mal brauch ich eine Stärkung.« Lou schnitt vom halben Brotlaib eine Scheibe ab, holte aus der Kühlung ein Stück Gouda von der Biokäserei aus Mühldorf in der Wachau, säbelte eine dünne Käsescheibe herunter und legte sie auf das Brot. Dann verschlang sie ihren Nachmittagsimbiss mit großem Appetit. Michelin war währenddessen nicht von ihrer Seite gewichen.

Verena kam pünktlich. »Bin gespannt, was du mir mitgebracht hast, Lou.« Sie wandte sich an Sigrid und verzog spöttisch ihren Mund. »Am Telefon hat sie sich sehr geheimnisvoll gegeben. Ich dachte schon, sie präsentiert mir Hallers Mörder.«

»Ich hab einen Riesling für dich«, sagte Lou. »Aus der Wachau.« Sie zeigte auf die Flasche auf dem Tresen. »Aber bevor wir ihn verkosten, kurz zur allgemeinen Info: Das gesamte Anwesen der Meinthalers wirkte auf den ersten und auch zweiten Blick wie ein ganz normales Weingut.« Dann erzählte Lou, was sie stutzig gemacht hatte: die angebliche Lese, obwohl die Rotweintrauben gemeinhin erst später im Jahr geerntet wurden, die unzähligen leeren Glasflaschen und schließlich ihre Entdeckung. Sie reichte der Ermittlerin das Weinglas.

»Ein Begrüßungstrunk zum Anstoßen? Mit mir allein?« Strenge Falten erschienen auf Verenas Stirn. »Was soll das?«

»Probier ihn«, forderte Lou sie auf.

Verena zögerte, nippte dann aber am Verkostungsglas. »Der ist ja gar nicht gekühlt«, bemerkte sie.

»Ich kenne den Riesling Smaragd von der Ried Achleiten vom Haller«, ignorierte Lou ihren Einwand. »Das, was du grad trinkst, ist keiner, und daran ändert auch das Etikett nichts, das noch dazu fälschlicherweise einen Alkoholgehalt von 12,5 Volumenprozent ausweist.«

»Wieso?«, hakte Verena nach. »Das ist doch das Minimum eines Smaragds, wenn ich nicht falschliege.«

»Hallers Rieslinge der Qualitätsstufe Smaragd haben alle dreizehn Prozent und mehr«, klärte Lou die Chefermittlerin auf. »Außerdem werden sie verkorkt, und jener von der Ried Achleiten hat eine Note von reifen Marillen. Zudem schmeckt man am Gaumen die feine Mineralik des Gneisbodens, auf dem die Reben wachsen. Die fehlt diesem Wein hier gänzlich.«

Sigrid streckte ihre Hand nach dem Glas aus, und die Ermittlerin überließ es ihr, damit auch sie probieren konnte.

»Ich weiß zwar nicht genau, was in der Flasche ist. Aber ich weiß definitiv, dass es kein Riesling vom Haller ist«, behauptete Lou.

Sigrid nahm einen Schluck, verkostete ihn ausgiebig und nickte dann zustimmend. »Kein Riesling vom Haller.«

»Etikettenschwindel«, schlussfolgerte Verena.

»Ich bin mir bewusst, dass deine Abteilung für so etwas ebenso wenig zuständig ist wie für das vermeintliche Schwarzgeld. Noch dazu, wo das Weingut der Meinthalers in Italien liegt.

Aber da ein Wachauer in die Sache verwickelt zu sein scheint und du gerade den Mord an ihm aufklärst, könnte sie doch auch zu deiner Angelegenheit werden«, mutmaßte Lou und sah ihre ehemalige Chefin hoffnungsvoll an.

»Oder Haller wurde reingelegt«, entgegnete Verena, ohne auf Lous letzte Bemerkung einzugehen. »Von wem auch immer.«

»Wie dem auch sei. Nimm die Flasche mit und lass den restlichen Inhalt untersuchen.« Lou zückte ihr Handy und zeigte der Ermittlerin die Fotos der italienischen Rotweine in den Gitterboxen. Sigrid stellte sich hinter sie, um auch etwas sehen zu können.

»Ich lehne mich jetzt mal ganz weit aus dem Fenster und behaupte, auch hier stimmen Inhalt und Herkunftsbezeichnung nicht überein«, sagte Lou.

»Schick mir die doch aufs Handy«, bat Verena und sah Lou dann streng an. »Deshalb streiche ich deinen Honig-Lorenz aber immer noch nicht von der Verdächtigenliste. Niemand wird gestrichen, solange der Fall nicht geklärt ist. Trotzdem ist das immerhin ein Ansatz, dem wir nachgehen werden.«

Lou sendete die Fotos sogleich an Verena.

»Ich werde noch mal mit meinen italienischen Kollegen reden«, versprach die. »Sie sollen rasch beim Weingut Meinthaler vorbeifahren und einen Blick in die Lagerhalle werfen.«

»Dass das bislang niemand getan hat«, wunderte sich Sigrid.

»Weshalb denn?«, gab Verena ebenso verwundert zurück. »Die Meinthalers haben sich bisher nichts zuschulden kommen lassen. Doch mittlerweile wissen wir, dass die Sechzigtausend aus dem Vertrag nicht in Hallers Steuerunterlagen aufscheinen. Der Betrag wurde von keinem seiner beiden Bankkonten überwiesen, also weder vom Privatkonto noch vom Firmenkonto. Zudem gibt es keinen Beleg für eine eventuelle Barzahlung.«

»Dann könnte ich mit der Schwarzgeldtheorie recht haben«, stellte Lou fest.

»Möglicherweise. Meine Kollegen von der Finanzpolizei ermitteln jedenfalls jetzt in diese Richtung«, antwortete Verena.

»Was ist mit Petra?«, hakte Lou nach.

»Sie bleibt bei ihrer Aussage: Sie weiß weder von der Beteiligung am Weingut, noch will sie etwas von dem etwaigen Schwarzgeld wissen.«

»An ihrer Stelle würde ich es genauso machen«, sagte Lou. »Ihr Mann, der das Gegenteil behaupten könnte, ist tot.«

Die Chefinspektorin nickte. »Genau. Dafür wissen wir jetzt, dass es sich bei dem Rotwein an den Scherben, die in Hallers Mülltonne lagen, um einen Zweigelt handelt. Herauszufinden, von welchem Gut er stammt, ist allerdings nahezu unmöglich. Ist aber auch erst mal nebensächlich«, beschied Verena. »Außerdem steht jetzt fest, dass die nächtlichen Anrufe bei Markus Haller ebenfalls von einem Prepaidhandy kamen.«

»Lass mich raten«, sagte Lou, »von einer anderen Nummer als jener, die der Anrufer am Samstagmorgen benutzt hat, aber die Fährte führte wieder zu einem gefälschten Ausweis.«

»Fast«, erwiderte Verena. »Dass die Anrufe von einer anderen Nummer kamen, stimmt. Aber zudem von einem Handy mit nicht zurückzuverfolgender SIM-Card. Beides vermutlich im Darknet oder sonst wo gekauft und längst entsorgt.«

»Das entlastet aber doch den Honig-Lorenz«, behauptete Lou. »Oder kannst du dir vorstellen, dass der alte Bienenkönig Prepaidhandys mit gefälschtem Ausweis kauft und auch noch Kunde im Dark Web ist? Der weiß vermutlich nicht mal, was das ist.«

Verena legte den Kopf schief. »Unterschätze niemals alte Männer.«

Lou grinste. »Sprichst du aus Erfahrung?«

Verenas Antwort war ein Grinsen.

»Aber den Unterschied zum echten Riesling Smaragd schmeckt man doch«, kam Sigrid wieder auf den Wein mit dem gefälschten Etikett zu sprechen.

»Wenn du nicht weißt, wie das Original schmeckt, weil du, sagen wir mal, in Hongkong lebst«, spielte Lou auf die Adresse auf den Versandlabels auf den drei Kartons an, die sie in der Scheune der Meinthalers gefunden hatte, »dann bist du wahrscheinlich überzeugt davon, genau das im Glas zu haben, was auf der Flasche steht.«

Verena sah Lou nachdenklich an. »Es gibt nur ein klitzekleines Problem an deinem Fund. Ich kann eine gestohlene Flasche nicht als offiziellen Beweis anführen.«

»Dann sollten deine italienischen Kollegen besser noch gestern einen Blick in die Scheune werfen«, riet Lou ihr.

Verena griff sich den Riesling und ging zum Ausgang. In der offen stehenden Tür drehte sie sich noch mal um. »Nur fürs Protokoll und damit du nachher nicht sagen kannst, ich hätte es nicht erwähnt: Weil die Meinthalers gefälschte Etiketten auf gepanschten Wein kleben, sind sie nicht automatisch Hallers Mörder.«

Lou hob die Hand als Zeichen, verstanden zu haben, und Verena verschwand.

# 23

Als Lou auf die Uhr schaute, war es zehn nach sechs. »Feierabend!«, sagte sie.

Michelin blieb dennoch auf seiner Decke liegen. Lous Mimik und Körpersprache verrieten ihm, dass es für ihn noch nicht Zeit zum Aufbrechen war.

»Willst du dir nicht morgen freinehmen?«, schlug Lou Sigrid vor. »Immerhin schulde ich dir noch einen Tag.«

Ihre Freundin sah sie entgeistert an. »Kommt gar nicht infrage. Am Ende passiert hier noch etwas Wichtiges, und ich sitze daheim und erfahre es erst aus zweiter Hand.«

»Okay«, lachte Lou. »Aber irgendwann musst du dir mal eine Pause gönnen, sonst kippst du mir noch um.«

»Ja, irgendwann«, wiederholte Sigrid und meinte damit wahrscheinlich eine Zeit nach der Aufklärung des Mordes an Markus Haller.

Endlich gab Lou Michelin das finale Zeichen zum Aufbruch, und zu dritt verließen sie das Geschäft. Lou sperrte hinter ihnen zu. »Dann bis morgen, Sigi.«

»Ja, bis morgen.« Ihre Freundin schwang sich auf ihr Rad und strampelte davon.

Die lange Autofahrt hatte Lou erschöpft, und ihr tat der Rücken weh. Im Grunde genommen stand ihr der Sinn nach einem kurzen Spaziergang mit Michelin, einer heißen Dusche und ihrem Bett, dennoch beschloss sie, bei ihren Eltern vorbeizuschauen.

Fünfzehn Minuten später parkte sie vor dem Weingut. Michelin freute sich, war der Besuch bei Erika und Werner für ihn doch gleichbedeutend mit Leckerlis.

Das Tor zum Innenhof war geschlossen, aber nicht versperrt. Lou erblickte ihre Eltern mit ihrem Wahlonkel auf einer Gartengarnitur unter den Arkaden. Das Teleskop stand neben einer Säule bereit. Das bedeutete, dass ihr Vater, sobald es dunkel wurde, in den Weingarten aufbrechen würde, um den Sternenhimmel zu betrachten. Vermutlich mit dem Joschi-Onkel als Begleitung. Auf dem Tisch standen eine Flasche Grüner Veltliner Federspiel, drei Weißweingläser und leere Teller. Offenbar hatte es Backhendl gegeben. Auf der Servierplatte lagen noch zwei panierte Hühnerkeulen, und in der Salatschüssel war noch etwas Erdäpfel-Vogerlsalat. Lous Hungergefühl stellte sich sofort wieder ein. Die Sandwiches auf der Fahrt und das Käsebrot im Laden hatten nicht lange vorgehalten.

Michelin begrüßte die kleine Gruppe freudig, während Lou ihrer Mutter den mitgebrachten Bauernspeck, den Bergkäse und das Schüttelbrot in die Hand drückte.

»Wann warst du denn in Südtirol?«, fragte Erika verwundert mit Blick auf die Mitbringsel.

»Bin Dienstagmittag los und vor etwas mehr als einer Stunde zurückgekommen.«

»Warum hast uns denn nicht gesagt, dass du fährst?«, wollte ihr Vater wissen.

Lous Wahlonkel steckte sich seine Pfeife an. »Und was hast du dort gemacht?«

»Erzähl ich euch gleich.« Lou ging ins Haus und holte sich

einen Teller, Besteck und ein Weinglas. Ein Achtel wollte sie sich gönnen, obwohl sie noch Auto fahren musste. Zurück im Innenhof setzte sie sich.

»Ich kann dir die Keulen aufwärmen«, bot Lous Mutter an.

»Passt schon, Mama«, wehrte Lou ab. »Backhendl schmecken auch kalt fantastisch.« Während sie mit großem Appetit aß, berichtete sie von Fabios Anruf, Monas Verschwinden und fast allem anderen, was sie erlebt hatte. Dass sie in die Scheune eines Weingutes eingebrochen war, unterschlug sie und behauptete stattdessen ausweichend, dass Fabio und ihr die Flasche per Zufall in die Hände gefallen war.

»So was aber auch!«, rief ihre Mutter schockiert.

»Na servus«, sagte ihr Vater und schüttelte den Kopf.

»Wer hätte das gedacht: Der Wichtigtuer war auch ein Betrüger.« Der Joschi-Onkel zog an seiner Pfeife und blies Rauchkringel in die Luft.

»Es muss noch geklärt werden, ob der Haller davon wusste«, entgegnete Lou. »Etikettenschwindel passt doch gar nicht zu ihm. Er war immer so stolz darauf, dass seine Weine Topweine waren.«

»Hat Michelin schon gefressen?«, wechselte ihre Mutter das Thema, weil der Riese neben dem Tisch saß und hungrig auf Lous Teller starrte.

Lou schüttelte den Kopf.

Erika erhob sich sofort. »Na, dann komm, Bärli.« Für genau solche Situationen kaufte sie Hundefutter in großen Mengen. Sie ging zur Haustür, und Michelin folgte ihr.

Die darauffolgenden Gespräche kreisten um den vergangenen Weinherbst, die bevorstehende Lese und die Trauben, die dieses Jahr eine überdurchschnittlich hohe Weinqualität versprachen.

Um neun half Lou ihrer Mutter, das Geschirr abzuräumen,

und verabschiedete sich. Ihr Vater und der Joschi-Onkel wollten in den nächsten Minuten ebenfalls aufbrechen, um in den Weinbergen in die Sterne zu schauen.

Zu Hause in ihrem Winzerhäuschen kam es Lou so vor, als wäre sie Ewigkeiten weg gewesen. Sie legte ihren eigenen Speck, Käse und das Schüttelbrot in die Küche und räumte anschließend den Trolley aus. Wie üblich nach einer Reise stopfte sie sämtliche Kleidung in den Wäschekorb, egal, ob sie sie getragen hatte oder nicht. Dann stellte sie sich unter die Dusche. Das heiße Wasser auf ihrem Körper war eine Wohltat. Obwohl sie zum Umfallen müde war, entschied sie, dass es noch zu früh war, um ins Bett zu gehen. Sie schlüpfte in ihren Jogginganzug, öffnete in der Küche eine Flasche Grünen Veltliner Smaragd, goss sich ein Glas ein und machte es sich vor dem Fernseher bequem. Mit hochgelegten Beinen zappte sie zuerst durch die Kanäle, bis sie schlussendlich bei einer Liebeskomödie hängen blieb, ohne wirklich mitzubekommen, worum es ging. Michelin schnarchte in seinem Hundekorb im Flur schon vor sich hin. Er war satt und zu Hause, und sein Frauchen war in seiner Nähe. Seine Welt war wieder in Ordnung.

Als der Abspann des Films lief, klingelte Lous Handy. Sie sah aufs Display und ging ran.

»Hi, Fabio.«

»*Salut*, Lou«, hörte sie seine warme Stimme.

Sie bemerkte, dass ihr Herz einen Takt schneller schlug, weil er anrief.

»Erst mal wollte ich hören, ob du gut angekommen bist«, sagte Fabio. Er klang gehetzt, oder bildete Lou sich das ein?

»Ja, alles war bestens, und die Strecke über den Jaufenpass war wirklich wunderschön.« Dann berichtete sie in knappen Worten von ihrem Gespräch mit Verena: dass die Ermittlerin den Riesling im Labor untersuchen lassen wollte, um nachweisen zu können, dass es sich um eine Fälschung handelte. »Leider kann man die Flasche nicht als offiziellen Beweis verwenden, weil ich sie gestohlen habe.«

»Das war zu befürchten«, erwiderte Fabio.

»Jetzt lümmle ich vor dem Fernseher und trinke ein Glas Wein«, schloss sie ihren Bericht. »Bei dir alles okay? Du klingst irgendwie aufgeregt.«

»Ich war heute noch mal beim Weingut Meinthaler«, beantwortete Fabio indirekt ihre Frage.

Lou nahm die Beine vom Sofa und setzte sich aufrecht hin. »Wozu?«

»Ich wollt einfach ein Auge auf die beiden haben«, erklärte er nebulös.

Lou vermutete, dass er gehofft hatte, dass Mona dort auftauchen würde.

»Ich hab meinen Wagen auch in einigem Abstand zum Gut geparkt, wie ich's von dir gelernt hab.« Er lachte, klang aber dabei nicht heiter, sondern immer noch nervös. »Dann bin ich umhergestreift. Nahe genug am Gut, um es beobachten zu können. Aber weit genug von ihm entfernt, um niemanden auf mich aufmerksam zu machen. Zuerst dachte ich, alle wären ausgeflogen, weil sich gar nichts getan hat.«

»So hat es bei unseren Besuchen auch gewirkt, und dann war mindestens ein Bruder auf dem Hof«, erinnerte Lou ihn. Seine Hinleitung zum eigentlich wichtigen Teil der Geschichte war ihr wieder mal zu lang. Aber sie wusste mittlerweile, dass er sich mit unnötigen Details aufhielt, wenn er aufgeregt war. Wie vertraut er ihr doch war, obwohl sie ihn erst am letzten Samstagabend persönlich kennengelernt hatte, dachte sie. Das halbe Jahr davor zählte nicht wirklich. Da waren sie sich nur vorgestellt worden und ab und zu über den Weg gelaufen.

»Ja, aber heute war es anders«, fuhr Fabio fort. »Das Scheunentor war mit einer dicken Kette samt Vorhängeschloss gesichert, und die Rollläden an den Fenstern vom Wohnhaus waren runtergelassen. Aber was ich dir eigentlich erzählen will …« Er hielt kurz inne und atmete tief durch. »Nachdem ich dort eine halbe Stunde auf und ab gelaufen bin, tauchte ein grauer Kastenwagen mit Bozener Kennzeichen auf.«

»So einen fährt doch Anton Meinthaler«, sagte Lou.

»Stimmt, aber der stieg nicht aus, sondern Philip und Belinda Berkon.«

Lou horchte auf. Sie war jetzt hellwach. »Dann haben mich die beiden angelogen, als sie behaupteten, das Weingut nicht zu kennen.«

»Und das war nicht ihre einzige Lüge«, antwortete Fabio. »Ich schick dir gleich ein Video. Man sieht leider nur ungenau, was passiert, weil ich zu weit weg war und es ein bisschen unscharf ist.«

»Schick's einfach«, forderte ihn Lou ungeduldig auf.

»Schon passiert«, sagte Fabio wenige Sekunden später.

Ein kurzes Piepen auf Lous Handy verkündete den Eingang der WhatsApp.

»Schau es dir gleich an«, bat Fabio.

Lou spielte das Video ab. Sie sah den Kastenwagen auf den Hof fahren und Belinda aussteigen. Kurz darauf öffnete die Weinhändlerin das Kettenschloss und schob das Tor hoch. Der Wagen rollte direkt vor die Scheune, und Philip stieg aus. Gemeinsam holte das Ehepaar Plastikboxen aus dem Wageninneren und verschwand in der Halle. Eine Weile passierte nichts, dann kamen beide zurück und luden die Boxen wieder in den Wagen.

»Ist in den Kisten das, was ich denke?«, fragte Lou.

»Davon gehe ich aus«, antwortete Fabio.

»Lassen die tatsächlich die Flaschen mit den gefälschten Etiketten verschwinden?«, stellte sie eine rhetorische Frage.

»Vermutlich. Die ganze Aktion hat keine Viertelstunde gedauert, dann waren sie wieder weg. Leider sieht man nicht, was genau sie wegschaffen. Ich stand einfach zu weit entfernt«, wiederholte er sich.

»Egal, deine Aufnahme bringt die Berkons mit dem Weingut in Verbindung. Wo waren währenddessen die Meinthaler-Brüder?«, hakte Lou nach.

»Das ist die Millionenfrage«, erwiderte Fabio. »Ich hab sie nicht gesehen.«

»Hm«, brummte Lou und stoppte das Video. Sie hatte genug gesehen. Sie stemmte sich vom Sofa hoch und ging mit dem leeren Weinglas und ihrem Telefon in den Händen in die Küche. »In den Details zu meinen Handyfotos sind immer Uhrzeit und Datum angegeben. Mit den Fotos, die ich in der Halle gemacht habe, kann also bewiesen werden, dass die Flaschen vor der Aufnahme deines Videos dort lagerten.« Sie schenkte sich Wein nach. »Erinnerst du dich, dass Anton Meinthaler telefoniert hat, als wir nach unserem ersten Besuch bei ihm weggefahren sind?«, fragte sie Fabio, ohne eine Antwort zu erwarten. »Glaubst du, dass er den Berkons Bescheid gegeben hat, dass wir bei ihm waren und seltsame Fragen gestellt haben?« Sie nippte nachdenklich am Wein.

»Falls du recht hast, wären sie vorgewarnt gewesen, als du bei ihnen aufgetaucht bist. Könnte Mona nicht den Betrug mit den Etiketten herausgefunden haben und deshalb von der Bildfläche verschwunden sein?« Fabio räusperte sich. »Oder tot sein, wie Haller?«

Lou seufzte. Die Sorge um seine Frau brachte den armen Kerl noch um den Verstand. Offenbar hatte er beschlossen, die Idee, dass sie in den Etikettenschwindel involviert war, für sich ad acta zu legen. Genauso wie die Theorie, dass die Brüder sie vor was auch immer beschützten. Dafür glaubte er nun, dass Monas Chefs sie umgebracht hatten.

»Die Berkons sind mit euch befreundet. Die tun Mona nichts an«, sagte Lou deshalb. »Sie sind Betrüger, keine Mörder.«

Fabio stöhnte gequält auf. »Ich hoffe, du hast recht.«

# 24

Sie hatte Verena noch Fabios Video weitergeleitet und war dann völlig erschöpft ins Bett gefallen. Dennoch hatte Lou schlecht geschlafen. Das Gespräch hatte sie aufgewühlt. Zu vieles ging ihr durch den Kopf und hielt sie wach. Was hatten Belinda und Philip Berkon mit den Meinthaler-Brüdern zu schaffen? Waren die Berkons die Drahtzieher hinter dem Etikettenschwindel oder nur daran beteiligt? Waren die Brüder untergetaucht? Wo verdammt noch mal war Mona, und wer hatte Haller auf dem Gewissen und weshalb? Fragen, auf die sie in ihrem Bett keine Antwort fand. Klar war nur, dass die Berkons das Weingut sehr wohl kannten und sogar Schlüssel für das Tor und für das Kettenschloss besaßen.

Die Dusche am Morgen weckte ihre Lebensgeister. Lou zog graue Jeans an und streifte sich eine weiße Hemdbluse über. In der Küche schmierte sie sich ein Honigbrot und goss sich den gleich nach dem Aufwachen gebrühten Kaffee in eine Tasse.

Michelin sah sie erwartungsvoll an.

»Na komm, mein Großer. Gehen wir raus.« An der Garderobe zog sie die Softshelljacke gegen die morgendliche Kühle über. Vor dem Haus stellte sie ihr kleines Frühstück aufs Fenstersims, fütterte Michelin und setzte sich dann mit Kaffee und Teller auf die Gartenbank. Gedankenverloren betrachtete sie Marienkirchen, während sie das Honigbrot aß. Als sie mit dem Kaffee nachspülte, fuhr ihr eine sanfte Brise durch die Locken.

Ihre Gedanken wanderten. Hedwig und Ernst standen schon seit Stunden im Geschäft. Franziska würde sich vermutlich bald auf den Weg ins Café machen. Lous Blick streifte weiter über die roten Dächer des Ortszentrums.

Ein Gefühl der Verbundenheit breitete sich in ihr aus. Sie lehnte sich zurück, um den Anblick zu genießen. Die Donau floss gemächlich durchs Tal, die Sonne blitzte von einem fast wolkenlosen Himmel und würde im Laufe des Tages an Kraft zulegen. Genau dieses Wetter tat den Trauben gut. Lou freute sich auf die bevorstehende Weinlese.

Michelin trabte gemächlich heran, legte seinen mächtigen Kopf auf Lous Oberschenkel. Sie kraulte ihn. Warum blieb sie nicht einfach hier auf der Bank sitzen und überließ alles andere sich selbst? Lust darauf hätte sie.

»Was haben wir für ein Glück, in einer so schönen Gegend zu leben, nicht wahr, mein Großer?« Sie leerte die Tasse und erhob sich. »Und jetzt bringen wir das Geschirr ins Haus und gehen zu Fuß runter ins Geschäft. Was sagst du?«

Michelin legte den Kopf schief.

»Schau mich nicht so an. Der Spaziergang tut uns beiden gut.« Lachend griff Lou ihm mit der freien Hand ins Fell. »Sonst werden wir zwei noch fett.« Sie schnappte sich auch noch den Teller und ging voran. Der Berner Sennenhund folgte ihr auf dem Fuß. Nachdem sie im Haus eine Wasserflasche in ihre Umhängetasche gepackt hatte, war sie abmarschbereit.

Der Fußweg ins Dorf führte an Weinhängen entlang, in denen eine Handvoll Winzer in ihren Rebzeilen schon stichprobenartig den Reifegrad der Beeren prüfte. Lou grüßte sie alle, sie kannte jeden. Kurz bevor sie die Straße queren musste, leinte sie

Michelin an. Wenige Schritte weiter gingen sie über den Parkplatz, auf dem sie meistens ihren Jeep abstellte. Jetzt war der Platz nahezu leer, weshalb ihr der schwarze Alfa auch sofort ins Auge stach. Sie sah zweimal hin. So einer war ihr und Fabio doch gefolgt. Nur war an diesem hier ein Fahrradträger montiert. Sie hielt inne, sah sich um. Niemand war zu sehen. Sie umklammerte die Hundeleine, ging näher und entspannte sich im nächsten Augenblick. Der Wagen hatte ein Salzburger Kennzeichen. In dem Moment hob Michelin ein Hinterbein und pinkelte, noch bevor Lou ihn davon abhalten konnte, gegen den Reifen. Das tat er selten.

»Gefällt dir der Wagen etwa nicht?«, scherzte sie und schüttete etwas Wasser aus ihrer Flasche über die Felge, um den Urin abzuwaschen.

Zehn Minuten vor neun traf sie am Delikatessengeschäft ein. Sigrid kam fast zeitgleich angeradelt.

»Morgen, Lou!«

»Morgen, Sigi!« Lou leinte Michelin ab, bückte sich und hob einen Werbeprospekt auf, der vor der Tür lag.

»Was ist das?«, fragte Sigrid.

»Die Broschüre einer Feuerversicherung. ›Sind Sie gut versichert?‹«, las Lou laut den Titel.

»Die liegen haufenweise im Foyer der hiesigen Bankfiliale aus«, sagte Sigrid. »Vermutlich hat jemand eine von dort mitgenommen und sie vor unserer Tür entsorgt, weil der nächste Mülleimer ganze fünfzig Meter weit entfernt ist«, knurrte sie zynisch.

Lou sperrte die Eingangstür auf, trat ein, brachte den Berner Sennenhund nach hinten ins Büro, warf den Prospekt in den Müll und füllte den Wassernapf. Nach dem Spaziergang schlabberte Michelin gierig. Eine Minute später, als Lou wieder im Geschäftsraum war, hatte sich der Hund schon auf seiner Decke ausgestreckt, und sein Atem ging langsamer.

»Geh, Sigi. Holst uns schnell von der Franzi eine Mehlspeise? Die haben wir uns heut verdient«, sagte Lou.

»Öha, wofür denn?«, fragte Sigrid neugierig.

»Du fährst jeden Tag mit dem Rad in die Arbeit, und Michelin und ich sind heute zu Fuß gegangen«, erwiderte Lou stolz und reichte ihr zwanzig Euro.

Schmunzelnd griff Sigrid nach dem Schein. »Und du meinst, die verbrannten Kalorien müssen direkt wieder auf den Hüften landen?«

Fünf Minuten später aßen sie und Sigrid Topfentorte und genehmigten sich dazu einen Cappuccino aus der eigenen Maschine. Dann machten sie sich an die Arbeit. Es gab viel zu tun. Die Dekoration im Schaufenster musste erneuert, die Regale, das Fenster, der Tresen und der Boden mussten geputzt werden.

»Mal schaun, wie weit wir heute kommen«, sagte Lou, ging ins Büro und öffnete die Tür zum Abstellraum. Sie nahm zwei Eimer und mehrere Putzlappen aus dem Metallregal und kehrte zurück, nachdem sie die Eimer im Spülbecken der Küchenzeile gefüllt hatte.

Um halb elf, als Lou gerade den Verkaufstresen wischte, tauchte Maria in einem zartrosafarbenen Wickelkleid auf. In der Hand hielt die Pensionswirtin einen Einkaufskorb. Lou wusch sich die Hände und trocknete sie an einem Handtuch ab, während Maria ihre Einkäufe auswählte und sie auf den Ladentisch legte. Zwei Gläser Wachauer Marillensenf, Honig von Lorenz, Marillenessig und eine Flasche Grünen Veltliner Weinbrand, im Eichenfass gereift.

»Geh, könnt ihr den Schnaps einpacken?«, bat Maria. »Ist ein Geburtstagsgeschenk.«

Sigrid, die gerade dabei war, das Schaufenster umzudekorieren, unterbrach ihre Tätigkeit, holte aus dem Büro Geschenkpapier und machte sich ans Werk.

»Ich glaub, ich hab heute Morgen die Radfahrer gesehen«, sagte Maria unterdessen zu Lou, die die Preise in die Kasse tippte.

»Welche Radfahrer?«, fragte Lou abgelenkt.

»Na, die, die ich am Samstagmorgen am Loibenberg gesehen hab. Weißt schon, die mit den grünen Trikots, den grauen Helmen und den schwarzen E-Bikes.«

Jetzt hatte Maria Lous volle Aufmerksamkeit. »Wo?«

Auch Sigrid, die den schön verpackten Weinbrand der Pensionsbetreiberin überreichte, war jetzt ganz Ohr.

»Vorm Landhaus Gerber sind s' gestanden«, verriet Maria und zog ihr Portemonnaie aus dem Einkaufskorb.

»Und was haben sie getan?«

»Auf eine Landkarte geschaut.« Maria legte hundert Euro auf den Tresen. »Ich bin natürlich gleich auf die beiden zugegangen.«

Lou gab ihr das Retourgeld. »Jetzt lass dich halt nicht lang bitten: Wer sind sie? Waren sie schon bei der Polizei?«

Maria verstaute kopfschüttelnd ihre Einkäufe im Korb. »Die hatten noch nicht mal mitbekommen, was bei uns passiert ist. Sie sind nämlich gleich nach ihrer Radtour am Samstagvormittag weitergereist. In die Steiermark, haben s' gesagt.«

»Und jetzt sind sie wieder hier? Ist das nicht seltsam?«, fragte Lou.

»Keine Ahnung. Touristen machen manchmal seltsame Dinge«, meinte Maria. »Ich hab denen natürlich geraten, sich bei der Polizei zu melden, weil die Beamten nach ihnen suchen, und ihnen auch gleich den Namen der Chefermittlerin genannt,

Verena Badinger. Sie haben gemeint, das machen s' gleich heute.« Maria nahm ihren Einkaufskorb und wandte sich zum Gehen, als die Tür aufschwang.

Hedwig erschien in einem grauen Leinenkleid. Ihre Augen waren groß, ihr Gesicht gerötet, ihr Mund stand offen. Es war ihr anzusehen, dass sie ihnen etwas mitteilen wollte. Maria stellte den Korb wieder ab und sah sie neugierig an.

»Servus, Hedi«, sagte Lou. »Schaust ja aus, als wär der Teufel hinter dir her.«

»Grüß euch«, keuchte sie wie zur Bestätigung. »Stellts euch vor, unser Postler hat heute einen Karton Wein bei uns abgegeben!«

Lou konnte ein lautes Auflachen nicht unterdrücken. »Jössas, Hedi. Was für ein Drama.«

»So weit bist also schon, dass du dir den Wein unauffällig mit der Post liefern lässt«, spottete Sigrid, und auch Maria schmunzelte.

»Na geh.« Hedwig wischte mit einer Hand durch die Luft. »Der Karton ist doch nicht für mich, sondern für die Mona und den Fabio. Eine Expresslieferung aus Amerika.«

»Und bei dir wurde der abgegeben, weil …?«, hakte Lou nach.

»Ich den Postler gesehen hab, als er bei den Gerbers geklingelt hat. Und als niemand aufgemacht hat, bin ich aus dem Geschäft und hab ihm angeboten, die Lieferung anzunehmen.«

Lou nickte. Derartige Nachbarschaftshilfe war in Marienkirchen normal.

»Aber warum bestellen die Weine in Amerika?«, fragte Maria. »Wollen die nicht voll und ganz auf Regionalität setzen?«

»Fabio kommt Anfang nächster Woche zurück«, sagte Lou. »Dann kannst ihm diese Frage ja selbst stellen.«

»Magst du ihn nicht gleich anrufen?«, fragte Hedwig. »Du hast doch bestimmt seine Handynummer, oder nicht?«

»Doch, schon«, antwortete Lou.

»Na dann! Worauf wartest du noch?«, drängte Hedwig.

»Gute Idee. Dann wissen wir gleich, warum er Weine in den USA bestellt«, unterstützte Maria den Vorschlag.

Lou Conrad und ihr Detektivinnenclub, dachte Lou. »Ich finde gar nicht, dass das eine gute Idee ist. Weil uns das nichts angeht«, argumentierte sie dagegen.

Hedwigs Zeigefinger stieß anklagend nach vorn. »Und ob! Wenn er mit Regionalität wirbt und in Wahrheit ein Gschloder aus den USA verkauft, dann könnt das auch uns auf den Kopf fallen. Touristisch gesehen.«

Lou unterdrückte ein Schmunzeln. Hedwig, die Fremdenverkehrspolizei.

»Außerdem bin ich diejenige, bei der das Zeug jetzt rumsteht. Sollte ich da nicht wissen dürfen, was er damit vorhat?«

»Nein, Hedi«, entgegnete Lou.

Sigrid warf demonstrativ einen Lappen ins Putzwasser. »Lou hat recht, es geht uns nichts an.«

Hedwig verzog unwillig das Gesicht, gab aber vorläufig klein bei. Maria griff wieder nach ihrem Korb, und schwatzend verließen die beiden Frauen das Geschäft. Lou lehnte sich an den Türrahmen und schaute ihnen nach, bis sie in Franzis Café verschwanden.

»Wetten, in zehn Minuten weiß ganz Marienkirchen, dass eine Weinlieferung aus Amerika gekommen ist und die verschollenen Radfahrer wiederaufgetaucht sind?« Sie wandte sich lachend um.

Sigrid lächelte verhalten. Auch sie würde zur Verbreitung der Neuigkeiten beitragen. Das war ihnen beiden klar.

Lou nahm ihr Handy vom Tresen und schickte Verena eine Nachricht. Darin schrieb sie, dass die beiden Radfahrer vom

Mordmorgen in Marienkirchen gesehen worden waren und Maria sie aufgefordert hatte, sich bei der Polizei zu melden. Die Weinlieferung ließ sie unerwähnt, für die gab es sicher eine logische Erklärung. Etwa, dass die beiden privat gerne Weine aus Kalifornien tranken.

Nachdem Lou das Handy in die Hosentasche gesteckt hatte, holte sie Michelin aus dem Büro. »Ich glaub, er muss mal«, sagte sie zu Sigrid. »Wir sind bald wieder zurück.«

Gleich darauf war sie zur Tür raus und eilte zum Donauradweg. Dort ließ sie Michelin von der Leine, fischte ihr Handy hervor und rief Fabio an. Er ging nach dem vierten Läuten ran. Nachdem sie ihm erzählt hatte, was geschehen war, herrschte am anderen Ende Stille.

Gerade als Lou fragen wollte, ob er noch dran war, sagte Fabio: »Wieso sollten wir Wein in Amerika bestellen?«

# 25

Lou und Fabio rätselten nicht lange. Schnell kamen sie zu dem Ergebnis, dass Mona hinter der Bestellung stecken musste.

»Sie kennt einige Weinhändler und Sammler in den USA, ich hingegen keinen einzigen«, behauptete Fabio. »Aber mir fällt absolut kein Grund ein, weshalb sie dort hätte bestellen sollen. Unser Konzept ist Regionalität, deshalb sind wir in direktem Kontakt mit verschiedenen österreichischen Winzern.«

»Dann hat sie die Bestellung also nie erwähnt?«, hakte Lou nach.

»Nein, mit keinem Wort.«

Sie glaubte ihm, denn er klang stinksauer. Monas Heimlichkeiten waren aber auch zum Haareraufen, und es wurden immer mehr. Zuerst der Urlaub, von dem Fabio nichts wusste. Dann der Vertrag in der Post, der rätselhafte Kontakt zu Haller und jetzt auch noch die Weinlieferung.

»Wer ist der Absender?«, knurrte er.

»Keine Ahnung. Der Weinkarton steht wie gesagt bei Hedi.« Lou wich einer Gruppe Radfahrer aus.

Am anderen Ende der Leitung herrschte wieder Stille. Lou sah in den Himmel und machte ein Flugzeug aus. Vermutlich voller Passagiere, die sich auf ihren Urlaub im Süden freuten.

»Geh halt zu Hedwig und öffne den Karton. Dann wissen wir Bescheid«, schlug Fabio vor.

Lou zögerte. Es kam ihr vor, als würde sie damit eine unsichtbare Grenze überschreiten. »Ich kann doch nicht einfach euer Paket öffnen«, entgegnete sie und sah wieder nach vorne. »Was, wenn es eine Überraschung von Mona für dich enthält, die ich euch damit ruiniere?«

»Aber wenn ich dich doch darum bitte.«

»Das macht es nicht besser, die Überraschung wäre trotzdem hin.«

»Bei allem, was Mona vor mir geheim hält, darf sie sich nicht wundern, dass ich misstrauisch werde, wenn ein Paket aus den USA kommt, das ich nicht erwartet habe.«

Ein Pärchen kam Lou entgegen. Michelins Anblick zauberte den beiden ein Lächeln auf die Lippen. Als sie ihn ansprachen, reagierte er zu ihrem Entzücken freundlich und ließ sich streicheln.

»Du hast meine ausdrückliche Erlaubnis«, ließ Fabio derweil nicht locker.

Lou nickte dem Pärchen zu und ging mit dem Handy am Ohr an den beiden vorbei. Michelin trennte sich von ihnen und trabte ihr hinterher.

»Hast du mich verstanden, Lou?«, fragte Fabio eine Spur lauter, weil sie nicht antwortete. »Ich will wissen, was da drin ist.«

»Vermutlich Wein«, witzelte Lou und versuchte, das unangenehme Gefühl, das sie schon die ganze Zeit hatte, zu verdrängen. Sie glaubte, dass der Inhalt ein weiterer Faden in dem dicken Knäuel war, das sie zu entwirren versuchten. Dass sie nicht gleich zu Hedwig rüber war, als diese ihr von dem Karton erzählt hatte, und ihn aufgerissen hatte, war einzig ihrer guten Erziehung geschuldet.

»Also gut, ich versuch nachzuschauen und ruf dich später noch mal an«, sagte sie und verabschiedete sich.

Ein Ausflugsschiff auf der Donau zog an ihr vorüber. Zig Touristen drängten sich am Oberdeck. Die meisten bewunderten die Landschaft, ein paar winkten lachend den Spaziergängern am Ufer. Lou winkte zurück. Manchmal war das Leben so einfach.

Sie brachte Michelin ins Geschäft und erzählte Sigrid von ihrem Telefonat mit Fabio.

»War mir gleich klar, dass du ihn anrufst«, triumphierte ihre Freundin. »Ich kenn dich einfach zu gut.«

Lou kommentierte das nicht. Sie musste schnellstmöglich zu Hedwig. Doch als sie die Ladentür aufzog, erschrak sie. Petra und Antonia wollten soeben Lous köstliche Welt betreten und blickten nicht gerade freundlich drein. Die Winzerin schien sich wieder gefangen zu haben und hatte sich ein wenig zurechtgemacht. Sie trug eine dunkle Tunika und schwarze Jeans, und ihre Haare waren im Nacken zusammengebunden. Antonia hatte ein dunkelblaues Kleid übergestreift. Auf Lou wirkte es so, als würden Mutter und Tochter Trauerkleidung tragen.

»Hallo?«, sagte sie nach einer Schrecksekunde.

»Hast du kurz Zeit?«, fragte Petra anstelle einer Begrüßung.

»Ich wollt zwar grad zur Hedi, aber das kann ich auch noch später machen. Kommt rein.« Lou trat einen Schritt zurück, ließ die beiden ins Geschäft und schloss die Tür wieder.

Sigrid hob die Hand. »Schön, euch zu sehen.«

Die Frauen erwiderten die herzliche Begrüßung mit einem kühlen Nicken.

»Was kann ich für euch tun?«, fragte Lou.

»Können wir dich alleine sprechen?« Petra sah Richtung Sigrid.

»Natürlich.« Lou führte die zwei Besucherinnen ins Büro, wo

sich Michelin über die Abwechslung freute. Doch die beiden Frauen nahmen Platz, ohne ihn zu streicheln oder auch nur zu beachten. Als Lou ihnen Kaffee anbot und sie dankend ablehnten, hatte sie das dumpfe Gefühl, dass dieses Gespräch nicht angenehm werden würde.

»Die Badinger war wieder da und hat uns von dem Wein mit dem gefälschten Etikett erzählt«, begann Petra. »Und dass du ihn im Lager von diesem Südtiroler Weingut entdeckt hast.« Petra sprach auffallend langsam. Sie kam Lou so vor, als würde sie unter Medikamenteneinfluss stehen.

»Wir hoffen«, sagte jetzt Antonia, während ihr Blick durch die geschlossene Glastür zu Sigrid wanderte, »dass ihr nicht rumerzählt, dass mein Vater ein Betrüger war.«

»Das war er nämlich nicht«, ergänzte Petra.

»Das herumzuerzählen liegt uns fern«, versicherte Lou.

»Uns ist schon klar, dass das die Runde machen wird«, ignorierte Petra ihren Einwand. »Aber wir sind uns sicher, dass Markus nichts damit zu tun hatte. Er war kein Betrüger. Vielmehr war er der Betrogene.«

»Von dem Etikettenschwindel wusste er nichts«, war auch Antonia überzeugt. »Ihm wäre doch nie der Fehler mit den falschen Volumenprozent auf dem Label unterlaufen.«

Petras Gesichtsausdruck wurde hart. »Hör endlich auf, dich in unser Leben einzumischen.«

Lou horchte bei der nicht besonders gut getarnten Drohung auf. »Wollt ihr nicht auch wissen, wer Markus' Mörder ist?«, fragte sie.

»Natürlich.« Die Winzerin presste kurz die Lippen aufeinander, als müsste sie aufsteigende Tränen unterdrücken. »Aber mit deinem Verhalten machst du alles nur noch schlimmer.«

»Was denn?«, wollte Lou wissen. Kämpften die beiden hier

tatsächlich um das Ansehen eines geliebten Menschen nach dessen Tod? Oder hatten sie eher Angst um den guten Ruf des Weingutes?

»Wegen deiner blöden Schnüffelei ermittelt jetzt die Finanzpolizei gegen uns.« Petra zog ein Taschentuch aus ihrer Handtasche hervor, drückte es sich auf die Augen und behielt es in der Hand.

Waren die Tränen echt oder Petra eine gute Schauspielerin?, fragte sich Lou.

»Mein Vater ist tot«, zischte Antonia unterdessen. »Es reicht, dass die Polizei jetzt täglich bei uns auftaucht und Fragen stellt. Dass du sogar nach Südtirol gefahren bist, um ihm etwas anzuhängen, war vollkommen unangebracht.«

»Halt!« Lou versuchte, ruhig zu bleiben, obwohl die Wut immer ungezügelter in ihr brodelte. »Ich will deinem Vater nichts anhängen. Ich hab lediglich auf einem Weingut minderwertige Weine mit euren gefälschten Etiketten entdeckt. Was am Ende der Ermittlungen herauskommt, liegt nicht in meiner Hand.«

Die Frauen warfen ihr einen skeptischen Blick zu. Sie erschienen Lou wie eine geschlossene Front.

»Was wollt ihr?«, hakte Lou nach. »Dass die Polizei den Honig-Lorenz so lange in die Mangel nimmt, bis er gesteht? Dass er vielleicht unschuldig ist, kommt euch gar nicht in den Sinn, hab ich recht?«

»Wir wollen, dass endlich wieder Ruhe einkehrt«, knurrte Petra.

Lou unterdrückte den Impuls zu fragen, ob sich schon Interessenten für die Weinberge gemeldet hatten, deren Verkauf sie bereits zwei Tage nach Markus' Tod beschlossen hatten. Aber eine solche Bemerkung hätte die angespannte Stimmung vermutlich nur noch mehr aufgeheizt. »Das verstehe ich sogar gut. Aber deshalb kann man doch nicht einfach neue Spuren ignorieren.« Sie schüttelte den Kopf.

»Wer weiß, ob das mit den gepanschten Weinen in Südtirol nicht alles erstunken und erlogen ist«, brummte Petra.

»Hast du die Flasche nicht gesehen?«, entgegnete Lou.

Petra schüttelte den Kopf. »Die Ermittlerin hat mir nur davon erzählt. Das heißt noch lange nichts.«

»Was willst du damit andeuten?« Lou ahnte die Antwort bereits.

Petra sah ihr direkt in die Augen. »So ein Etikett kann man leicht entfernen und ein anderes draufkleben.«

Lou schnappte nach Luft, obwohl sie mit der Anschuldigung gerechnet hatte. »Ihr wollt mir jetzt aber nicht unterstellen, dass ich das erfunden habe? Ich habe Beweisfotos in der Scheune der Meinthalers gemacht, wenn ihr mir nicht glaubt.«

Antonia zuckte gleichgültig mit den Schultern.

»Sorry, aber damit macht ihr es euch zu einfach«, blaffte Lou. »Ihr könnt doch nicht wollen, dass am Ende ein Unschuldiger im Gefängnis sitzt.«

Petra erhob sich, während ihre Tochter Lou einen erbosten Blick zuwarf. »Dann sag ich dir jetzt, was ich auch schon der Badinger gesagt hab. Denn ihr beide scheint ja an denselben Hirngespinsten zu leiden.«

»Es gibt einen Vertrag, der Markus als Teilhaber des Weingutes in Nals ausweist«, legte Lou Fakten auf den Tisch, die Petra offenbar immer noch ignorieren wollte.

Die Winzerin ließ auch diese Bemerkung unkommentiert und blaffte stattdessen: »Der Lorenz hat uns mit seinen Anrufen terrorisiert.«

»Das zu behaupten ist eine Frechheit«, entgegnete Lou. »Ihr

habt keine Beweise dafür. Dass dein Mann dich angelogen hat, was die Anzeige wegen der Flaschenattacke anbelangt, zeigt doch, dass etwas anderes als ein Streit mit dem Lorenz hinter seinem Mord steckt.«

»›Ich hab dir bereits im August erklärt, wie's zukünftig laufen wird‹, das hat Markus am Telefon gesagt, nachdem das Läuten uns mitten in der Nacht aus dem Bett geholt hatte. Zu wem als zum Lorenz hätte er das sagen sollen?«

»Du selbst hast mir doch erzählt, dass sich der Anrufer nicht vorgestellt hat. Also kann auch Markus nur vermutet haben, dass der Lorenz der Anrufer ist«, widersprach Lou.

»Wer … sonst … hätte … es … sein … sollen?«, zischte Petra.

»Ein Geschäftspartner aus Südtirol zum Beispiel?«, schlug Lou spitzzüngig vor.

»Pah«, stieß Petra hervor. »Es gibt keinen Geschäftspartner in Südtirol. Dieser Vertrag ist eine Fälschung.«

Lou seufzte. So kann man sich die Wahrheit auch zurechtbiegen. Entweder war es das Unvermögen von Mutter und Tochter, aufgrund ihrer tiefen Trauer der Realität ins Auge zu blicken. Oder es war Taktik, um die Behauptung zu untermauern, Petra habe von allem nichts gewusst.

Die Witwe stand abrupt auf. »Halt dich in Zukunft aus unserem Leben raus, Lou Conrad. Andernfalls könnten uns auch ein paar Dinge über dich einfallen.«

»Was denn zum Beispiel?«, fragte Lou, die keine Ahnung hatte, was sie meinte.

Antonia erhob sich jetzt ebenfalls. »Außerdem wollen wir dich nicht auf der Beerdigung sehen.«

Die beiden Frauen verließen das Büro, stapften grußlos an Sigrid vorbei, und Lou war sich bewusst, dass sie ab sofort zwei neue Feindinnen hatte. Sie atmete tief durch und sah auf die

Uhr. Es war zehn nach zwölf. Zu spät, um noch zu Hedwig zu gehen. Die Bäckerin war sicherlich schon in der Mittagspause. Sie würde abwarten müssen.

Um zwei Uhr betrat Lou die Bäckerei. Hedwig war allein und kippte Semmeln in einen Thekenkorb. Der verführerische Duft nach frischem Gebäck umfing sie.

»Servus, Hedi«, grüßte Lou, erzählte vom Gespräch mit Fabio und erklärte, weshalb sie gekommen war.

»Na, bitte«, sagte Hedwig zufrieden. »War schon gescheit, dass du gleich mit ihm geredet hast.« Sie öffnete die Tür hinter dem Verkaufstresen und bedeutete Lou, ihr zu folgen. »Dann lass uns mal nachschauen.«

Sie gingen ein paar Schritte einen schmalen Gang entlang. Rechter Hand stand die breite Holztür zur Bäckerstube offen. Der Raum war aufgeräumt und menschenleer. Ernst und seine Bäckergesellen hatten ihr Tagwerk längst beendet. Vermutlich schliefen sie sich in dem Augenblick fit für die nächste Schicht, die um drei Uhr morgens begann.

Der Weinkarton stand in dem kleinen Raum, der Hedwig und Ernst als Büro diente. Rote Sticker mit einem Weinglas und dem Aufdruck »FRAGILE – HANDLE WITH CARE« verwiesen auf den zerbrechlichen Inhalt. Der Größe des Versandkartons nach musste er sechs Flaschen enthalten.

Lou überflog die Absenderadresse. »Soul Spirits, 512 Park Ave, New York 10022«, las sie vor. Wer oder was verbarg sich dahinter?

Hedwig reichte ihr ein Stanley-Messer vom Tisch, mit dem sie das Paketband durchtrennte. Dann öffnete sie den Karton. Zwei Schichten Papierpolster lagen obenauf, um die Flaschen zu schützen. Lou zog sie weg und ließ sie auf den Boden fallen. Darunter war ein zugeklebtes Kuvert. Vermutlich die Rechnung. Sie legte es zur Seite. Jede Weinflasche war in eine Luftpolsterfolie gewickelt.

»Ist ein weiter Weg von Amerika bis zu uns. Ohne die richtige Verpackung würden Flaschen zerbrechen«, merkte Hedwig beifällig an.

Lou nickte, nahm eine Flasche heraus, wickelte sie aus und fand ihre diffuse Vorahnung bestätigt: Sie hielt einen Riesling Smaragd vom Weingut Haller in der Hand.

»Da schau her«, entfuhr es Hedwig.

Lou holte den nächsten Wein hervor und wickelte ihn aus. Die Weinflasche war mit der ersten identisch. Ebenso die weiteren vier.

»Hm«, machte Lou, nachdem sie die letzte ausgepackt hatte.

»Das sind alles Haller-Weine aus den USA«, merkte Hedwig verwundert an. »Sehr eigenartig, findest nicht?«

»Auf jeden Fall ist das keine gewöhnliche Bestellung«, stellte Lou lapidar fest. Es war nicht der Zeitpunkt, mit Hedwig alle Zusammenhänge und Verwicklungen zu erörtern. Denn die Weinflaschen waren nur zusätzliche Mosaikstücke eines großen Gesamtbildes, dessen war sich Lou sicher. Aber selbst ihr gelang es noch nicht, das gesamte Bild zu erfassen.

Sie zog ihr Handy aus der Jackentasche und rief in der Galerie ein Foto des minderwertigen, gepanschten Weins mit dem gefälschten Etikett auf. Konzentriert verglich sie das Label mit denen der Weinflaschen vor sich. Sie waren gleich.

»Was machst du da?«, fragte Hedwig mit Blick auf Lous Handydisplay. »Was ist das für ein Foto?«

»Das hab ich kürzlich in Südtirol gemacht«, antwortete sie unbestimmt. Ihr Kopf arbeitete auf Hochtouren. Was hatten die Flaschen in dem Karton verloren, und weshalb kamen sie aus

Amerika? Was verflucht noch mal hatte Mona damit zu tun? Was verbarg sie?

Der Laut der Türglocke drang in ihre Gedanken. Jemand musste den Verkaufsraum der Bäckerei betreten haben.

»Ich komm gleich wieder«, sagte Hedwig und eilte nach vorne.

Lou nutzte ihre Abwesenheit, um das Paket und die Flaschen zu fotografieren und die Fotos Fabio aufs Handy zu schicken. Dann packte sie die Flaschen wieder zurück und legte das Kuvert wieder darauf.

»Lou!«, brüllte Hedwig in der Sekunde.

Lou erschrak.

»Lou!«, rief Hedwig erneut. Ihre Stimme war schrill und überschlug sich fast. Sie klang, als hielte ihr jemand eine Waffe an die Schläfe.

Alarmiert hastete Lou in den Verkaufsraum. Im nächsten Augenblick blieb ihr der Mund offen stehen.

# 26

Hi, Lou«, sagte Mona.

In dem knielangen hellblauen Kleid, den gelben Sneakers und mit der leicht gebräunten Haut und den langen schwarzen Haaren, die ihr wie ein dunkler Schal bis auf die Brust fielen, sah Mona aus, als käme sie direkt aus dem Urlaub.

Lou starrte sie immer noch mit offenem Mund an. In den letzten Tagen hatte sie sich alle möglichen Szenarien ausgemalt. Mona in den Armen eines Liebhabers. Mona tot. Mona auf der Flucht. Doch damit, dass sie in der Bäckerei Ast unangekündigt und scheinbar unversehrt vor ihr stehen würde, hatte sie nicht gerechnet.

»Was machst du hier?«, fragte Lou, als sie endlich ihre Sprache wiedergefunden hatte.

»Das ist ja eine herzliche Begrüßung«, sagte Mona lachend. »Ihr beide schauts drein, als wär ich ein Geist.«

»Entschuldige. Aber wir sind einfach überrascht«, räumte Lou ein.

»Mit dir haben wir absolut nicht gerechnet«, ergänzte Hedwig.

Mona grinste. »Und warum nicht? Ach ja, und was den Wein angeht, wegen dem du mich angerufen hast, Lou.« Sie hielt ihr Handy hoch. »Sorry, aber die letzten Tage war ich nicht in Südtirol.«

»Aha«, sagte Lou, obwohl ihr das ja klar gewesen war.

»Ich komm direkt vom Wiener Flughafen«, erläuterte Mona.

Hedwig lächelte nachsichtig. »Wir dachten uns schon, dass du mit deinem …«

Lou trat ihr hinter dem Tresen gegen die Wade, noch bevor ihr das Wort »Liebhaber« über die Lippen kommen konnte.

»Ich hab grad den Postler getroffen.« Entweder ignorierte Mona, dass Hedwig ihren Satz nicht beendet hatte, oder es war ihr schlicht egal. »Er hat mir verraten, dass du ein Paket für mich angenommen hast. Danke, Hedwig.«

»Gern geschehen«, erwiderte die Bäckerin.

»Gibst du's mir bitte?«, fragte Mona, nachdem Hedwig keine Anstalten machte, es zu holen.

»Klar. Natürlich. Sofort.« Hedwig huschte nach hinten.

Lou und Mona nutzten die Zeit für eine ordentliche Begrüßung mit Umarmung und zwei Wangenküsschen.

»Schön, dass du wieder da bist«, sagte Lou, obwohl sie einen Hauch von Verärgerung nicht verdrängen konnte. Eine Nachricht Monas an Fabio, dass sie bald nach Hause käme und alles erklären würde, hätte ihnen viel Zeit und Aufregung erspart. Wobei, räumte sie ein, sie so niemals den Etikettenschwindel aufgedeckt hätten.

Hedwig kam mit dem Karton in der Hand zurück und stellte ihn neben Mona ab.

»Der ist ja offen, aber nach einem Transportschaden schaut das nicht gerade aus.« Sie warf Hedwig und Lou einen strengen Blick zu. »Man öffnet keine fremde Post.«

»Fabio wollte, dass ich reinsehe«, rechtfertigte sich Lou rasch.

»Aber er weiß doch gar nichts von der Lieferung.«

»Doch, jetzt schon. Ich hab ihn angerufen und ihm gesagt, dass der Karton bei Hedwig steht.«

»Das alles ist eine lange Geschichte«, sagte Mona säuerlich lächelnd.

»Ich würde sie gerne hören«, entgegnete Lou bestimmt. »Von dir.«

»Warum? Was geht dich das an?« Mona musterte sie abschätzig.

»Ich war in Meran und hab mit Fabio nach dir gesucht.«

»Was hast du?«, fragte Mona überrascht. »Aber aus welchem Grund? Und warum weiß ich davon nichts?«

»Fabio hat dich doch mit Nachrichten bombardiert.«

»Aber darin stand nicht, dass ihr beide mir nachspioniert«, blaffte Mona. »Wo wart ihr genau? Mit wem habt ihr gesprochen? Und worüber?« Die Fragen sprudelten aus ihr hervor.

»Auch das ist eine lange Geschichte«, erwiderte Lou nüchtern.

»Ich darf gar nicht daran denken … O Gott, ist das peinlich.«

»Lass uns in Ruhe einen Kaffee trinken und reden«, schlug Lou vor. »Vielleicht lichtet sich dann ja für uns beide der Nebel des Unverständnisses.«

Mona bückte sich nach dem Weinkarton. »Gute Idee. Aber nicht bei Franziska. Gehen wir rüber in unser Restaurant, da sind wir ungestört.«

Lou nickte und konnte Hedwig die Enttäuschung darüber ansehen, dass das Gespräch nicht in ihrem Beisein stattfinden würde.

Auf dem Weg zum Landhaus Gerber gab Lou Sigrid Bescheid, dass sich ihre Rückkehr ins Geschäft verzögern würde. Den Grund dafür blieb sie ihr schuldig, weil Sigrid sonst Fragen gestellt hätte, auf die sie im Moment noch keine Antworten hatte. Im Näherkommen registrierte Lou den türkisfarbenen Mini, der vor dem Landhaus parkte. Der Wagen musste die letzten Tage über in der Parkgarage am Flughafen gestanden haben.

»Hast du Fabio schon gesagt, dass du hier bist?«, fragte Lou so beiläufig wie möglich.

»Ja, Mama«, antwortete Mona genervt. »Ich hab ihn gleich nach meiner Landung in Wien angerufen. Er ist schon am Weg.« Sie stellte den Karton mit den Weinflaschen vor der Eingangstür des Landschlösschens ab und schloss auf. »Nach dir.«

Lou trat ein. »Fährst du wieder nach Südtirol, oder bleibst du jetzt etwas länger hier?«

Mona schob die Kiste mit dem Fuß durch die Tür und sperrte hinter ihnen ab. »Sorry, Lou, aber das geht dich jetzt wirklich nichts an.« Sie führte sie durch den Gastraum auf die Terrasse, wo sie noch vor ein paar Tagen mit Fabio gesessen hatte.

»Verlängerter, Melange, Espresso, Wein?«, fragte Mona und bedeutete Lou, sich zu setzen.

»Gern einen Verlängerten«, sagte Lou und nahm Platz.

Ihre Jugendfreundin verschwand und kam wenig später mit einem Tablett zurück, darauf zwei Kaffeetassen und gefüllte Wassergläser. »Nimmst du Zucker?«

Lou schüttelte den Kopf.

Mona setzte sich Lou vis-à-vis. »Du hast also in Südtirol nach mir gesucht. Nur weil Fabio dich darum gebeten hat? Seit wann bist du sein Schoßhündchen? Ihr kennt euch doch kaum. Oder hat sich daran etwas geändert, seit ich das letzte Mal hier war?« Sie lehnte sich zurück und verschränkte die Arme.

»Nein, aber er hat mich angerufen und war so aufgewühlt.«

»Ich dachte, du führst ein Delikatessengeschäft, oder hast du jetzt doch noch auf Privatdetektivin umgesattelt? Hast du mit Fabio geschlafen?« Monas auffällig lässiger Tonfall klang gespielt.

»Natürlich nicht!«, empörte sich Lou. »Was denkst du von mir? Offenbar bist du dir der Tragweite deines Verhaltens gar nicht bewusst.« Sie schluckte. Jetzt klang sie wirklich wie Monas Mutter.

»Warum regst du dich so auf?« Mona löste die verschränkten Arme wieder, beugte sich nach vorne. »Ich könnte es verstehen. Mein Mann ist attraktiv und wirklich gut im Bett. Außerdem hab ich ihn zu lange allein gelassen, da werden Männer zur leichten Beute.« Sie lehnte sich wieder zurück. »Er ruft dich an, ihr seid in unserer Wohnung, steht im Schlafzimmer, habt schon ein paar Gläser Wein intus, es ist dunkel, und im nächsten Moment passiert's, obwohl ihr beide das natürlich nicht wolltet.« Sie trank einen Schluck Kaffee.

Lou war fassungslos. Was unterstellte Mona ihr? Unbändige Wut kroch ihr Rückgrat hoch. Sie verspürte den überwältigenden Drang, ihrer Jugendfreundin den Kaffee ins Gesicht zu schütten, um sie zur Besinnung zu bringen. Doch das war nicht Lous Art, mit Gehässigkeiten umzugehen. Deshalb nahm sie erst mal ebenfalls einen Schluck Kaffee. Mona war nicht bösartig, aber es haperte offensichtlich an ihrer Gabe, manche Situationen angemessen einzuschätzen. Lou beschloss, auf ihre lächerliche Anschuldigung nicht einzugehen, sondern ihr geradewegs von den Ereignissen der letzten Tage zu berichten. Sie begann die Geschichte, wie sie angefangen hatte, mit Hallers Ermordung.

Mona hielt erschrocken die Luft an und starrte Lou aus ihren wasserblauen Augen an. »Ich hatte ja keine Ahnung. Warum hat mir Fabio denn nichts gesagt? Das ist doch …« Hallers Tod schien sie völlig aus dem Konzept zu bringen. Ihre aufgesetzte Lässigkeit wich echtem Entsetzen. »Das ist doch Irrsinn. Hier in der Wachau werden keine Menschen ermordet.«

»Davon war ich auch überzeugt«, sagte Lou, »bevor Hallers Riede samt seiner Leiche in Flammen aufgegangen ist.«

»Wer macht so etwas?«, fragte Mona.

»Die Ermittlungen laufen noch.« Lou nippte wieder an ihrem Kaffee und redete weiter. In den nächsten Minuten berichtete sie ihrer Jugendfreundin, was in den letzten Tagen noch passiert war. Und dass Philip und Belinda Berkon davon ausgingen, dass sie im Urlaub und am Montag wieder im Büro sein würde. »Mal davon abgesehen, dass Fabio nichts von deinen Urlaubsplänen wusste, dachte er, du hättest deinen Job längst gekündigt.«

Mona lächelte dünnlippig, kommentierte die Bemerkung aber nicht, weshalb Lou fortfuhr. Sie erzählte von dem Beteiligungsvertrag, dass sie das Weingut besucht hatten, berichtete, was sie in dessen Lager entdeckt hatten und dass Monas Chefs gelogen hatten, als Lou sich bei ihnen nach dem Gut der Meinthalers erkundigte.

Mona saß da, nippte an ihrem Verlängerten und hörte schweigend zu.

»Wo warst du?«, beendete Lou ihren Vortrag.

»In New York«, erwiderte Mona knapp.

»Und warum hast du das Fabio nicht gesagt?«, fragte Lou. »Er ist vor Sorge um dich schier ausgeflippt. Was versteckst du?«

Mona warf die Hände in die Luft. »Ich hab ihm doch gesagt, dass ich für einige Tage schwer bis gar nicht zu erreichen bin. Ich wusste ja nicht, dass er gleich auszuckt und euch alle narrisch macht.«

»Er ist nicht ausgezuckt, er hat sich um dich gesorgt.«

»Aber warum? Ich wurde ja nicht entführt.« Mona lachte.

»Verdammt.« Lou hätte sie am liebsten geschüttelt, damit sie endlich begriff, was sie angerichtet hatte. »Warum hast du nicht reagiert, als er dir geschrieben hat? Er hat gesehen, dass du seine Mitteilungen gelesen hast, und du wusstest, dass er nach Meran gefahren ist, weil er dich dort treffen wollte.«

Mona straffte die Schultern. »Die Sache ist kompliziert. Kein

Telefonthema. Deshalb hab ich nicht geantwortet.« Sie leerte ihre Tasse. Sekundenlanges Schweigen folgte.

»Sag mir, was los ist, Mona.« Lou überlegte, ob ihre Jugendfreundin vielleicht wirklich die Lust auf das Restaurant und ein Leben in der Wachau verloren hatte, schluckte die Frage aber hinunter. Es ging sie schlichtweg nichts an und war außerdem im Moment unwichtig. »Ich weiß, dass du mit Haller in Kontakt standest und ihr das letzte Mal am Tag vor seinem Tod telefoniert habt«, kam sie daher wieder auf den ermordeten Winzer zu sprechen.

»Ich hatte doch keine Ahnung, dass Haller tot ist und ihr deshalb so aufgeregt seid. Fabio hat in seinen Nachrichten nichts davon erwähnt«, gab Mona zurück.

»Alle Tageszeitungen haben über den Mord berichtet. Überregional.« Lou trank ihr Wasser.

»In New York lese ich aber keine österreichischen Zeitungen, nicht mal die Onlineausgaben. Außerdem hätte ich eh keine Zeit dafür gehabt, ich hatte den ganzen Tag über Termine.« Mona fixierte die leere Tasse in ihren Händen.

»Termine? Ich dachte, du warst im Urlaub.«

Mona senkte den Blick und wischte einen unsichtbaren Brösel vom Tisch.

»Steckt ein anderer Mann dahinter?«, hakte Lou nach. »Hast du deshalb vorhin so einen Schwachsinn von dir gegeben, weil du dich besser fühlen würdest, wenn Fabio dich auch betrügt?«

»Blödsinn«, brauste Mona auf und leerte ihr Wasserglas.

»Du wurdest im Restaurant Sissi in Begleitung eines Franzosen gesehen«, sagte Lou.

Monas Augen wurden zu schmalen Schlitzen. Sie sah aus wie eine lauernde Raubkatze. »Menschen glauben, was sie glauben wollen, nicht wahr, meine Liebe? Und nein, Jean Leporte ist nicht mein Liebhaber, sondern nur ein alter Freund. Ich habe mich mit ihm getroffen, um ihn um einen persönlichen Gefallen zu bitten.«

Lous Augenbrauen wanderten in die Höhe. »Was für einen Gefallen?«

»Ich fühle mich grad wie bei einem Verhör.« Monas Stimme hatte an Schärfe zugenommen. Sie stemmte sich aus dem Stuhl, nahm die beiden Kaffeetassen und verschwand im Restaurant. Die leeren Wassergläser ließ sie stehen.

# 27

Lou blieb sitzen und wartete.

Erst nach zehn Minuten kam Mona zurück, unter dem Arm eine Flasche Wasser und in den Händen zwei gefüllte Weißweingläser. »Ein Grüner Veltliner Smaragd von der Ried Achleiten. Ein guter Tropfen, im Stahltank gereift, mit 13,5 Prozent, einer tabakähnlichen Würze und einem Hauch von Mango und Ananas«, erläuterte sie, als wäre Lou eine Kundin in der Vinothek.

Lou hielt das Glas gegen das Licht. Der Wein hatte eine helle grüngelbe Farbe. Sie nahm einen Schluck, probierte, schluckte und schnalzte anerkennend mit der Zunge. »Sehr fein.« Sie stellte das Glas ab. Wie gerne hätte sie jetzt einfach nur mit einer alten Freundin Wein verkostet. Sie seufzte tonlos. »Was für einen Gefallen?«, wiederholte sie dann ihre Frage.

Mona nippte ebenfalls an dem edlen Tropfen, bevor sie antwortete. »Um das zu erklären, muss ich ein wenig ausholen. Haller hat mich vor etwa zwei Monaten zum ersten Mal angerufen.« Sie schenkte Wasser in die Wassergläser.

»Er hatte deine Nummer?«, fragte Lou überrascht.

»Ja. Ich bin ihm in Marienkirchen zufällig in der Zeit über den Weg gelaufen, als wir den Kaufpreis fürs Landschlösschen ausgehandelt und den Vertrag unterschrieben haben. Ein Wort ergab das andere, und irgendwann kamen wir auf Südtirol und meinen Job zu sprechen. Damals hab ich ihm meine Visitenkarte mit meiner Handynummer gegeben und erwähnt, dass ich ihn im Herbst anrufen würde, weil wir seine Weine auf unsere Karte nehmen wollten.«

»Okay, erzähl weiter«, forderte Lou sie auf, weil ihr das nebensächlich erschien. »Haller hat dich also angerufen …« Sie nippte am Weinglas.

»Er hat sich erkundigt, wie gut meine Kontakte zu Weinhändlern und Gastronomen in Amerika und Asien sind. Jemand von dort müsse für ihn seine eigenen Weine bestellen. Dabei hat er betont, dass er nur ausloten will, wie schnell ein bestimmter Transportweg ist und ob er reibungslos funktioniert.«

Lou runzelte die Stirn. »Und das hast du ihm geglaubt?«

»Natürlich nicht. Ich dachte, er will einen Mitbewerber oder etwaigen Geschäftspartner prüfen.« Mona wickelte sich eine Haarsträhne um den Finger. Das Gespräch war ihr jetzt sichtbar unangenehm. »Ich wollte ihm den Gefallen tun, weil ich dachte, das würde unserer zukünftigen Zusammenarbeit zugutekommen. Du weißt ja, wie das manchmal läuft. Ich helfe dir, dann hilfst du mir. Jedenfalls dachte ich, wenn ich das für ihn mache, ist er uns was schuldig und kommt uns mit dem Preis für seine Weine entgegen. So was in der Art.« Tränen schimmerten jetzt in ihren Augen.

Lou nahm Monas Hand, drückte sie leicht und ließ sie wieder los. »Mach dir keinen Vorwurf. In deinem Job sind persönliche Kontakte nun mal das A und O. Demnach ist es nur allzu verständlich, dass du die vermeintliche Chance ergriffen hast. Du dachtest, du würdest einem zukünftigen Geschäftspartner helfen, ein Problem zu lösen.«

Mona wischte sich mit dem Handrücken über die Augen und

lächelte zaghaft. »Jedenfalls gab er mir eine Mailadresse, an die die Bestellung geschickt werden sollte.«

»Hast du die noch?«, fragte Lou.

»Ich kenne sie sogar auswendig, europewine@gmail.com.«

»Ist das die offizielle Mailadresse vom Weingut Meinthaler?«, stellte Lou eine rhetorische Frage und zog dabei ihr Handy aus der Jackentasche. Sie rief die Homepage des Weingutes auf und suchte nach den Kontaktdaten. Die Mailadresse stimmte nicht mit der überein, die ihr Mona genannt hatte. »Hat er dir auch eine Ansprechperson für die Bestellung genannt?«, hakte Lou nach.

Mona schüttelte den Kopf. »Meine Kontakte in den USA und in Asien sollten nur die Bestellung aufgeben und nach Erhalt an mich weiterschicken.«

»Warum ausgerechnet Amerika und Asien?«, fragte Lou.

»Das hat er mir nicht verraten«, sagte Mona. »Aber wenn du meine persönliche Meinung hören willst: Amerika und Asien sind so weit von Europa entfernt, dass es dort vermutlich nicht so schnell auffällt, wenn europäische Weine mit gefälschten Etiketten im Umlauf sind.«

»Da könnte was dran sein«, sagte Lou. »Und natürlich wickeln die Meinthalers die Bestellungen nicht über die offizielle Mailadresse ihres Weingutes ab.« Ihr Gehirn arbeitete auf Hochtouren. »Außerdem läuft das Geschäft bestimmt unter dem Radar sämtlicher Behörden, um keine Steuern zahlen zu müssen. Ich frag mich nur, wer diese Mailadresse alles kennt und woher? Irgendwie müssen sie ja an Aufträge kommen.«

»Das kann ich dir leider nicht beantworten. Jedenfalls verfügte ich über keine Kontakte, um Haller den Gefallen tun zu können«, fuhr Mona fort. »Deshalb hab ich Jean angerufen. Er kennt viele Leute in New York, unter anderem ein Ehepaar, das ein

Diner betreibt. Als Jean etwas später geschäftlich in Meran zu tun hatte, haben wir uns im Sissi getroffen. Da hab ich ihn gebeten, die Flaschen, die jetzt draußen im Flur stehen, von seinem Bekannten über besagte Mailadresse bestellen zu lassen und sie nach der Lieferung an meine Adresse weiterzuleiten.«

»Kam ihm das nicht eigenartig vor?«, hakte Lou nach.

Mona zuckte mit den Achseln. »Jean ist nicht der Typ, der lange nachfragt, wenn er einer alten Freundin helfen kann. Es sei denn, ich hätte ihn gebeten, jemanden umzubringen. In diesem Fall hätte er natürlich abgelehnt.« Sie grinste und wurde in der nächsten Sekunde wieder ernst. »Sorry, das war geschmacklos.«

Lou winkte ab. »Haller und du, ihr habt aber nicht nur ein Mal miteinander telefoniert.«

Mona stutzte und nickte dann. »Du bist gut informiert.«

»Ich war mal Polizistin, wie du weißt, und hab noch ein paar Kontakte.«

Mona runzelte misstrauisch die Stirn. »Hast du mich wirklich gesucht oder mir hinterherspioniert?«

»Ich hab nur Hallers Weg verfolgt, und der hat deinen gekreuzt«, rechtfertigte sich Lou.

»Wie auch immer«, ließ Mona die Sache auf sich beruhen. »Natürlich haben wir ein paarmal miteinander telefoniert. Ich hab ihn auf dem Laufenden gehalten, was seine Bestellung betrifft.«

»Und warum hat er dir den Vertrag geschickt?«

»Ich weiß es nicht. Am Telefon hat er ihn mit keinem Wort erwähnt und auch nichts von seiner Beteiligung erzählt«, behauptete Mona und klang in Lous Ohren aufrichtig. »Vielleicht wollte er mir ja alles bei unserem nächsten Telefonat erklären, das nie stattgefunden hat.«

Lou gab sich damit zufrieden. Es machte keinen Sinn, darüber zu spekulieren. Haller hatte bestimmt einen Grund gehabt, den er ihnen nicht mehr sagen konnte. »Und warum hast du Fabio nichts von alldem erzählt?«

»Haller hatte mich gebeten, vorerst mit niemandem darüber zu sprechen, auch nicht mit Fabio. Das ist mir nicht leichtgefallen, das musst du mir glauben.« Ein trauriger Ausdruck huschte über Monas ebenmäßiges Gesicht. Sie senkte den Blick und drehte langsam das Weinglas.

Lou ließ ein paar Sekunden verstreichen, bevor sie die nächste Frage stellte. »Das letzte Mal hast du mit Haller am Tag vor seinem Tod telefoniert. Worüber habt ihr da gesprochen?«

Mona hob den Kopf. »Und du bist dir ganz sicher, dass du nicht wieder bei der Polizei anfangen willst?«

Lou schmunzelte. »Ganz sicher.«

»Er hat sich erkundigt, ob ich wüsste, wann die Flaschen geliefert werden. Ich hab ihm gesagt, dass sie laut der Paketverfolgungs-App des Versandservice in der sechsunddreißigsten Kalenderwoche eintreffen werden. Und so ist es ja letzten Endes auch gekommen.« Mona nahm einen Schluck Wein. »Dass es bei Hallers Bitte in Wahrheit um Etikettenschwindel ging, hab ich erst vor zehn Minuten von dir erfahren.«

Lou nickte. »Aber Haller könnte demnach Bescheid gewusst haben.« In dem Moment kam ihr der Umschlag im Weinkarton wieder in den Sinn. »Oben auf den Flaschen liegt ein Kuvert. Vermutlich mit der Rechnung des Absenders. Kann ich es mal sehen?«

»Natürlich.« Mona erhob sich, holte den Umschlag aus dem Karton, reichte ihn Lou und setzte sich wieder.

Lou riss ihn auf und holte ein zusammengefaltetes Blatt Papier hervor. Wie vermutet handelte es sich um die Rechnung. »Die Haller-Weine mit den falschen Etiketten werden um achtzehn

Euro verkauft. Das sind elf Euro weniger als auf der Website vom Haller-Gut.«

»Mengenrabatt«, meinte Mona und widersprach sich auf der Stelle selbst. »Aber den bekommt man nicht bei einer Bestellung von läppischen sechs Flaschen.«

Lou legte die Rechnung offen auf den Tisch und tippte auf den Absender. »Kennst du das Unternehmen?« Erst jetzt fiel ihr auf, dass sie bei den drei Paketen in der Scheune nur auf die Adresse des Empfängers geachtet hatte. Sie hatte einfach angenommen, dass das Weingut Meinthaler der Absender war.

»›Vinomore, Innsbruck‹«, las Mona laut. »Nein, kenne ich nicht. Hört sich aber nicht nach den Meinthalers an.«

»Hat Haller dem Bekannten von Jean Leporte die Weine und den Versand eigentlich bezahlt? Oder schaut der jetzt durch die Finger?«, fragte Lou, während sie auf ihrem Handy den Namen des Betriebs in eine Suchmaschine eingab.

»Haller hat die Rechnung samt Versandkosten gleich bezahlt, nachdem der Dinerbesitzer in New York die Bestellung aufgegeben hatte. Meines Wissens hat er den Betrag via Western Union geschickt.«

Lou nickte. »Vinomore in Innsbruck finde ich im Internet nicht.«

»Eigenartig«, merkte Mona an.

»Ja, sehr eigenartig«, wiederholte Lou.

»Was denkst du?«

»Ich vermute, dass es sich dabei um eine Scheinfirma handelt. Aber das kann die Finanzpolizei sicher überprüfen.«

»Nur damit ich das richtig verstehe: Du denkst, Haller wusste von dem Etikettenschwindel«, konstatierte Mona.

»Ja«, bestätigte Lou. »Die Fragen sind: Wie lange wusste er davon, und hat er es gutgeheißen?«

Monas Blick wanderte zur Terrassentür, wo im Eingangsbereich des Restaurants noch immer der Weinkarton stand. Plötzlich seufzte sie laut. »Muss ich den ganzen Scheiß eigentlich auch der Polizei erzählen?«

Lou strich sich eine widerspenstige Locke aus dem Gesicht. »Daran wird leider kein Weg vorbeiführen. Aber ich kenne die ermittelnde Beamtin. Verena ist okay.«

Mona presste sich eine Hand auf ihre Stirn, als würde sich Migräne ankündigen. »Meine Güte. Die Polizei im Haus brauch ich wie einen Kropf.«

»Und da ist leider noch etwas Unangenehmes, das du wissen solltest.« Lou zeigte ihrer Jugendfreundin auf ihrem Handy Fabios Video. »Leider scheinen deine Chefs auch in der Sache mit drinzuhängen.«

»Was?« Mona schien wie vom Donner gerührt. »Das ist doch unmöglich. Was machen die auf dem Weingut? Warum schleppen die Kisten aus der Scheune?« Sie nahm den Blick vom Handy, sah Lou an, als hätte diese ihr soeben die Freundschaft gekündigt.

»Möglicherweise haben Fabio und ich in ein Wespennest gestochen«, sagte Lou. »Und jetzt lassen sie Beweise für die Betrügereien verschwinden.«

»Aber warum ist Haller nicht zur Polizei gegangen, wenn er, so wie du meinst, von dem Betrug wusste?« Mona schüttelte verständnislos den Kopf. »Das ergibt doch alles keinen Sinn.«

»Die Ermittlerin geht mittlerweile davon aus, dass er Schwarzgeld in das Weingut investiert hat. Möglicherweise befürchtete er, dass man ihm diesbezüglich auf die Schliche kommt, wenn er den Betrug anzeigt«, mutmaßte Lou.

»Da ist was dran. Der Betrüger kann die Betrüger nicht auffliegen lassen.« Mona lachte freudlos auf. »Aber wenn er nichts dagegen unternehmen wollte oder konnte, warum dann die Bestellung über Dritte? Was hatte er vor?«

»Ehrlich?« Lou hob die Hände. »Ich hab keine Ahnung. Vielleicht wollte er Beweise sichern und die Sache dann auf seine Weise klären.«

Mona stöhnte erschöpft auf. »Und in den ganzen Schwindel sind auch noch Belinda und Philip verstrickt. Ich fasse es nicht.« Sie massierte sich mit beiden Händen die Stirn. Der Gedanke schien ihr zuzusetzen. »Weißt du was?« Sie nahm die Hände wieder runter und sah Lou direkt an. »Ich frag mich schon die ganze Zeit, welcher Wein wirklich in den Flaschen ist.«

Das war Lous Stichwort. »Mit etwas Glück kann ich dir die Frage gleich beantworten.« Sie griff zum Handy und wählte Verenas Nummer.

Die Ermittlerin hob sofort ab. »Lou!«, rief sie. »Das war Gedankenübertragung. Ich wollte mich soeben bei dir melden. Die Auswertung des Weins aus dem Lager der Meinthalers ist gerade in meinem Postfach gelandet.«

»Und?«, hakte Lou ungeduldig nach.

»Ich mach's kurz. Es handelt sich um Billigwein, mit großer Wahrscheinlichkeit aus dem Satz gepresster Trauben. Ihm wurden Zuckersirup, Wasser und ein paar Geschmacksverstärker beigemischt, damit der verwöhnte Gaumen den Beschiss nicht gleich schmeckt.«

»Okay«, sagte Lou fassungslos. »Demnach ist also nicht mal richtiger Wein in den Flaschen.« Sie berichtete Verena, dass Mona aufgetaucht war. »Ich schick dir gleich eine Rechnung rüber.« Sie erklärte Verena rasch den Zusammenhang. »Möglicherweise ist das Unternehmen, über das der Weinverkauf läuft, ja für deine Freunde von der Finanzpolizei interessant.« Sie gab ihr den Namen und die vermeintliche Adresse der Firma durch.

»Danke, Lou«, sagte Verena. »Und gib Frau Gerber Bescheid, dass ich mit ihr reden will. Leider muss ich jetzt zu einer Besprechung, aber ich melde mich demnächst bei ihr.« Sie verabschiedete sich rasch.

»Sie wird sich bald bei dir melden«, informierte Lou ihre Jugendfreundin, nachdem sie das Gespräch beendet hatte. Mona stöhnte auf. »Keine Angst, sie ist eine Gute. Wirkt manchmal ein bisserl unfreundlich, ist aber im Grunde genommen harmlos.«

»Könnte Hallers Ermordung mit alldem zu tun haben?«, fragte Mona dann.

»Bis jetzt werden die Meinthalers nur des Betrugs verdächtigt«, erwiderte Lou. »Ein Mord ist ein etwas anderes Kaliber, als Wein und Weinetiketten zu fälschen.« Sie leerte ihr Weinglas. »Ist das Weingut der Meinthalers dir eigentlich bekannt?«

»Ja, aber nur namentlich. In der Vinothek verkaufen wir deren Weine nicht.«

»Natürlich nicht«, sagte Lou und grinste schief. »Deshalb konnten deine Chefs ja auch behaupten, das Weingut nicht zu kennen.« Sie sah auf die Uhr. Es war mittlerweile halb vier. »Ich muss langsam aufbrechen. Ich hab Sigrid wieder mal länger als geplant allein im Geschäft gelassen.«

Mona brachte Lou zur Tür.

Der Weg in Lous köstliche Welt führte unweigerlich an Franzis Café vorbei. Lou vermutete, dass Hedwig die Konditorin längst über Monas Auftauchen informiert hatte und Franzi sie mit Fragen bombardieren würde, so sie ihrer habhaft wurde. Doch zum Glück war die Cafébesitzerin nirgends zu sehen, sodass Lou ihr Geschäft betrat, ohne aufgehalten worden zu sein. Der Anblick der mit Spezialitäten gefüllten Regale erinnerte sie an ihre wahrhaftige Berufung: Menschen zu Genießern zu machen.

Sigrid bestand darauf, dass Lou ihr im Detail erzählte, was vorgefallen war, und diese ließ sich breitschlagen und berichtete. Dabei fiel ihr auf, dass sie über den eigentlichen Grund für Monas Reise nach New York gar nicht gesprochen hatten.

»Damit haben sich zwar ein paar Fragen geklärt, aber leider nicht die, wer Hallers Mörder ist.« Lou ließ die Schultern hängen.

»Und die ist die wichtigste, weil die Antwort sehr wahrscheinlich den Honig-Lorenz entlasten würde«, sprach Sigrid Lous Gedanken aus.

Urlauber betraten das Geschäft. Sigrid nahm sich ihrer an, und Lou verschwand ins Büro. Sie brauchte ein paar Minuten Ruhe. Michelin stupste sie am Oberschenkel an. Gedankenverloren kraulte sie ihm den Nacken. Dann zog sie einen Zettel aus der Schreibtischlade und zeichnete einen Zeitstrahl. Von Petra hatte sie erfahren, dass die nächtlichen Anrufe vor zwei Wochen begonnen hatten, also Ende August. Sie markierte die entsprechende Stelle auf dem Strahl. Mona hatte sich Anfang desselben Monats mit Jean Leporte getroffen. Im Juli hatte sich Haller bei ihrer Jugendfreundin gemeldet und sich erkundigt, ob sie Kontakte in die USA oder nach Asien hatte.

Lou lehnte sich in ihrem Stuhl zurück und betrachtete nachdenklich den Zeitstrahl mit den eingezeichneten Ereignissen.

»Ich hab dir bereits im August erklärt, wie's zukünftig laufen wird«, hatte Petra ihr gegenüber die Worte ihres Mannes wiederholt. Doch war das die Wahrheit? Petra hatte dafür keine Zeugen.

Lous Gedanken fuhren Karussell. Konnte es sein, dass die anonymen Anrufe von einem der Meinthaler-Brüder gekommen waren? Hatte dieser versucht, Haller unter Druck zu setzen? Aber weshalb? Wegen der gefälschten Etiketten? Vorhin bei Mona hatte Lou selbst gesagt, dass Haller seine Geschäftspartner nicht einfach anzeigen konnte, weil er damit Gefahr gelaufen wäre, dass sein mutmaßlich investiertes Schwarzgeld aufflog. Und den Grund, weswegen Haller Mona die Vertragskopie geschickt hatte, kannte sie auch noch nicht. Wussten Petra und Antonia in Wirklichkeit mehr über die Machenschaften ihres Vaters beziehungsweise Mannes, als sie zugaben? Warum sonst pochten sie so vehement darauf, dass Lorenz hinter den Anrufen und der Sachbeschädigung steckte? Michelin, der mittlerweile wieder auf der Decke lag, hob fragend den Kopf.

»Ich geh mal zurück ins Geschäft, mein Großer. Vielleicht kommt mir ja bei der Arbeit ein Geistesblitz.«

Um halb sieben machte Lou sich mit Michelin auf den Heimweg. In den letzten zwei Stunden hatten sich Kunden die Klinke in die Hand gegeben, sodass sie nicht weiter zum Nachdenken gekommen war. Vor dem Landschlösschen parkte ein Audi A3 hinter Monas Mini, Fabios Wagen. Monas Mann war also wieder zurück. Der Alfa hingegen stand nicht mehr auf dem Parkplatz am Ortsrand. Möglich, dass die Urlauber abgereist waren.

Wenig später lief sie mit Michelin durch Weingärten zu ihrem Winzerhäuschen. Dort angekommen gab Lou erst mal ihrem Berner Sennenhund zu fressen, dann machte sie sich einen Flammkuchen mit Tomaten, Feta und Speck und schnitt ihn, nachdem sie ihn aus dem Ofen geholt hatte, in handgroße Stücke. Zusammen mit einem Glas Veltliner Federspiel vom Weingut ihrer Eltern trug sie ihr Abendessen nach draußen, wo sich am Himmel die Schönwetterwolken des Tages auflösten. Lou machte es sich auf ihrer Gartenbank gemütlich und betrachtete die Umgebung, während sie aß. Sie konnte sich kaum sattsehen an den terrassenartigen Weingärten und der Donau. So wie die Rebstöcke war sie selbst tief in der Region verwurzelt. Michelin gesellte sich zu ihr und legte sich vor die Bank.

Was für ein Bild des Friedens müssen wir abgeben, dachte Lou amüsiert, schluckte den letzten Bissen hinunter und nahm einen Schluck Veltliner. Mit dem Glas in der Hand lehnte sie sich zurück, um in Ruhe den Status quo der Verstrickungen um Markus Haller zu rekapitulieren, als unvermittelt die Feuerwehrsirene aufheulte und gleich darauf ihr Handy läutete.

# 28

»Sigrid?«, sagte Lou.

»Komm sofort zum Geschäft!«, drang die aufgeregte Stimme ihrer Freundin aus dem Telefon. »Es brennt!«

»Was?« Lou brauchte eine Sekunde, um zu begreifen, dann sprang sie auf. »Bin schon unterwegs.« Sie hastete ins Haus, stellte das Geschirr in der Küche ab und griff sich den Autoschlüssel. Michelin stob hinter ihr her. Ihre Hektik hatte ihn in Alarmbereitschaft versetzt.

Zwei Minuten später saß sie im Jeep und brauste mit dem dunklen Riesen auf der Rückbank los. Kurz blitzte die Frage in ihrem Kopf auf, ob sie die Haustür zugesperrt hatte. »Egal«, murmelte sie dann. In Marienkirchen kam nichts weg.

Schon von Ferne sah sie das zuckende Blaulicht des Einsatzwagens. Der Löschwagen der Freiwilligen Feuerwehr stand direkt vor ihrem Geschäft. Sie parkte den Jeep dahinter und ließ das Rückfenster nach unten gleiten. »Bleib«, befahl sie Michelin und sprang aus dem Auto.

Sigrid kam sofort auf sie zu. »Das ist doch ein Wahnsinn«, polterte sie wütend, dann liefen sie zum historischen Gebäude, in dem sich Lous Delikatessengeschäft befand.

Vor dem Absperrband hatten sich etwa zwei Dutzend Menschen versammelt. Urlauber, deren Abendspaziergang sie durch den Ortskern geführt hatte oder die auf dem Weg in eines der Marienkirchener Restaurants waren. Lou konnte in der kleinen Menge die entsetzten Gesichter einiger Einheimischer ausmachen. Sie erblickte Maria und Fritz, Franziska und Hedwig hingegen nicht. In dem Moment bemerkte sie Sigrids Bruder Alfred, der sie zu sich winkte. Lou und Sigrid duckten sich unter dem Flatterband hindurch und waren gleich darauf bei ihm.

»Hast Glück im Unglück gehabt«, sagte Alfred anstatt einer Begrüßung. »Der Lorenz ist zufällig vorbeigefahren, hat das Feuer in der Auslage bemerkt und gleich Alarm geschlagen.«

Lou seufzte erleichtert.

»Damit hat er Schlimmeres verhindert.« Alfreds Blick wanderte zu dem Imker, der mit einem Streifenbeamten sprach.

Als Lorenz kurz in ihre Richtung sah, nickte Lou ihm dankbar lächelnd zu. Er hob die Hand zum Gruß.

»Scheint, als hätte jemand das Schaufenster eingeschlagen und den Inhalt angezündet«, sagte Alfred unterdessen. »Leider hat sich bislang kein Zeuge gemeldet, außer Lorenz natürlich, aber der kam ja erst vorbei, als es schon gebrannt hat.«

Sigrid legte ihren Arm um Lous Schultern, und gemeinsam starrten sie dorthin, wo vor wenigen Stunden noch ihre Auslage gewesen war. Von Sigrid neu dekoriert. Jetzt klaffte an der Stelle ein großes schwarzes Loch. Der Schaufensterboden aus Holz war vom Löschwasser durchnässt, der Weidenkorb verbrannt, das kleine Weinfass angesengt, die Essig- und Ölflaschen und die Marmeladengläser von der Hitze zerborsten. Nichts deutete mehr darauf hin, dass sich hinter der Auslage ein Delikatessengeschäft befand. Die Fassade samt den verschnörkelten goldenen Buchstaben von Lous köstlicher Welt war rußgeschwärzt. Jemand hatte Lous Traum zerstören wollen. Bei dem Anblick kullerten ihr ungehemmt Tränen über die Wangen.

Auch Sigrid weinte. Sie zog zwei Taschentücher aus ihrer Jackentasche, reichte Lou eines, und beide wischten sich ihre Tränen ab.

»Den Benzinkanister und die Grillanzünder hat er wie beim Brand auf Hallers Riede gleich dagelassen«, sagte Alfred.

Lous Herz setzte einen Schlag lang aus. »Willst du mir damit sagen, dass es derselbe Täter wie beim Haller war?«

»Die Anzeichen sprechen dafür. Zum Glück gibt es diesmal keine Tote«, erwiderte er und sah Lou mitfühlend an. »Geh jetzt mal mit Sigi rein und schau dich drinnen um. Wir vernageln das Schaufenster dann später provisorisch mit Brettern.« Alfred wandte sich um und steuerte auf seine Kollegen zu, die bereits zusammenpackten.

Lou und Sigrid blieben noch einen Moment schweigend stehen, dann betraten sie nacheinander durch die offene Eingangstür den Laden, der, soweit sie das abschätzen konnten, nicht viel abbekommen hatte.

»Wenigstens etwas«, stellte Lou fest. »Aber die Auslage können wir komplett vergessen.«

»Und ich hatte mir so viel Mühe mit der Deko gegeben«, sagte Sigrid mit einem Hauch von Ironie.

Sie gaben sich einen Ruck und gingen sich umschauend durchs Geschäft.

»Zumindest hier drinnen hat das Feuer keinen Schaden angerichtet«, sagte Lou, nachdem sie auch das Büro inspiziert hatten. »Ich schulde dem Honig-Lorenz etwas. Das hätte wirklich fürchterlich ausgehen können.«

»Wem traust du das hier zu? Wer hasst dich so sehr, dass er dir so etwas antut?« Sigrid klang stinksauer und machte ein Gesicht, als wollte sie dem Täter höchstpersönlich den Hals umdrehen. »Petra? Antonia?«

Lou überlegte. »Die beiden sind zwar nicht gut auf mich zu sprechen, aber nein, so weit würden sie nicht gehen.«

»Dann die Weinpanscher und Etikettenschwindler?«, schlug Sigrid vor.

Dass sie sich so viele Gedanken machte, rührte Lou. Ihr Verhalten bestätigte, dass sie mehr waren als Chefin und Angestellte. Sie waren Freundinnen.

»Wenn sie es waren, muss ich mich fragen, ob das schon alles war.« Lou dachte an die nächtlichen Anrufe bei Haller, den Mist in der Einfahrt und die zerbrochenen Rotweinflaschen. Hatten die Brüder ihren Laden angezündet? Hatte sie sie unterschätzt? Waren sie vielleicht sogar fähig, einen Mord zu begehen? Die zwei Radfahrer mit den grünen Trikots kamen ihr wieder in den Sinn. Hatten sich die Meinthalers als Radtouristen getarnt?

Mach dich nicht verrückt, aber bleib wachsam, ermahnte sie sich stumm und ging wieder nach draußen. Sigrid folgte ihr. Das Absperrband und die meisten Schaulustigen, auch Maria und Fritz, waren verschwunden. Die Show war vorbei.

Fabio lief auf sie zu. »Die Chefinspektorin und ihr Adlatus waren gerade bei uns. Wegen der Weine. Sie haben Mona auch zu den Berkons befragt. Deshalb komme ich erst jetzt.«

»Lieb, dass du überhaupt kommst«, sagte Lou. »Zum Glück ist nichts Schlimmeres passiert.« Sie hätte ihn gerne gefragt, ob es Neuigkeiten gab. Ob Verena ihnen etwas verraten hatte, was sie ihr, Lou, vorenthielt. Und ob Fabio wusste, weshalb Mona in New York gewesen war. Aber jetzt war nicht der passende Moment dafür. »Du verkaufst nicht zufällig Feenstaub, mit dem ich den Schaden wegzaubern kann?«, fragte sie ihn stattdessen.

Fabio wühlte spielerisch in den Taschen seiner Jeans. »Ist leider gerade aus.«

Im selben Atemzug sah Lou Verena, die auf sie zusteuerte. »Da scheint ja jemand Benzinkanister und Grillanzünder im Überfluss zu haben«, sagte sie zynisch anstelle einer Begrüßung. »Ich schick gleich meine Kollegen von der Streife los. Die sollen sich umhören, ob jemand etwas Brauchbares beobachtet hat.«

»Der Honig-Lorenz hat Alarm geschlagen«, sagte Lou. »Mit ihm hat vorhin schon ein Polizist gesprochen.«

»Ich weiß, der Kollege hat mich vor einer Minute informiert. Herr Krutz behauptet, er habe nur das Feuer bemerkt und niemanden gesehen.«

»Er war's nicht«, widersprach Lou der unterschwelligen Anschuldigung.

»Aber schon komisch, dass er zwei Mal genau dort war, wo es früher oder später gebrannt hat«, erwiderte Verena und nickte in Richtung von Lous köstlicher Welt. »Ruf gleich morgen deine Versicherung an. Den Schaden wird sich mit Sicherheit ein Gutachter ansehen wollen.«

»Versicherung«, wiederholte Lou so, als hörte sie das Wort zum ersten Mal. »Da schmeißt du einmal einen Prospekt weg, und schon brennt es.«

»Was für einen Prospekt?«, hakte Verena nach.

»Ach, irgend so eine Werbung für eine Feuerversicherung. Lag heute Morgen vor der Ladentür.«

»Genau«, warf Sigrid ein, als ob der Prospekt den Bösewicht überführen könnte. Verena legte fragend ihre Stirn in Falten.

»Das Zeug liegt im Foyer der Bank aus«, fügte Lou hinzu. »Vermutlich hat jemand den Prospekt dort mitgenommen und vor unserem Geschäft weggeworfen. Ironie des Schicksals.«

»Dann werde ich der Filiale gleich morgen früh einen Besuch abstatten«, sagte Verena. »Bin schon gespannt, wer sich alles einen genommen hat.« Sie sah abwechselnd zwischen Lou und Sigrid hin und her. »Die haben doch eine Kamera, oder nicht?«

»Natürlich«, antwortete Lou.

»Gut. Dann wär's das für heute. Wenn dir noch etwas einfällt, ruf mich an.« Die Ermittlerin verabschiedete sich, als Lous Eltern auftauchten.

Erika zog ihre Tochter in die Arme und strich ihr tröstend über den Rücken, so wie sie es früher getan hatte, wenn die kleine Lou sich irgendwo angestoßen hatte. »Warum hast du uns nicht sofort angerufen? Maria und Fritz haben uns Bescheid gegeben.« Ein Hauch von Vorwurf schwang in ihrer Stimme mit.

Lou wand sich aus der Umarmung. »Weil ich erst mal etwas anderes zu tun hatte. Ich hätte mich gleich bei euch gemeldet.«

»Was ist passiert?«, fragte ihr Vater.

»Das weiß noch niemand so genau, Papa. Aber jemand hat mein Geschäft angezündet, und der gute Honig-Lorenz hat Schlimmeres verhindert.« Sie gab eine Kurzfassung von dem wieder, was ihr Alfred erzählt hatte. Als sie sich zwischendurch umblickte, war der Imker nicht mehr zu sehen.

»Maria und Fritz wollten dir noch was sagen, aber du warst verständlicherweise beschäftigt«, meinte Erika. »Sie haben Antonia bei deinem Laden gesehen.«

»Und wann?«, hakte Lou nach.

»Kurz bevor es gebrannt hat«, sagte Lous Vater. »Sie waren walkend auf dem Weg zur Donau. Als sie zurückkamen, war hier die Hölle los.«

»Das solltest du der Polizei sagen. Möglicherweise hat Antonia etwas Wichtiges beobachtet, meinen Fritz und Maria«, fügte ihre Mutter hinzu.

Oder sie selbst war der Feuerteufel, schoss Lou ein böser Gedanke durch den Kopf. »Warum reden die beiden nicht mit der Polizei?«

»Du weißt doch, wie das in Marienkirchen ist. Außerdem

kennst du dich mit so was besser aus. Wo ist Michelin eigentlich?«, fragte ihre Mutter unvermittelt.

»Im Auto.«

»Der arme Hund.« Erika streckte auffordernd die Hand aus. »Gib mir den Schlüssel, ich hol ihn. Bei dem Chaos um ihn herum sollte er nicht allein sein.«

Lou lag schon die Bemerkung auf der Zunge, dass Michelin kein kleines Kind und problemlos imstande war, eine Weile allein im Auto zu warten. Auch bei dem Chaos, wie ihre Mutter den Feuerwehreinsatz genannt hatte. Stattdessen übergab sie Erika widerspruchslos den Autoschlüssel. Sie meinte es nur gut.

Etwas später zog Sigrid ihren Geschäftsschlüssel aus der Hosentasche. »Ich sperr dann mal ab.«

Lou sah ihr nach und schaute dann mit ihrem Vater und Fabio den Feuerwehrleuten zu, die die Auslage mit Brettern vernagelten. Schließlich kam Erika mit Michelin an der Leine zurück, der Lou begrüßte, als hätten sie sich ewig nicht gesehen.

»Sollen wir dich nach Hause bringen?«, fragte ihre Mutter. »Wenn du magst, bleib ich heute bei dir. Oder du übernachtest mit Michelin bei uns.«

Lou schüttelte den Kopf. »Lieb von dir, Mama, aber es geht schon. Es ist ja zum Glück nicht viel passiert.«

»Die Mama, der Joschi-Onkel und ich helfen dir und Sigrid morgen jedenfalls beim Aufräumen«, entschied ihr Vater.

»Gute Idee«, warf Fabio ein. »Ich bin natürlich auch dabei.«

»So viel ist doch gar nicht passiert«, wiederholte Lou, freute sich aber über das Angebot. Doch der Gedanke daran, was am nächsten Tag zu tun war, überforderte sie in diesem Augenblick.

»Und ich koche für uns alle zu Mittag«, überging Fabio ihren halbherzigen Einwand.

»Wenn das so ist, freu ich mich direkt aufs Aufräumen und Putzen«, entfuhr es Erika

»Okay.« Lou nickte müde. »Danke euch allen.«

»Gut, dann wäre das ja geklärt, und wir sehen einander morgen«, sagte ihr Vater abschließend und begann, sich reihum zu verabschieden.

»Sollen wir nicht zumindest Michelin zu uns nehmen?«, fragte Erika. »Damit du dich in Ruhe von dem Schrecken erholen kannst?«

»Es geht mir gut«, versicherte Lou ihrer Mutter und umarmte sie. »Wirklich, Mama. Mach dir um mich keine Sorgen.«

Erika streichelte ihr erneut sanft über den Rücken. »Ich bin deine Mutter, Lou. Mir Sorgen zu machen ist mein Job.« Dann drückte sie ihrer Tochter Michelins Leine in die Hand und küsste sie zum Abschied auf die Stirn. »Wenn etwas ist, ruf mich an.«

Auch Sigrid verabschiedete sich. »Bin morgen um halb neun da. Dann legen wir los und beseitigen die Tragödie.«

Lou lächelte traurig. »Wir könnten ›Auslage in Arbeit‹ auf die Bretter pinseln.«

Wider Erwarten gelang es ihnen, über den Scherz zu lachen. Der Gefühlsausbruch tat gut. Lou spürte, wie der Humor dem Gift des Dramas seine Wirkung nahm. Kurz darauf hatten die Feuerwehrler das Loch komplett verschlossen und waren wie Sigrid weggefahren. In der nun herrschenden Stille war nur noch Fabio an ihrer Seite.

»Geht's Mona gut?«, fragte Lou.

Er zuckte mit den Achseln. »Magst gegen den Schock noch ein Achtel trinken?«

Lou schüttelte den Kopf. »Danke fürs Angebot. Aber ich fühl mich wie erschlagen. Ich will nur noch unter die heiße Dusche und dann ins Bett. Wir sehen uns morgen.«

# 29

Am nächsten Morgen saß Lou schon um halb sieben auf ihrer Gartenbank. Es war kühl und der Himmel wolkenverhangen, weshalb sie vor dem Rausgehen eine Jacke über das T-Shirt gezogen hatte. Es sah nach Regen aus, der perfekt zu ihrer Verfassung passen würde. Obwohl sie erwartungsgemäß schlecht geschlafen hatte, wollte sie auch diesen Tag mit ihrem lieb gewonnenen Ritual beginnen und morgens mit einer Tasse Kaffee in der Hand auf Marienkirchen und die Donau blicken. Michelin spürte ihre Unruhe und ließ sie nicht aus den Augen. Er stand vor der Bank und hatte seinen Kopf auf ihren Oberschenkel gelegt. Lou kraulte ihm mit der freien Hand den Nacken. »Na, mein Großer, den gestrigen Abend hatten wir uns ein bisschen anders vorgestellt, gell?«

Michelin wedelte und gab diesen tiefen und für ihn typischen Laut von sich.

Ihr ging es immer besser, wenn er in ihrer Nähe war, sie ihn streichelte oder mit ihm kuschelte. »Hast du gewusst, dass bei Menschen auch bei Kontakt mit Tieren das Glückshormon Oxytocin ausgeschüttet wird?«

Michelin brummte.

»Kannst mir ruhig glauben, ist nämlich wissenschaftlich erwiesen.«

In der Nacht hatte sie Verena noch eine Nachricht mit der

Info geschickt, dass Antonia Haller vor dem Brand in der Nähe des Geschäftes gesehen worden war. Vielleicht habe sie jemanden beobachtet, hatte sie geschrieben, damit es nicht so aussah, als würde sie die junge Winzerin verdächtigen, obwohl sie genau das tat. Danach war ihr eingefallen, dass mit dem heutigen Samstag der Mord an Markus Haller eine Woche zurücklag. Seitdem war viel passiert. Sie hatte auch daran gedacht, dass sie den Sachbearbeiter ihrer Versicherung telefonisch erst am Montag erreichen konnte. Also war sie mitten in der Nacht aufgestanden und hatte ihm eine Mail geschickt, damit er sich sofort am Montagmorgen darum kümmern könnte.

»Verena hat wohl auch nicht daran gedacht, dass Wochenende ist«, murmelte Lou jetzt. »Sie wird in der Bank nicht viel ausrichten können. Ich befürchte, wir müssen uns beide bis Montag gedulden.« Sie leerte die Tasse und schob Michelins Kopf zur Seite. »Dann lass uns mal ins Geschäft fahren.«

Sie trug die Tasse zurück in die Küche. Auf dem Esstisch lag schon der Stoffbeutel, in den sie eine alte Jeans und ein verblichenes T-Shirt gestopft hatte. Beides würde sie wegwerfen, sobald sie mit den Aufräumarbeiten im Laden fertig waren. Sie griff sich den Beutel und an der Garderobe noch ihre Umhängetasche, dann sperrte sie die Eingangstür hinter sich ab.

Auf dem Weg zu Lous köstlicher Welt hielt sie beim Honig-Lorenz an. Sie wollte ihm noch einmal persönlich dafür danken, dass er das Feuer entdeckt und gemeldet hatte. Der Imker war schon bei seinen Bienenstöcken hinter dem Haus. Die Haare standen ihm wie üblich zu Berge, doch statt der Arbeitskleidung trug er heute Jeans und ein Karohemd.

»Musst dich nicht bedanken«, sagte er, ehe Lou den Mund öffnen konnte. »War nur Zufall oder Glück, dass ich grad vorbeigekommen bin.« Er strich Michelin übers Fell.

»Trotzdem«, entgegnete Lou. »Wegen dir ist der Geschäftsraum unbeschädigt, der Laden kann weiter geöffnet bleiben, und ich muss nur eine Handvoll Lebensmittel aussortieren und durchputzen.« Wobei es sie traurig stimmte, überhaupt Nahrungsmittel entsorgen zu müssen. »Bei der Gelegenheit wollt ich dich bitten, uns nächste Woche zwölf Gläser Blütenhonig und zehn mit Waldhonig vorbeizubringen.«

Der Honig-Lorenz versprach es.

»Hast du eigentlich jemanden in der Nähe meines Geschäftes gesehen, bevor dir die Flammen aufgefallen sind?«, fragte Lou.

»Das wollt die Polizei auch wissen. Aber nein, da war niemand.« Er deutete auf die Bienenstöcke, die er von Hallers Riede am Loibenberg in seinen Garten umgesetzt hatte. »Sie haben sich übrigens bestens eingelebt und die neue Umgebung angenommen.«

»Das freut mich«, sagte Lou.

Um acht stand sie vor ihrem Delikatessengeschäft. Der Anblick der verbarrikadierten Auslage versetzte ihr einen Stich ins Herz. Als sie die Eingangstür öffnete, schlug ihr dicker Brandgeruch entgegen, und sie ließ die Tür zum Auslüften offen. Im rückwärtigen Teil zog sie sich um und holte aus der Abstellkammer einen Besen und Putzmittel. Da Michelin sich schon auf seiner Decke zusammengerollt hatte, ließ sie die Glastür hinter sich ins Schloss fallen und fing an, den Boden zu kehren. Nahe der ausgebrannten Auslage hatten sich feine Rußpartikel mit Löschwasser vermischt und eine graue Schmiere gebildete, gegen die ihr Besen nutzlos war.

Sigrid tauchte um zwanzig nach acht auf, danach kamen wie versprochen Lous Eltern. Alle trugen Arbeitskleidung. Ihre Mutter hatte weitere Eimer, Putzlappen und Putzmittel von zu Hause dabei. Zwar hatte die Inneneinrichtung keinen Schaden davongetragen, dennoch mussten sämtliche Produktverpackungen abgewischt und die Möbel gereinigt werden.

»Damit sollten wir gut ausgestattet sein«, sagte Erika und stellte alles in den Verkaufsraum. Dann band sie sich ein Kopftuch um die Haare und ging ins Büro, um im Spülbecken der Küchenzeile Wasser in die Eimer laufen zu lassen. Sigrid folgte ihr, um zu helfen.

»Ich hab für halb elf einen Glaser herbestellt«, informierte Lous Vater sie. »Ich hoffe, das ist dir recht.«

Sie bedankte sich überrascht. »Ich hätte nicht gedacht, dass ein Handwerker so schnell Zeit hat, noch dazu an einem Samstag.«

»Er kommt nur ausnahmsweise gleich heute, weil er uns schon so lange kennt. Bis das Glas fürs Schaufenster geliefert wird, dauert es eh noch ein paar Tage.«

»Schon klar«, sagte Lou.

Fabio gesellte sich um neun zu ihnen, im Schlepptau hatte er Josef, Lous Wahlonkel. Mit vereinten Kräften packten sie an, wischten, kehrten und räumten auf.

Gegen zehn kamen Franziska mit Kaffee und Apfelstrudel und Hedwig mit Buttersemmeln vorbei. Sie waren geschockt, hatten erst am Morgen erfahren, was passiert war. Beide entschuldigten sich, nicht helfen zu können, weil sie ins Café und in die Bäckerei zurückmussten.

»Ist doch eh klar, außerdem sind schon genug helfende Hände da«, versicherte Lou ihnen. »Ich danke euch für das zweite Frühstück.«

Der Glaser kam um elf, nahm Maß, sprach mit Lou und war fünfzehn Minuten später wieder weg. Um zwölf erschien der Hausbesitzer, fotografierte die Fassade und ließ Lou wissen, dass schon ein Maler für den Anstrich engagiert worden war.

Um halb zwei brachte Mona das Mittagessen. Kalbsgulasch mit Nockerln. Fabio hatte bereits frühmorgens in der Küche gestanden. Sie könne nicht bleiben, da sie einen überaus wichtigen Videocall habe, wie sie mehrfach betonte, woraufhin Sigrid spöttisch das Gesicht verzog.

Erika verteilte Teller und Besteck, das Mona ebenfalls mitgebracht hatte, dann stellten sie sich um den Verkaufstresen und aßen mit großem Appetit.

»Schmeckt fantastisch«, lobte Lous Mutter nach zwei Bissen.

»Super, einmalig, großartig«, murmelten die anderen mit vollem Mund.

»Drei Sterne«, sagte Lou am Ende und warf Fabio einen schelmischen Blick zu. Sie war ehrlich gerührt, mit welcher Selbstverständlichkeit sie alle sie unterstützten.

Sie hatten gerade wieder mit der Arbeit begonnen, als Verena in Jeans und Bomberjacke das Geschäft betrat. »Ich hab mir die Aufzeichnungen von der Kamera im Foyer der Bank angesehen«, fiel sie mit der Tür ins Haus.

»Wirklich?«, stieß Lou überrascht hervor. »Wie denn das? Am Samstag arbeitet doch niemand in der Bank.«

»Ich bin die Polizei«, erwiderte Verena knapp.

»Brauchst du dafür nicht eine richterliche Genehmigung?«, hakte Lou nach. Sie erinnerte sich, dass so etwas Tage dauern konnte.

»Willst du jetzt mit mir diskutieren oder wissen, was ich rausgefunden habe?«, fragte Verena genervt. »Aber damit du ruhig schlafen kannst: Klaus Bachl kennt den hiesigen Direktor«, erklärte sie schließlich doch.

»Was hast du denn erfahren?«, fragte Lou gespannt.

Verena fischte ihr Handy aus der Jackentasche und zeigte Lou das Bild von einem gräulichen Bildschirm. Fabio blickte ihnen über die Schulter. Auf dem Screen sah man zwei Männer im Radlerdress. Lou erkannte die unscharfen Gesichter sofort.

»Das sind Anton und Kassian Meinthaler«, platzte Fabio heraus.

»Wunderbar. Dann weiß ich jetzt auch, wie die beiden Herren aussehen. Auf der Homepage des Weingutes findet man nämlich kein Foto von ihnen.« Verena steckte ihr Handy wieder weg.

»Stimmt.« Lou erinnerte sich, dass ihr das auch aufgefallen war. »Hast du das Foto schon Maria Blaschitz gezeigt?«

»Bei ihr fahre ich als Nächstes vorbei«, antwortete Verena. »Falls sie bestätigt, dass sie diese Männer am Samstag am Loibenberg gesehen hat, sind wir einen großen Schritt weiter. Dann kennen wir ihre Namen und können mit den Aufnahmen der Bankkamera beweisen, dass sie auch gestern in Marienkirchen waren, als dein Laden in Brand gesteckt wurde.«

Lou stutzte. »Der Alfa.« Sie kratzte sich nervös am Arm. »Der SUV. Wie hieß das Modell gleich noch mal?« Die Frage war an Fabio gerichtet.

»Von unseren vermeintlichen Verfolgern?«, stellte er eine rhetorische Gegenfrage. »Das war ein Alfa Tonale.«

»Ihr wurdet verfolgt?«, rief Erika aufgeregt dazwischen und hörte auf, die leer geräumten Regalbretter abzuwischen. »Davon hast du uns ja gar nichts gesagt, Kind.«

»Ich wollte euch nicht beunruhigen. Außerdem waren wir uns nicht sicher. Der Wagen fuhr einfach ein paar Minuten hinter uns her. Aber gestern stand so einer auf dem großen Parkplatz am Ortseingang«, sagte Lou. »Allerdings mit einem Fahrradträger und Salzburger Kennzeichen.«

»Ein ähnlicher Wagen mit Salzburger Nummer parkte gestern auch wenige Meter von unserem Weingut entfernt auf der

Straße.« Lous Vater warf seiner Frau einen raschen Blick zu. »Als wir abends aus dem Ort heimkamen. Eine halbe Stunde später habe ich aus dem Fenster gesehen, da war er verschwunden.«

Ihre Mutter sah Lou beunruhigt an. »Hat der Wagen etwas mit dieser Verwüstung hier zu tun?«

»Ich weiß es nicht, Mama. Der Alfa in Südtirol hatte ein italienisches Kennzeichen.«

»Aber Kennzeichen kann man fälschen oder austauschen«, merkte die Ermittlerin an. »Hast du dir die Nummer notiert? Die italienische oder die österreichische?«

»Nein. Wozu?«

»Für eine Situation wie diese?«, konterte Verena.

»Ich wusste ja nicht, dass es eine Situation wie diese geben wird«, hielt Lou dagegen und dachte angestrengt nach. Doch keine Nummern- oder Buchstabenfolge der Kennzeichen wollte ihr einfallen.

»Okay, dann halten meine Kollegen von der Streife einfach mal die Augen nach einem schwarzen Alfa Tonale offen.« Verena machte sich eine Handynotiz. »Bevor ich herkam, war ich übrigens noch auf dem Haller-Weingut. Die Tochter hat mir versichert, dass sie nichts mit dem Brand zu tun hat. Sie war auf dem Weg von einer Freundin nach Hause, der an deinem Laden vorbeiführt. Im Moment gibt es keinen Grund, ihr nicht zu glauben«, sagte sie dann und verschwand so rasch, wie sie erschienen war.

Lous Joschi-Onkel, der stumm zugehört hatte, nahm eine Flasche Marillenschnaps aus einem Regal, holte sechs Schnapsgläser aus dem Büro und schenkte großzügig ein. »Den haben wir jetzt nötig.«

Sie prosteten sich zu, stürzten den Schnaps in einem Zug hinunter, dann machten sie weiter. Bis zum späten Nachmittag betraten keine Kunden das Geschäft. Vermutlich schreckten sie die deutlich sichtbaren Brandschäden an der Fassade des Hauses ab.

»Das wäre geschafft«, beendete Lou um fünf Uhr die Säuberungsaktion. »Ich danke euch.«

Jetzt musste nur noch alles trocknen, der Boden der Auslage neu verlegt, ausgemalt und ein Schaufenster eingesetzt werden. Mit etwas Glück würden sämtliche Spuren des Anschlags in wenigen Wochen beseitigt sein.

Eine halbe Stunde später löste sich der Putztrupp auf. Alle waren müde und wollten nach Hause.

Als sie allein im Laden war, zog Lou sich um, schnappte sich die Umhängetasche vom Schreibtisch und machte mit Michelin einen langen Spaziergang an der Donau entlang. Die Wolken am Himmel hatten sich den gesamten Tag über verdichtet, doch es war trocken geblieben. Anschließend trat sie den Heimweg an.

Sie parkte ihren Jeep vor dem Winzerhäuschen, stieg aus und ließ Michelin aus dem Wagen. Der Rüde lief schnurstracks zur Eingangstür. Vermutlich wollte er nach dem ganzen Trubel und dem langen Spaziergang direkt zu seinem Schlafplatz. Doch auf einmal hielt er inne und schnüffelte aufgeregt.

»Was hast du? Ist vielleicht ein Hase über unsere Fußmatte gehoppelt?« Lachend steckte Lou den Schlüssel ins Schloss.

Michelin hob den Kopf, fixierte die Tür. Seine Nackenhaare stellten sich auf. Dunkles Knurren drang aus seiner Kehle.

»Was ist denn los, mein Großer?« Alarmiert legte Lou ihre Hand auf seinen breiten Rücken. Er zitterte vor Anspannung. Eine Seltenheit, denn Berner Sennenhunde verhielten sich nur in bedrohlichen Situationen so. Lou sah sich um, bemerkte aber nichts, was Grund zur Besorgnis gegeben hätte. Michelin ließ die

Tür noch immer nicht aus den Augen. Das konnte nur eines bedeuten: Jemand Fremdes befand sich im Haus.

Ruf Verena an, beschwor Lou ihre innere Stimme. Blind holte sie ihr Handy aus der Umhängetasche, krallte die Finger ihrer freien Hand um Michelins Halsband und versuchte, den fünfzig Kilo schweren Riesen von der Tür wegzuziehen. Doch vergeblich. Der Rüde stemmte sich mit seinem ganzen Gewicht dagegen, einhändig hatte Lou keine Chance gegen ihn. Als sie das Handy wieder in die Tasche steckte, hörte sie Schritte.

# 30

Geh ins Haus«, sagte eine bekannte Stimme in ihrem Rücken.

Lous Herzschlag setzte einen Moment lang aus. Sie wusste, wer hinter ihr stand. Langsam drehte sie sich um. Kassian Meinthaler grinste sie an, er trug Radhosen und ein graues Trikot. Natürlich besaß er nicht nur das grüne, in dem Maria ihn gesehen hatte.

»Meinthaler«, hauchte Lou. Sein Auftauchen überraschte sie seltsamerweise nicht. In ihrem Kopf hatten sich die Teilchen schon lange zusammengesetzt. Er richtete eine Waffe auf sie, eine Glock 17, Neun-Millimeter-Kaliber. So eine hatte Lou als Kriminalinspektorin getragen.

Michelin knurrte, dann begann er zu bellen. Tief. Drohend. Er war bereit, Lou zu verteidigen. Koste es, was es wolle.

Kassian zielte mit der Pistole kurz auf den Rüden. »Wenn er auf mich losgeht, ist er tot.«

»Stopp«, befahl Lou, und Michelin hörte auf zu bellen. »Brav«, lobte sie ihn so ruhig, wie es ihr in der heiklen Situation möglich war, und strich ihm über den Kopf. Dann sah sie wieder den Südtiroler an. »Was willst du?«

»Das wirst du schon noch erfahren. Anton wartet im Haus. Geh rein. Der Köter bleibt draußen.« Kassian trat einen Schritt auf sie zu, was Michelin erneut in Alarmbereitschaft versetzte. Er knurrte wieder.

»Alles gut.« Lou hielt den Berner Sennenhund immer noch am Halsband fest. »Du solltest vor mir reingehen. Dann denkt er, dass für mich alles in Ordnung ist, und entspannt sich«, behauptete Lou. Sie bemerkte, dass sie vor Aufregung zitterte, was nicht zu Michelins Beruhigung beitrug.

»Aber mach keinen Blödsinn«, blaffte Kassian und ging langsam auf die Eingangstür zu, während er Abstand zu ihr und Michelin hielt. Wieder zielte er mit der Pistole auf ihn. »Ein Mucks, und er ist hin.«

In dem Moment öffnete sich die Haustür, und Anton Meinthaler erschien. Auch er trug einen Raddress, obwohl Lou nirgendwo Räder gesehen hatte.

»Verdammt noch mal!«, fluchte er. »Jetzt fackle nicht lang und erschieß den Scheißköter endlich.«

»Nein!«, kreischte Lou und stellte sich vor Michelin, ohne sein Halsband loszulassen. Er war weit davon entfernt, die beiden anzugreifen. Berner Sennenhunde waren Fremden gegenüber aufgeschlossen und freundlich gesinnt, vorausgesetzt, ebenjene Fremden benahmen sich angemessen. Das Risiko, dass Kassian die Nerven verlor und Michelin erschoss, erschien ihr erschreckend groß.

»Der Hund hat euch nichts getan. Er wird sich beruhigen, wenn ihr mich nicht weiter bedroht. Verhaltet euch wie normale Gäste.« Sie atmete tief durch, versuchte, ihre aufsteigende Panik in den Griff zu bekommen. Einen kurzen Augenblick überlegte sie loszulaufen. Michelin würde ihr folgen, und sie könnten sich in den Weingärten rundum in Sicherheit bringen. Von dort könnte sie die Polizei rufen und sich dann ungesehen bis zum Weingut ihrer Eltern durchschlagen. Dennoch verwarf sie den

Plan wieder. Nichts davon würde so passieren. Vielmehr würde sie nur ein paar Schritte weit kommen, ehe sie eine Kugel im Rücken hatte.

»Okay. Ich geh jetzt rein, und mein Hund bleibt draußen, wie du es wolltest.« Lou ließ das Halsband los, beugte sich kurz zu Michelin hinunter. »Einbrenn«, flüsterte sie ihm zu, und der Rüde stob davon.

Kassian wirbelte herum, zielte in seine Richtung. Doch der Berner Sennenhund war ausnahmsweise pfeilschnell und schon im nächstliegenden Weingarten verschwunden. Lou atmete auf. Zumindest Michelin konnten sie nichts mehr tun.

»Komm jetzt«, knurrte Anton und hielt ihr dann gespielt freundlich lächelnd wie ein Gentleman die Tür auf. Fehlte nur noch, dass er ihr die Hand küsste. Kassian hingegen drückte ihr die Waffe in den Rücken.

Das Erste, was Lou sah, als sie ihr Häuschen betrat, waren zwei dunkle Benzinkanister. Sie standen im Flur. Obenauf lagen Grillanzünder. Zwei schwarze E-Bikes lehnten ein Stück weiter vorne an der Wand.

Sie haben vor, das Haus in Schutt und Asche zu legen, schoss es ihr durch den Kopf. Aber diesmal mit einer Leiche in den verbrannten Trümmern. »Ihr wart das gestern. Ihr habt mein Geschäft angezündet.«

Anton grinste. »Wir brauchten Zeit, um uns ein wenig in deinem Haus umzusehen. Natürlich hoffen wir, dass du gut versichert bist. Einen Prospekt hatten wir dir ja vorher noch vor die Tür gelegt, sozusagen als Mahnung. Aber ich denke, du hast den Hinweis nicht kapiert.« Er lachte dreckig.

Wie zum Teufel waren sie hereingekommen?, überlegte Lou. Sie war sich sicher, dass sie am Morgen die Haustür abgeschlossen hatte. »Ihr hättet euch hier auch umsehen können, während ich ganz normal im Geschäft bin«, entgegnete sie, um Zeit zu gewinnen. »Ihr hättet den Brand nicht legen müssen.«

»Dann hätten wir aber nicht so viel Spaß gehabt«, höhnte Kassian und bugsierte Lou ins Wohnzimmer. Sie hatte registriert, dass die Brüder die Eingangstür nicht abgeschlossen hatten. Aber womit auch?

Sie sah die offene Terrassentür mit zerbrochener Fensterscheibe, womit ihre stumm gestellte Frage beantwortet war. Eine halb volle Weinflasche, ein Riesling Federspiel vom Weingut ihrer Eltern, und zwei Gläser standen auf dem Couchtisch. Offensichtlich hatten es sich die Brüder gemütlich gemacht, während sie auf Lou warteten. Anton nahm die Flasche in die Hand. »In einem hast du uns nicht belogen, Lou Conrad. Du stammst aus der Wachau, und deine Eltern haben wirklich ein Weingut.« Er schnalzte anerkennend mit der Zunge. »Ist ein feiner Tropfen.« Er stellte die Flasche zurück und trat nahe an sie heran, wickelte sich eine ihrer Locken um einen Finger. »Die Haare hast du von deiner Mutter. Sie ist noch immer eine hübsche Frau. Wir haben sie gestern Abend gesehen.«

Lou spürte Antons heißen Atem an ihrem Ohr, ballte die Hände zu Fäusten. Fass mich bloß nicht an, brüllte eine Stimme in ihr. »Was wollt ihr?«, fragte sie und versteifte sich.

»Dein Handy«, zischte Anton. Er schob ihr die Umhängetasche von der Schulter, ging zum Sofa und ließ sich darauf nieder. Lous Tasche legte er auf den Tisch davor.

Kassian lehnte sich an die Wand neben der beigen Wohnlandschaft. »A schöne Aussicht hast.« Mit der Waffe deutete er zur Terrassentür, von wo aus man einen reizvollen Blick auf die nahen Rebstöcke hatte. »Und viele Bücher.« Er zeigte auf das meterhohe helle Holzregal an der gegenüberliegenden Wand.

»Worüber wollt ihr reden?«, beendete Lou den Small Talk und

blieb demonstrativ vor dem Couchtisch stehen. Wie eine Angeklagte vor Gericht. Dass die beiden alle Schubladen der Wohnzimmerkommode aufgerissen und den Inhalt verstreut hatten, ignorierte sie und versuchte zu verdrängen, dass es in den anderen Räumen vermutlich ähnlich aussah.

»Du und dein Freund, ihr hättet euch bei uns die Sehenswürdigkeiten anschauen oder ein bisschen wandern und in die Therme gehen sollen. Südtirol hat so viel zu bieten.« Kassian klang wie jemand von der Tourismusinformation, der für seine Region warb. »Aber nein, ihr musstet uns ja belästigen«, knurrte er.

»Was mein Bruder damit sagen will, ist«, mischte sich Anton ein, »dass wir es nicht goutieren, wenn Fremde unaufgefordert unseren Hof betreten und in unserer Scheune herumschnüffeln. Du siehst ja, was passieren kann, wenn man uns reizt. Dann brennen Häuser.«

»Glaubst du etwa, wir hätten euch eure Lügen abgenommen?«, fragte Kassian mit kalter Stimme. »An euren Karrieren als Schauspieler müsst ihr echt noch arbeiten.« Er fuchtelte mit der Pistole herum, als wäre sie ein Dirigentenstab. Sein Blick verriet, dass er am liebsten abgedrückt hätte. Damit ihr Problem, Lou, endlich keins mehr wäre.

Ihre Muskeln spannten sich an, als müsste sie sich für einen Kampf wappnen.

Kassian stieß sich von der Wand ab, kam ihr so nahe wie zuvor sein Bruder. Mit dem Lauf der Glock strich er ihr über den Rücken. »Aber vorher könnten wir noch ein bisserl Spaß zusammen haben, was meinst?« Er grinste anzüglich.

Hatten sie wirklich vor, sie zu vergewaltigen? Lous Puls beschleunigte sich. Ihr wurde übel. Ihr Mund war staubtrocken. Sie benetzte die Lippen mit der Zunge.

Jetzt nur nicht durchdrehen, du warst mal Polizistin. Ruhig

bleiben. Rede mit den beiden, verwickle sie in ein Gespräch und denk darüber nach, wie du hier rauskommst, wies sie sich stumm an. »Habt ihr auch auf der Riede vom Haller das Feuer gelegt und ihn getötet?«, fragte sie unvermittelt.

Sie antworteten nicht. Kassian ging um Lou herum und setzte sich neben seinen Bruder. Die Glock legte er vor sich auf den Tisch. Offenbar war ihre Ermordung zu einem späteren Zeitpunkt geplant.

»Was hat dir der Haller alles erzählt?«, fragte Anton.

Lou verstand. Deshalb lebte sie noch. Sie mussten aus ihr herausbekommen, was genau sie wusste und ob sie ihr Wissen mit noch jemand anderem als mit Fabio geteilt hatte. Ihm würden sie vermutlich als Nächstes einen Besuch abstatten. Lou musste sich blitzschnell entscheiden, ob sie weiterhin die Unwissende spielen sollte. Die beiden hatten offenbar keine Ahnung, dass sie eine mit dem gefälschten Haller-Label etikettierte Flasche gepanschten Wein gestohlen hatte.

»Der Haller hat seinen Anteil von eurem Gut mit Schwarzgeld bezahlt«, behauptete sie, als wäre der Tatbestand bereits bewiesen. »Habt ihr das eigentlich gewusst?« Sie blickte zwischen ihnen hin und her. »Die österreichische Finanzpolizei ist schon informiert.« Die falschen Etiketten ließ sie unerwähnt.

Die Brüder lachten lauthals, als hätte Lou einen besonders guten Witz gerissen.

»Die österreichische Finanzpolizei ist schon informiert«, äffte Anton sie nach. »Weißt was? Deine Finanzpolizei kann uns mal. Der Haller war nicht beteiligt. Er hat sich eingekauft.«

Lou blinzelte irritiert. »Ist das nicht dasselbe?«

»Er hat sich in unser Business eingekauft«, erwiderte Anton langsam.

»Hä?«, gab Lou vor, noch immer nicht verstanden zu haben.

Dabei war der Groschen bei ihr längst gefallen: Haller hatte sich in den Handel mit den gefälschten Weinen eingekauft.

»Spiel nicht die Dumme«, knurrte Anton. »Kassian hat gesehen, dass du dich in der Scheune umgeschaut hast.«

»Ich hab dir doch gesagt, schnüffle nicht herum«, hörte Lou Fabios Stimme und hätte trotz der Gefahr, in der sie schwebte, fast geschmunzelt.

»Wir denken, dass du dabei unser kleines Geheimnis entdeckt hast«, fuhr Anton indessen fort.

Lou schwieg, was die beiden als Zustimmung aufzufassen schienen.

»Die Beteiligung am Weingut war nur eine Tarnung, verstehst?«, erklärte Anton jetzt im leutseligen Tonfall, als würde er von einem gängigen Geschäftsmodell sprechen, auf das er stolz war. »Also, wem hast du verraten, was du in der Scheune gefunden hast?«

»Der Mordermittlerin«, antwortete Lou wahrheitsgemäß und wurde plötzlich ganz ruhig. »Es hat keinen Sinn, mich zu töten. Bei meinem zweiten Besuch bei euch hab ich nämlich eine Flasche vom Haller-Wein mit gefälschtem Etikett mitgenommen und ihr gegeben.«

Die beiden wirkten verblüfft. Sie sahen sie stumm an und versuchten einzuschätzen, ob sie bluffte oder nicht.

Lou zweifelte, dass ihr die Wahrheit das Leben retten würde. Aber eine Lüge hätte in dem Fall auch nichts gebracht. Sie würde akzeptieren, was das Schicksal für sie bereithielt. »Warum habt ihr Haller umgebracht?«, wollte sie wissen.

»Wer behauptet denn, dass wir das waren?«, fragte Kassian.

»Jetzt kommt schon«, sagte Lou so gelassen wie möglich. »Die Benzinkanister und Grillanzünder, beides zusammen ist euer Markenzeichen.«

Die Brüder lachten erneut auf.

»Du bist wirklich witzig«, spottete Anton, und Lous Überlebenswille machte sich wieder bemerkbar.

Fieberhaft versuchte sie, einen Ausweg zu finden. Was musste sie sagen, um ihre Hinrichtung zu verhindern oder hinauszuzögern? »Man hat euch im Ort gesehen. Die zwei Radfahrer mit den grünen Trikots, den grauen Helmen und den schwarzen E-Bikes.«

»Soso«, sagte Anton. »Wer hat uns denn gesehen? Die Gitsche, die uns geraten hat, zur Polizei zu gehen und eine Aussage zu machen?«

»Nicht nur sie«, schwindelte Lou. »Mehrere Bewohner von Marienkirchen haben nach euch Ausschau gehalten.«

Aber selbst das schien die beiden nicht zu beunruhigen. Oder waren ihre gleichgültigen Mienen nur Fassade?

Anton beugte sich nach vorne, nahm ein Weinglas. »Du willst also wirklich wissen, warum der Haller sterben musste«, sagte er, ohne weiter auf ihre Bemerkung einzugehen. Während er trank, betrachtete er Lou, stellte das Glas dann ab und lehnte sich wieder zurück. »Okay, ich sag's dir, weil du es sowieso niemandem mehr erzählen kannst, wenn wir mit dir fertig sind.« Er betrachtete sie, als wollte er sich an der Angst in ihren Augen weiden.

Lou schluckte trocken, hielt seinem Blick stand.

»Der verfluchte Kerl hat plötzlich Ansprüche gestellt, wollte einen höheren Anteil als ausgemacht. Einfach so.« Anton schnippte mit den Fingern. »Sein Geld stecke in dem Geschäft, hat er gesagt.«

Lou überlegte, welche Frage sie als Nächstes stellen sollte, ohne zu verraten, was sie von Mona erfahren hatte. Sie wollte ihre Jugendfreundin nicht mit in die Sache hineinziehen. »Aber hatte er nicht Angst, seinen guten Ruf zu verlieren, wenn gefälschte Weine von seinem Gut im Umlauf sind?«, fragte Lou.

»Schon«, erwiderte Anton. »Deshalb wollte er, dass wir die

Haller-Weine wieder aus dem Sortiment nehmen. Ich hab ihm erklärt, dass das Risiko, dass uns jemand auf die Schliche kommt, gleich null ist. Weil wir die Weine ausschließlich in Amerika und Asien verkaufen. Dort ist die Gefahr gering, dass jemand den Unterschied zwischen einem echten und einem falschen Haller-Wein erkennt«, bestätigte er unwissentlich Lous Vermutung. »Außerdem lassen wir die Spitzengastronomie und Vinotheken mit hochwertigen Weinen außen vor, beliefern nur normale Restaurants und Supermärkte. Deren Kunden haben ja keine Ahnung von Wein.«

Dann waren die drei Kisten für Hongkong eher eine kleine Bestellung, dachte Lou. In einer ähnlichen Größenordnung wie die, die Haller über Umwege in Auftrag gegeben hatte.

»Bevor Haller bei uns eingestiegen ist, haben wir ausschließlich italienische Weine gefälscht und verkauft. Seine Beteiligung hat uns erst auf die Idee gebracht, seine Weine aufzunehmen und das Sortiment zu vergrößern«, erklärte Kassian hochmütig, als hätte er Haller damit einen Gefallen getan. »Gut, wir hätten ihn vorher fragen sollen, ob ihm das recht ist.«

»Ihr habt seine Weine ohne sein Wissen gefälscht«, schlussfolgerte Lou.

»Du denkst mit«, übernahm Anton wieder. »Mitgehangen, mitgefangen, so läuft das bei uns. Verstehst du? Um die anderen Weingüter, deren Weine wir fälschen, hat er sich keine großen Sorgen gemacht. Vermutlich lag's am Geld, das er damit einstreichen konnte. Immerhin liegt der Ertrag pro Flasche in der Regel bei sechzehn Euro. Bei einem Wareneinsatz von durchschnittlich ein bis zwei Euro kommt bei mehreren Tausend Hektolitern Wein eine schöne Summe zusammen.«

»Lasst mich raten«, forderte Lou. »Steuern zahlt ihr dafür keine.«

Das Grinsen der Brüder war Antwort genug.

»Aber wie funktioniert das? Auf der Website eures Weingutes bietet ihr nur eure eigenen Weine an. Inseriert ihr für den Verkauf der gefälschten Weine in Zeitungen und auf Onlineplattformen?«, fragte Lou, um weiterhin Zeit zu schinden.

»Mundpropaganda«, erklärte Anton im selbstgefälligen Plauderton. »Wir haben Leute in den USA und Asien, die uns Aufträge verschaffen. Sie arbeiten auf Provisionsbasis, das motiviert sie. Kapierst? Unsere Kontaktleute nehmen die Bestellung auf, und wir liefern. Auf diesen Kontinenten gibt es einen großen Markt für europäische Weine. Vielleicht erweitern wir unser Angebot noch um spanische Weine.« Anton klang jetzt wieder wie ein Geschäftsmann, der Lou, einer lukrativen Investorin, seine Geschäftsidee schmackhaft machen wollte.

»Nur damit ich es richtig verstehe. Haller wollte also, dass ihr seine Weine nicht mehr anbietet. Was für euch aber nicht infrage kam«, fasste Lou zusammen.

»Exakt«, bestätigte Anton.

»Aber das ist doch kein Grund, jemanden gleich zu töten«, sagte Lou.

»Er hat uns gedroht. Er meinte, er könne die Sache auffliegen lassen. Immerhin steht in dem Vertrag, dass er am Weingut beteiligt ist. Damit könnte ihm die Polizei glauben, dass er von dem gepanschten Wein mit den gefälschten Etiketten anfangs nichts gewusst hatte«, sagte Kassian.

»Hmm«, brummte Lou. »Aber seine angebliche Beteiligung bestand aus Schwarzgeld. Immerhin das wäre doch rausgekommen.«

»Eine Selbstanzeige bei den Finanzbehörden hätte ihm vermutlich nur eine Geldstrafe eingebracht.« Anton klang sauer.

»Möglicherweise noch dazu nur eine sehr geringe Strafe, weil er, der gute Bürger, den Weinbetrug angezeigt hat«, säuselte Kassian mit Engelsgesicht und verstellter Stimme.

»Wir konnten ihn nicht am Leben lassen. Der Kerl hätte uns das Business ruiniert«, fügte Anton kalt lächelnd hinzu. »Dabei war vereinbart, dass wir ihm die schwarzen Sechzigtausend im Laufe der nächsten vier Jahre weißwaschen.« Er zwinkerte Lou zu. »Gegen Provision, versteht sich.«

»Und dann bedroht uns der Idiot«, knurrte Kassian und zuckte mit den Schultern. »Wir haben ihn gewarnt, ihm gesagt, dass er sich mit den Falschen anlegt. Dass er ein toter Mann ist, wenn er meint, den Ton angeben zu müssen.«

So wie sie Kassian erlebte, nahm Lou an, dass er für das Grobe zuständig war. Vermutlich hatte er Haller die Pistole an die Stirn gehalten und abgedrückt.

»Habt ihr deshalb im letzten Monat mit ihm telefoniert? Um ihn zu warnen?«, hakte Lou nach, weil sie eine Bestätigung von ihnen wollte, dass sie die nächtlichen Anrufer bei Haller gewesen waren.

Die Brüder warfen sich einen irritierten Blick zu.

Lou wiederholte Petras Worte. »›Ich hab euch im August schon gesagt, wie's zukünftig laufen wird‹, das hat er bei einem nächtlichen Telefonat zu einem von euch gesagt.« Und nicht zum Honig-Lorenz, wie Petra glaubt, fügte sie in Gedanken hinzu. »Und der Mist in der Einfahrt und die zerdepperten Weinflaschen, das wart auch ihr.«

»Wie gesagt, wir geben unseren Geschäftspartnern ein wenig Zeit, um zur Besinnung zu kommen«, sagte Anton gönnerhaft. »Und erinnern sie mithilfe dezenter Hinweise daran, dass unsere Geduld nicht ewig währt.«

»Mir habt ihr aber nicht viel Zeit gegeben«, entgegnete Lou.

Kassian lachte. »Du bist keine Geschäftspartnerin, und die

Weinlese steht an. Wir können es uns nicht erlauben, sinnlos ein paar Tage zu vergeuden.«

»Natürlich, die Lese«, spöttelte Lou. »Dann will ich euch nicht länger aufhalten. Kommt gut heim und schön, dass ihr mal wieder vorbeigeschaut habt.«

»Netter Versuch«, grinste Kassian.

Hinter Lous Schläfen pochte es. Sie hatten ihr gerade den illegalen Handel mit gefälschten Weinen und den Mord an Haller gestanden. Somit war klar, dass ihre Ermordung unmittelbar bevorstand, und niemand war hier, um sie zu retten. Wieder fuhr sie sich mit der Zunge über ihre trockenen Lippen. Sie wollte keine Angst zeigen. Aber bei Gott, sie hatte eine Heidenangst. Das Einzige, was sie tun konnte, war, die beiden hinzuhalten.

»Wie hat Haller euch gefunden? Über Philip und Belinda Berkon? Die sind ja auch an eurem Geschäftsmodell beteiligt, wenn ich richtig informiert bin.«

»Die Berkons sind der Kopf, die Erfinder des Systems, lassen uns aber bei fast allem freie Hand. Haller hat sie vor drei Jahren auf einer Weinmesse kennengelernt. Über sie ist er dann bei uns eingestiegen.«

»Das heißt, die Berkons wussten von dem Schwarzgeld?«, schlussfolgerte Lou.

»Natürlich«, erwiderte Anton.

Damit war klar, weshalb die Brüder vorhin, als Lou das Schwarzgeld erwähnt hatte, nicht überrascht gewesen waren.

Antons Mundwinkel zuckten, als ob er ein schelmisches Grinsen unterdrücken würde. »Die Berkons sind bei dem Geschäft selbstverständlich unsichtbar, um nach außen hin den Schein von seriösen Geschäftsleuten zu wahren. Ihr Ansehen bringt ihnen und uns gute Kontakte. Wir brauchen ihr großes Netzwerk«, gab Anton unumwunden zu. Er gefiel sich offensichtlich in der Rolle des skrupellosen Geschäftsmanns.

Kassian schlug sich mit beiden Händen ungeduldig auf die Oberschenkel. »So, jetzt haben wir aber genug geplaudert. Anton und ich haben noch etwas zu tun, bevor wir von hier verschwinden.« Er griff nach der Waffe auf dem Tisch und machte Anstalten aufzustehen.

Blut rauschte in Lous Ohren. Ihr Herz raste. Kalter Schweiß stand ihr auf der Stirn. Jetzt würden sie ihr Todesurteil, das längst gefällt war, vollstrecken. Ihr Handy unterbrach die angespannte Stille.

Kassian kramte es aus Lous Tasche, warf einen Blick aufs Display. »Die liebe Mama«, höhnte er.

Ein Hoffnungsfunke flackerte in Lou auf. Rief ihre Mutter nur an, um sich zu erkundigen, wie es ihr nach dem Brand ging, oder war das eingetreten, woran sie nicht zu denken gewagt hatte? War ihr Plan aufgegangen?

Kassian drückte den Anruf weg. »Sorry, aber die kleine Lou kann grad nicht reden.«

Als er das Telefon in Lous Umhängetasche zurücksteckte, sah Anton ihm dabei zu. Kurz waren sie abgelenkt. Das war vielleicht ihre einzige Chance. Lou stand, die beiden saßen, und die Pistole lag auf dem Tisch. Sie bräuchten ein paar läppische Sekunden, um aufzuspringen und nach der Waffe zu greifen.

Jetzt, dachte Lou.

# 31

Sie wirbelte herum und flitzte los. Im Laufen riss sie ein E-Bike um, dann vernahm sie wütendes Gebrüll hinter sich.

Bitte nicht schießen, betete sie stumm. Sie war schon fast an der Tür, als ein Schuss fiel.

Lou duckte sich instinktiv. Die Kugel verfehlte sie, durchschlug die Tür. Ihre Hände waren eiskalt. Ihr Puls raste. Sie keuchte. Jemand versuchte, ihren Kopf an den Haaren nach hinten zu reißen. Sie hielt dagegen, rotierte um die eigene Achse und trat ihrem Angreifer mit dem Fuß in seine Weichteile. Anton stöhnte laut auf, presste sich die Hände in den Schritt und fiel auf die Knie.

Kassian zielte mit der Waffe auf sie und stolperte im nächsten Augenblick über seinen Bruder. »Verflucht!«

Lou drehte sich wieder um und rannte zum Ausgang. Abermals zerriss ein Knall die Luft. Diesmal verfehlte sie die Kugel nur um Millimeter. Dann, endlich, erreichte sie die Tür, riss sie auf und floh ins Freie. Sie holte alles aus ihrem Körper heraus, rannte, als wäre der Teufel hinter ihr her, schlug dabei Haken wie ein Hase.

Die Weingärten, die Rebstöcke würden ihr Schutz bieten. Es waren nur noch ein paar Meter. In ihren Ohren begann es, laut zu dröhnen. Der surrende Ton breitete sich in ihrem Kopf aus.

Jemand rief ihren Namen, sie hörte ihn wie durch eine Nebelwand. Kassian oder Anton? Sie konnte die Stimme nicht zuordnen. Tränen liefen ihr übers Gesicht. Noch nie zuvor in ihrem Leben hatte sie Todesangst verspürt.

Wieder knallte es. Sie sah nicht, ob oder wo die Kugel diesmal einschlug. Es war, als würde sie durch einen Tunnel laufen. Sie sah nicht, wohin sie trat, hatte nur ihr Ziel vor Augen. Endlich erreichte sie den Weingarten, tauchte zwischen den Rebstöcken unter und kauerte sich auf den Boden. Das Mondlicht drang nicht durch die dicken Wolken, die schon am Tag am Himmel gehangen hatten. Um sie herum war es stockdunkel. Die beiden konnten sie demnach nicht mehr sehen. Aber auch sie sah nicht viel von ihrer Umgebung. Sie musste den Abstand zum Haus vergrößern, sich dabei auf ihren Instinkt verlassen. Vorsichtig kroch Lou zur nächsten Rebzeile.

»Anton, hol die Taschenlampe aus den Fahrradtaschen«, hörte sie in dem Moment Kassian.

Lou war klar, was das bedeutete. Die Brüder wollten den Weingarten nach ihr absuchen und waren mit den Lampen klar im Vorteil. Sie registrierte, dass sie am ganzen Körper zu zittern begonnen hatte. Ihr Herz raste. Ihr Kopf dröhnte. Am liebsten hätte sie sich zusammengerollt und die Augen geschlossen. Wäre einfach liegen geblieben. Doch das wäre fatal gewesen. Sie musste es rund hundertfünfzig Meter weiter den Hang hinauf schaffen, bis ans Ende des Weingartens, dann hätte sie eine Chance. Dort befand sich ein Flurweg, der sich durch die umliegenden Rieden bis an den Ortsrand schlängelte. An ihm könnte sie sich orientieren.

Sie mobilisierte all ihre Kräfte, richtete sich auf und lief geduckt weiter. Das Gras dämpfte ihre Schritte, aber die Dunkelheit machte es ihr unmöglich abzuschätzen, wo genau sie sich befand. Der süße Duft der Beeren stieg ihr in die Nase. Wie sehr sie diesen Geruch normalerweise liebte. Sie war etwa zehn Meter weit gekommen, als sie plötzlich ein schwaches Geräusch vernahm. Jemand musste sich in ihrer Nähe befinden. Im nächsten Moment huschte ein Lichtstrahl durch die dichten Weinblätter in ihre Richtung, nur einen Zentimeter an ihr vorbei. Lou erstarrte in der Bewegung und hielt den Atem an. Sie konnte nicht erkennen, ob Anton oder Kassian einen halben Meter neben ihr im Gang der nächsten Rebzeile nach ihr suchte. Zum Glück hatte er sie noch nicht bemerkt, aber das war nur eine Frage der Zeit. War das hier ihr Ende? Hatte Gott oder wer auch immer beschlossen, sie auf diese Weise sterben zu lassen? Im Weingarten, durch die Hand eines Mörders? So wie Markus Haller?

Verlier jetzt nicht die Nerven, ermahnte sie sich stumm. Während sie an einer Stelle verharrte und ihre Chancen zu überleben auslotete, vergingen wichtige Minuten. Vorsichtig und im Zeitlupentempo bewegte sie sich schließlich wieder in die entgegengesetzte Richtung. Sie wollte zurück zu ihrem Haus laufen. Möglicherweise ein Fehler, aber sie hoffte, dass die Brüder nicht damit rechneten. Sie hatte keine Ahnung, wie viel Zeit seit ihrer Flucht vergangen war. Zehn, fünfzehn Minuten? Ebenso wenig wusste sie, ob es ihr gelingen würde, den beiden zu entkommen. Aber wenn sie es bis ins Haus schaffte, konnte sie sich darin verschanzen und die Polizei rufen. Der Gedanke gab ihr Hoffnung. In dem Moment sah sie in den Strahl einer Taschenlampe.

»Ich hab sie!«, hörte sie Kassian rufen. Also war er ihr unmittelbarer Verfolger. Er stand in der nächsten Rebzeile und leuchtete ihr ins Gesicht.

Jetzt musste sie schnell sein. Noch fünf, sechs Meter trennten Lou von der Lichtung, auf der ihr Winzerhäuschen stand. Sie lief los.

»Verflixt«, hörte sie Kassian fluchen, dann vernahm sie seine gedämpften Schritte. Er musste knapp hinter ihr sein.

Dass sie sofort losgelaufen war, hatte ihr nur wenig Zeit verschafft, doch die Rebstöcke und das Spalier zwischen ihnen machten es ihm unmöglich, sie zu ergreifen und niederzustrecken. Ihr war klar, dass sie mit einem großen Vorsprung das Ende der Riede erreichen musste. Nur dann hätte sie eine minimale Chance, vor ihm im Haus zu sein. Dass sie die Eingangs- und die Terrassentür praktisch zeitgleich schließen müsste, verdrängte sie. Außerdem, dass die Glasscheibe der Terrassentür kaputt war, wodurch sie auch im Haus nicht wirklich geschützt war. Stattdessen rannte sie, so schnell sie konnte, ignorierte keuchend den Schmerz in der Seite.

Doch Kassian ließ sich nicht abschütteln. Der verfluchte Kerl war schnell. Jetzt hörte sie auch Anton, der seinen Bruder anfeuerte. Er keuchte, schien auch in ihre Richtung zu rennen.

Kurz vor dem Ende der Rebzeile legte sie noch einen Zahn zu, als Kassian auf sie schoss. Die Kugel zischte durch die Stöcke hindurch. Lou duckte sich, lief weiter. Die Angst im Nacken. Auf einmal glaubte sie, dass sich ihr Abstand zu den Brüdern vergrößerte, traute sich aber nicht, nach hinten zu sehen. Wieder schöpfte sie Hoffnung. Sie stolperte durch die Rebstöcke auf die Lichtung, kam aber nur wenige Schritte weit, dann wurde sie zu Boden gerissen.

# 32

Sie schrie auf und schlug um sich, als Arme sie umschlangen. Ihre Faust traf das Gesicht ihres Gegners.

*»Merde!«*, fluchte der, und in dem Augenblick realisierte sie, dass keiner der Meinthaler-Brüder auf ihr lag, sondern Fabio.

»Geh von mir runter. Er wird uns erschießen«, kreischte Lou und versuchte, sich freizustrampeln.

»Es ist vorbei«, zischte er, blieb aber auf ihr liegen und hielt sie fest.

Lou drehte den Kopf zur Seite und sah, wie vier bewaffnete Polizisten zwischen den Rebzeilen verschwanden, die sie Sekunden zuvor ausgespuckt hatten. Dann herrschte völlige Stille. Eine, zwei, drei Minuten? Lou wusste es nicht. Sie hatte ihr Zeitgefühl verloren. Wieder fiel ein Schuss, und Lou und Fabio zuckten zusammen.

»Bleib unten«, wisperte er, und sie spürte seinen warmen Atem an ihrem Ohr.

Noch ein Schuss. Jemand brüllte auf. Stimmen schrien durcheinander. Dann war es wieder still.

»O Gott.« Lou schloss für einen Moment die Augen. Als sie sie wieder öffnete, traten zwei Polizisten mit Anton Meinthaler in Handschellen auf die Lichtung.

Endlich rollte sich Fabio von ihr hinunter und stand auf. Er reichte Lou die Hand, um ihr auf die Beine zu helfen. Ihre Knie waren weich wie Gummi. »Du blutest«, stellte sie fest und suchte in ihren Hosentaschen vergeblich nach einem Taschentuch.

»Du hast mir auch ordentlich einen auf die Nase gegeben. Wer bist du? Superwoman?«, witzelte er und betastete mit schmerzverzerrtem Gesicht seinen Nasenrücken. »Gebrochen scheint sie nicht zu sein, aber sie tut unglaublich weh.«

»Das wollte ich nicht. Ich dachte, du wärst einer der Meinthaler-Brüder.«

»Schon gut, ich nehme es nicht persönlich«, versicherte Fabio ihr. Er presste beide Hände auf die Nasenflügel, was den Schmerz ein wenig zu lindern schien.

Langsam blickte sich Lou um, sah aber keine Einsatzautos. Die Beamten mussten sie weiter entfernt abgestellt haben, um dann unbemerkt zum Winzerhäuschen zu kommen. In dem Moment kam doch ein Polizeiauto mit Blaulicht den Zufahrtsweg herauf. Es hielt am Ende des Weges, und die zwei Streifenpolizisten führten Anton zu ihm und bugsierten ihn ins Wageninnere. Einer der beiden Polizisten stieg ebenfalls ein, dann fuhr das Auto unmittelbar wieder an.

»Was ist mit seinem Bruder?«, fragte Lou, obwohl ihr klar war, dass Fabio ihr diese Frage nicht beantworten konnte. Jetzt entdeckte sie auch Verena und deren Assistenten Klaus Bachl, der telefonierte. Sie standen in der offenen Haustür ihres Winzerhäuschens. Der verbliebene Beamte hielt auf die Chefinspektorin zu, besprach sich mit ihr, bevor beide sich in Bewegung setzten. Verena knipste im Gehen eine Taschenlampe an und war gleich darauf nur mehr ein Lichtschein im Weingarten.

Ein vorfahrendes Rettungsauto lenkte Lou von ihnen ab. Es blieb neben ihrem Jeep stehen, der vor dem Winzerhäuschen parkte.

Noch vor zehn Minuten hätte Lou geschworen, dass ihr letztes Stündlein geschlagen hatte und sie mutterseelenallein inmitten eines Weingartens sterben würde, und jetzt wimmelte es hier von Menschen.

Drei Sanitäter mit Rettungsrucksäcken kletterten aus dem Rettungswagen. Klaus Bachl eilte auf sie zu und sagte etwas, das Lou nicht hören konnte, woraufhin die Ersthelfer zum Weingarten liefen und ebenfalls zwischen den Rebstöcken verschwanden. Währenddessen näherte sich in hohem Tempo und mit Blaulicht das Einsatzauto des Notarztes und stoppte unmittelbar hinter Lous Jeep. Eine Ärztin mit kurzen blonden Haaren stieg aus. Während Klaus Bachl auch sie über das Geschehen informierte, holte sie ihren Notfallrucksack aus dem Kofferraum. Einen Moment später flitzte sie den Sanitätern hinterher.

Fabio führte Lou zur Gartenbank, und sie setzten sich.

»Du hast mir das Leben gerettet«, sagte Lou.

»Das hätte doch jeder getan.«

Erst jetzt bemerkte Lou, dass ihre Hände immer noch zitterten. »Warum bist du eigentlich mit der ganzen Rettungsmannschaft zu mir hochgekommen?«, fragte sie.

»Als ich zufällig bei uns aus dem Fenster gesehen hab, ist Michelin vorbeigelaufen. Ich dachte, er sei ausgebüxt, bin raus und hab ihn gerufen. Aber er hat nicht reagiert, ist stur weitergetrabt.«

»Und Michelin würde nie abhauen«, merkte Lou an.

»Das war mein zweiter Gedanke«, sagte Fabio. »Deshalb bin ich ihm nach und hab mich plötzlich vor dem Weingut deiner Eltern wiedergefunden.«

»Es hat also funktioniert«, murmelte Lou zufrieden. »Aber dass er durch den Ort und nicht durch die Weingärten ist, wundert mich.«

»Was hat funktioniert? Wovon sprichst du?«, fragte Fabio verwundert.

»Von der Einbrenn.«

»Von Mehlschwitze?«, wiederholte er verständnislos. »Was hat denn die mit Michelin zu tun?«

»Ich hab mal gelesen, dass man Hunde auf die verrücktesten Wörter abrichten kann. Das hab ich versucht«, erläuterte Lou. »Wenn ich ihm ›Einbrenn‹ ins Ohr flüstere, läuft er zu meinen Eltern. Witzig, findest du nicht?«

Fabio schüttelte ungläubig den Kopf. »Es ist … *spécial.*«

»Ich hatte das schon länger nicht mehr mit ihm trainiert, deshalb war ich nicht sicher, ob es funktioniert.«

Fabio konnte sich ein Schmunzeln nicht verkneifen. »Jedenfalls hat dich deine Mutter sofort auf dem Handy angerufen, aber nicht erreicht. Da war uns klar, dass irgendwas nicht stimmt. Dein Vater hat vorgeschlagen herzufahren. Aber da wir nicht sicher waren, was uns erwartete, haben wir uns entschieden, gleich die Polizei zu alarmieren.« Er fuhr sich durch die Haare. »Deine Mutter hat dann den Notruf gewählt und bei der Dame am Telefon darauf bestanden, dass sie sofort Verena Badinger informiert. Bei dem Wirbel, den deine Eltern gemacht haben, wundert es mich ehrlich gesagt, dass kein Hubschrauber über uns kreist.«

Lou gelang ein kurzes fröhliches Lachen. »Ja, sie können ganz schön beharrlich sein.« Sie drehte den Kopf hin und her. »Wo sind sie überhaupt, und wo ist Michelin?« Sie versuchte, sich hochzustemmen, doch ihre Beine gaben nach, waren noch immer weich wie Pudding.

Fabio griff ihre Hand und zog Lou auf die Bank zurück. »Du stehst unter Schock. Bleib noch ein bisschen sitzen und atme bewusst.«

Lou machte ein paar tiefe Atemzüge, gestikulierte aber, dass ihr immer noch schwindlig war.

In dem Moment tauchten die Ärztin und die Sanitäter wieder auf. Ihnen folgten drei Polizisten und Verena. Zwei der Sanitäter trugen Kassian Meinthaler auf einer Trage zum Rettungsauto. Sein Gesicht war schmerzverzerrt. Der dritte Helfer hielt die Infusion in die Höhe, die offenbar die Notärztin dem Südtiroler gelegt hatte. Die Sanitäter schoben die Trage in den Einsatzwagen, tauschten noch ein paar Worte mit der Notärztin und schlossen dann die Hecktüren. Einen Moment später fuhren auch sie davon. Während die Ärztin und Verena miteinander sprachen, deutete die Ermittlerin auf Lou, und in der nächsten Sekunde kam die Medizinerin zu ihr herüber. Verena und ihr Assistent betraten in der Zwischenzeit Lous Häuschen.

»Mir geht's gut«, behauptete Lou und hob abwehrend die Hand. Der Schwindel hatte nachgelassen. »Aber was ist mit Kassian Meinthaler?«

»Ein Polizeibeamter hat ihm ins Bein geschossen. Das wird wieder«, sagte die Ärztin und bestand darauf, sie durchzuchecken. Sie leuchtete ihr mit einer Lampe in die Augen, maß ihren Blutdruck und machte noch ein paar weitere Untersuchungen. Am Ende kam sie zu dem Ergebnis, dass Lou tatsächlich unversehrt geblieben war.

»Danke«, sagte Lou, als die Medizinerin fertig war.

»Der Puls ist noch ein wenig hoch«, erwiderte die Frau, »aber das sollte sich bald geben. Wenn es Ihnen dennoch schlechter geht, fahren Sie in das Klinikum Krems oder rufen die Notrufnummer.«

Lou versprach es, und die Ärztin verabschiedete sich.

»Deine Eltern sind bei sich zu Hause«, beantwortete Fabio endlich ihre Frage. »Chefinspektorin Badinger meinte, sie sollten besser dort warten. Das hat sie mir auch geraten, aber ich bin trotzdem hergefahren. Deine Eltern haben mir ihren Wagen geliehen. Ich bring ihn später zurück und nehme dich mit.«

Verena und Klaus Bachl traten aus Lous Häuschen, nachdem sie sich anscheinend drinnen einen Überblick verschafft hatten. Die Ermittlerin kam zu Lou und legte ihr eine Hand auf die Schulter. »Wie geht es dir?«

»Gut«, sagte Lou.

»Schaut aus, als hätten sie es sich bei dir gemütlich gemacht, nachdem sie alles verwüstet haben.« In Verenas Stimme schwang Zynismus mit.

»Den Wein schütte ich weg«, brummte Lou. »Auch wenn mir das schwerfällt. War ein ausgesprochen guter Tropfen, ein Wein meiner Eltern. Geschmack haben die Brüder.«

»Zum Glück ist dank Herrn Gerber und deiner Eltern nicht mehr passiert. Scheinst eine ganze Schar an Glücksengeln zu haben.« Verena nickte Fabio anerkennend zu. »Die E-Bikes sowie die Kanister und Grillanzünder nehmen wir mit. Wenn zum Beispiel durch Fingerabdrücke eine Verbindung zu den Kanistern besteht, die wir auf Hallers Riede und bei deinem Geschäft gefunden haben, finden unsere Leute von der Spurensicherung die. Wir kriegen sie ran, Lou.« Die Chefermittlerin drückte sanft deren Schulter. »Klaus kommt dann morgen im Laufe des Tages noch mal bei dir vorbei, um deine Aussage aufzunehmen.«

»Dann kann er ins Geschäft kommen, ich bin um acht dort, spätestens um halb neun«, sagte Lou.

»Das ist keine gute Idee«, widersprach Fabio. »Du solltest dich ausruhen.«

»Ich bin nicht krank. Ich wurde überfallen«, stellte Lou klar. »Außerdem kann ich nicht daheimsitzen und Däumchen drehen. Ich muss etwas tun.« Sie presste ihre Hände auf die Knie, damit das Zittern aufhörte, und zwang sich, gleichmäßig zu atmen.

Verena sah sie besorgt an. »Dir geht es wirklich gut?«

Lou nickte.

Die Ermittlerin ließ ihren Blick zu Fabio wandern. »Sie bleiben noch ein bisschen bei ihr?«

»Ja«, versprach er.

»Gut. Ich werde jetzt gleich Anton Meinthaler vernehmen und später seinen Bruder im Krankenhaus besuchen.« Sie wandte sich zum Gehen, drehte sich aber noch mal um. »Übrigens danke für das Video. Man sieht leider nicht genau, was das Ehepaar Berkon aus der Scheune rausträgt, aber mit euren Angaben werden wir das Puzzle Stück für Stück zusammensetzen. Meine italienischen Kollegen sind schon an der Sache dran, und mit etwas Glück, wenn die Brüder mit mir reden, kann ich ihnen ein bisschen Arbeit abnehmen. Versuch zu schlafen, Lou.«

»Mach ich. Was ist jetzt eigentlich mit dem Honig-Lorenz?«, fragte Lou unvermittelt.

»Das ist ja echt goldig, dass du sogar jetzt an den Alten denkst. Aber du kannst beruhigt sein, der ist schon lange vom Haken«, sagte Verena sanft lächelnd. »Ich hab dir nur nichts davon gesagt, weil ich mir deinen Ich-hatte-recht-Monolog so lange ersparen wollte, bis wir den oder die echten Täter gefasst hätten.«

»Aber ich hätte doch nie …«

Verena unterband ihren Widerspruch, indem sie beide Hände hob. Dann stapfte sie davon und winkte ihrem Assistenten, ihr zu folgen.

»Ich hab doch noch nie einen Ich-hatte-recht-Monolog gehalten«, murmelte Lou dennoch und sah Fabio an, der amüsiert die Augen verdrehte.

»Soll ich dich jetzt zu deinen Eltern bringen?«, fragte er.

Ein kühler Windhauch strich über Lous Gesicht. Weinblätter raschelten. Die Brise trug den Duft der Rosen mit sich. »Würdest du vorher noch ein Glas Wein mit mir trinken? Oder hast du es eilig, nach Hause zu kommen? Mona wartet sicher schon auf dich.«

»Ich trinke gerne noch ein Glas mit dir«, sagte Fabio und klang, als meinte er es so. Er legte eine Hand auf ihr Knie. »Bleib sitzen, ich hol uns zwei Gläser.«

»Und bring Decken mit. Es wird kühl«, bat ihn Lou und beschrieb, wo er die im Haus finden würde.

Fabio verschwand kurz und tauchte mit zwei Gläsern in der Hand wieder auf. Die Wolldecken hatte er sich unter einen Arm geklemmt. Er reichte ihr ein Glas. »Grüner Veltliner Smaragd vom Weingut deiner Eltern.«

Er legte ihr eine Decke über die Beine, setzte sich auf die andere, und sie stießen an.

»*À la vie*«, sagte Fabio.

»Auf das Leben«, erwiderte Lou und trank einen Schluck. Dann drehte sie das Glas zwischen den Fingern. »Hier sitze ich, sooft ich kann, und schau über die Landschaft und die Dächer von Marienkirchen.«

Mittlerweile war es zehn Uhr abends. Nur ein schwacher Lichtschein, der von den hellen Fenstern der Wohnhäuser und den Straßenlaternen im Ortskern herrührte, erleuchtete schemenhaft die Umgebung.

»Stell ich mir schön vor.« Fabio nippte am Glas.

Sie schwiegen eine Weile.

»Hast du dich mit Mona ausgesprochen?«, beendete Lou schließlich die Stille.

Er sah sie an. »Ich bin dir noch eine Cuchaule schuldig. Mein Ehrenwort, ich back sie gleich morgen für dich.«

# Epilog

Fabio hielt Wort und brachte am nächsten späten Vormittag die Safranbrioche beim Weingut Conrad vorbei. Lou hatte eingesehen, dass ein Tag Ruhe ihr guttun würde, und war gerade dabei, im Innenhof die Rosen zu gießen, als er durch das offen stehende Tor trat.

»Natürlich mit Safran aus der Wachau gebacken«, sagte er und reichte Lou den Servierteller mit dem Brot. Er war offenbar direkt nach dem Duschen losgefahren, seine Haare waren noch feucht, und er roch frisch.

Michelin begrüßte ihn freudig und legte sich dann wieder unter die Arkaden in den Schatten. Für ihn schien Fabio mittlerweile zur Familie zu gehören.

»Du hast wirklich die Cuchaule gebacken«, stellte Lou verblüfft fest und sog den Duft der Brioche ein. »Ich dachte gestern, du machst einen Scherz.«

»Übers Essen mache ich generell keine Scherze«, antwortete er halb ernst.

Erika tauchte im Hof auf. »Fabio!«, rief sie erfreut. »Ich wollte mich noch mal ausdrücklich dafür bedanken, dass du Lou gestern Abend zu uns gebracht hast.«

»Ich musste doch sowieso herfahren, immerhin hatte ich mir euer Auto geliehen«, erwiderte er.

»Bleib doch noch und trink einen Kaffee mit uns«, lud Lou ihn ein.

»Ja, komm rein«, bat auch Erika und nahm Lou den Teller mit der Brioche aus der Hand.

Fabio winkte ab. »Ich muss mich heute endlich mal wieder um die Restauranteröffnung kümmern. In der letzten Woche ist viel liegen geblieben.«

»Natürlich«, sagte Lou verständnisvoll. »Sind ja nur mehr zwei Wochen bis zum großen Tag.«

»Dann ein andermal«, beschied Lous Mutter, bedankte sich ebenfalls für die Safranbrioche und trug sie ins Haus.

»Geht's Michelin gut?«, erkundigte sich Fabio mit Blick auf den Berner Sennenhund, der entspannt auf dem Rücken lag.

»Es geht ihm sogar fantastisch. Er wird von meiner Mutter gemästet, als hätte er die letzten Tage hungern müssen.« Lou lachte.

»Tut mir leid, dass ich in Südtirol nicht an seine magischen Fähigkeiten geglaubt habe«, witzelte Fabio. »Ah, fast hätte ich es vergessen, ich hab doch noch etwas für dich.« Er zog ein zusammengefaltetes Papier aus seiner Jeanstasche und reichte es ihr.

»Was ist das?« Lou beäugte den Zettel skeptisch.

»Die Homepage des Internationalen Clubs für Berner Sennenhunde. Ich hab mir die Seite schon angesehen. Besitzer der Rasse können sich auf ihr untereinander austauschen, und es werden sogar vereinzelte Treffen organisiert, auch in Österreich. Sieh es dir mal an. Vielleicht magst ja Mitglied werden und denen von deinem einzigartigen Code erzählen. Einbrenn.« Er lachte leise.

»Danke schön. Ich schau mir die Seite bestimmt an.« Lou steckte den Zettel ein.

»Na dann«, setzte Fabio zur Verabschiedung an. »*A plus*, Lou.«

»Bis bald«, erwiderte sie.

Eine halbe Stunde später schrieb sie ihm eine WhatsApp-Nachricht, lobte die Brioche mit Safran in den höchsten Tönen und fügte drei Sterne hinzu.

Er schickte einen breit grinsenden Smiley retour.

In den darauffolgenden Tagen bekam Lou weder Fabio noch ihre Jugendfreundin zu Gesicht. Zeit, sich Gedanken darüber zu machen, hatte sie keine, in ihrem Winzerhäuschen und in Lous köstlicher Welt gab es genügend für sie zu tun. Das Schaufenster wurde schon am Donnerstag eingesetzt, schneller als gedacht, und um ihre Terrassentür hatte sich der Glaser auch gleich gekümmert. Der Maler versprach, in den nächsten Tagen loszulegen. Der Herbst und damit auch die Wandersaison hatten begonnen, die Touristen strömten in die Wachau und gaben sich in Lous Laden die Klinke in die Hand. Während der Lesezeit würde ihre Zahl erfahrungsgemäß noch einmal zunehmen.

Lou respektierte Petras und Antonias Wunsch, dem Begräbnis ihres Mannes beziehungsweise Vaters fernzubleiben. Ihre Eltern und Lous Freunde wohnten ihm hingegen bei und berichteten, dass halb Marienkirchen gekommen war. Die letzte Ehre wollte man Markus Haller trotz seiner kriminellen Verstrickungen nicht verwehren. Am Begräbnistag entdeckten Streifenpolizisten den schwarzen Alfa Tonale in Spitz an der Donau. Die Salzburger Kennzeichen waren tatsächlich gestohlen. Zugelassen war der Wagen auf das Weingut Meinthaler.

Zwei Tage später saßen Lou und Sigrid beieinander, um einen Einsatzplan auszuarbeiten. Lou würde während der bevorstehenden Weinlese viele Stunden in den Weingärten verbringen müssen, um ihre Eltern bei der Arbeit zu unterstützen.

»Du nimmst dir die komplette nächste Woche frei«, schlug Lou ihrer Freundin vor und akzeptierte diesmal keine Widerworte. »Sobald die Lese losgeht, hast du keine Wahl. Dann musst du tagelang allein im Laden stehen.«

»Schaun ma mal«, entgegnete Sigrid dennoch und sortierte eine neue Honiglieferung ins Regal. »Ich bin so froh, dass der Lorenz unschuldig ist«, wechselte sie das Thema.

»Hast du je daran gezweifelt?«, fragte Lou, als sich die Tür öffnete.

»Natürlich nicht«, behauptete Sigrid.

Franziska unterbrach sie auf angenehmste Weise und brachte drei Stück Wachauer Mohntorte und die aktuelle Tageszeitung vorbei. Sofort machte Sigrid ihnen Kaffee.

»In den Nachrichten wird ausführlich über den Weinskandal in Südtirol berichtet. Klar, Haller, der Topwinzer aus Österreich, war ja daran beteiligt.« Franziska legte die Zeitung auf den Tresen. »Hier schreiben sie auch, dass Monas Bozener Chefs involviert sind und es eine Verbindung zwischen den gefälschten Weinen und Hallers Ermordung gibt.«

Lou nickte. Ihre ehemalige Chefin hatte sie schon am Vortag wissen lassen, dass die Meinthaler-Brüder gestanden hatten. Was nicht nur Verenas Vernehmungskunst, sondern durchaus auch der erdrückenden Beweislast geschuldet war. Dazu kamen der Einbruch ins Winzerhäuschen und die bewaffnete Verfolgung von Lou. Zudem war Kassian Meinthalers Glock als jene Waffe identifiziert worden, mit der Haller ermordet worden war.

»Für jedes Telefongespräch ein neues Prepaidhandy besorgen, aber kein Geld für eine zweite Pistole ausgeben wollen«, hatte die Ermittlerin gespottet.

Die italienische Behörde für Kontrolle und Betrugsbekämpfung im Lebensmittelbereich hatte im Keller von Meinthalers' Scheune vierhundert Hektoliter Zuckersirup und zehn Fässer gepanschten Wein sichergestellt, jedes mit einem Volumen von

225 Litern. Philip und Belinda Berkon hatten ein Teilgeständnis abgelegt und dabei geleugnet, Hallers Ermordung angeordnet zu haben. Bis es zur Anklage und in Folge zu einem Urteil kam, blieb ihre Vinothek geöffnet. Aber die Aussage der Meinthaler-Brüder, dass sie der Kopf des Business mit den gepanschten Weinen und den gefälschten Etiketten waren, belastete sie schwer. Ebenso, dass die Ermittler in Bozen einen Aufbewahrungscontainer sichergestellt hatten, der von den Berkons gemietet worden war. In ihm fanden die Beamten der Guardia di Finanza die Flaschen mit den gefälschten Etiketten, die sie aus der Scheune der Meinthalers weggeschafft hatten. Warum Markus Haller Mona eine Kopie des Beteiligungsvertrages geschickt hatte, war hingegen noch immer nicht aufgeklärt und würde es aufgrund von Hallers Ermordung wohl auch nie. Er hatte ihr vertraut, sonst hätte er sie nicht kontaktiert. Vielleicht hatte er Mona in alles einweihen und sie als Vermittlerin zwischen sich, ihren Chefs und den Meinthaler-Brüdern gewinnen wollen, weil er wusste, dass sie hinter den Verwüstungen standen, und Angst bekommen hatte. Aber das war reine Spekulation.

»Hast in den letzten Tagen etwas von Mona und Fabio gehört?«, riss Franziska Lou aus ihren Gedanken.

Lou schüttelte den Kopf. »Die werden beschäftigt sein.«

»Aber eine Einladung zur Restauranteröffnung hast schon bekommen?«, hakte die Konditorin nach.

Lou schwieg, während Sigrid einen Schluck Kaffee nahm und die Gabel in ihrem Tortenstück versenkte.

Wie aufs Stichwort läutete Lous Handy. Fabios Name leuchtete auf dem Display. »Ja, so wie wir alle«, sagte Lou schnell, nahm den Anruf an und runzelte eine Minute später verblüfft die Stirn. Weil Sigrid und Franziska ihre Köpfe schief legten und sie aufmerksam ansahen, wechselte Lou ins Büro. Sie wollte in Ruhe telefonieren.

»Was ist?«, fragte Sigrid neugierig, als Lou nach dem Gespräch wieder zurückkam. Sigrids Tortenstück war mittlerweile verschwunden.

Lou nippte an ihrer Kaffeetasse, ehe sie antwortete. »Ich soll heute Abend zum Essen vorbeikommen.«

»Warum?«, fragten die beiden wie aus einem Mund.

»Hat Fabio nicht gesagt. Nur dass ich um halb acht da sein soll.« Sie stach mit der Gabel ein Stück Torte ab und steckte es sich in den Mund.

»Vielleicht ein Probeessen«, spekulierte Sigrid. »Fabio ist sicher schon hochgradig nervös.«

»Oder ein Dankeschönessen, weil du Mona gefunden hast«, mutmaßte Franziska.

»Ich hab sie nicht gefunden«, entgegnete Lou. »Sie ist von ganz allein aufgetaucht.«

Zu ihrer Erleichterung beendete Hedwig die Diskussion, indem sie ins Geschäft stürmte und aufgeregt berichtete, dass die Polizei gerade auf dem Weingut Haller war und ein Weinfass in Einzelteilen abtransportieren ließ. »Lou, du musst deine Vorgesetzte anrufen und fragen, was da los ist.«

Lou lachte lauthals. »Ich bin nicht mehr Kriminalinspektorin und Verena nicht mehr meine Vorgesetzte.«

Wie üblich verhallte ihr Widerspruch ungehört, und die anderen drängten sie ebenfalls zum Anruf. Gegen ihren Willen wählte Lou schließlich Verenas Nummer und entschuldigte sich, als diese abnahm, sofort für ihre Neugier. »Aber in meinem Geschäft herrscht ein wahrer Tumult deshalb.«

»Tatsächlich? Die Kollegen von der Finanzpolizei sind doch erst seit fünfzehn Minuten auf dem Gut«, zeigte sich Verena erstaunt, dass die Aktion schon die Runde gemacht hatte.

Lou lachte. »Das hier ist Marienkirchen.«

»Ich weiß, da bleibt nichts lange geheim«, sagte Verena. »Trotzdem ist niemand von euch Markus Haller auf die Schliche gekommen. Seine Witwe hat mich vorhin angerufen und einen Fund gemeldet«, sagte die Chefinspektorin und berichtete, dass die Winzerin und ihre Tochter in einem Fass Bargeld entdeckt hatten. »Das ausrangierte Weinfass stand im hintersten Winkel des Lagers. Die beiden Frauen wollten es entsorgen, haben es zu dem Zweck zerlegt und dabei Geld gefunden. Wir vermuten, dass es sich um weiteres Schwarzgeld handelt.«

»Schwarzgeld im Weinfass. Wenn ich so darüber nachdenke, eigentlich ein passendes Versteck«, sagte Lou und hoffte insgeheim, dass dank des Fundes, der ihre Vermutung bestätigte, Antonias und Petras Groll ihr gegenüber im Laufe der Zeit verfliegen würde.

Für das Abendessen hatte Lou Blumen besorgt und, da Fabio ausdrücklich auch Michelin eingeladen hatte, dessen Fell gebürstet und ihm sein Halsband mit den drei Sternen angelegt. »Immerhin bekocht uns heute ein Sternekoch.«

Pünktlich um halb acht betrat sie das Foyer des Landhauses, dessen Tür offen stand, der Berner Sennenhund trabte hinterdrein. Fabio erwartete sie bereits. »Freut mich, dass ihr meine Einladung angenommen habt.«

»Ich lass mir doch kein von dir gekochtes Abendessen entgehen. Danke für die Einladung.« Sie drückte ihm die Blumen in die Hand. »Für Mona und dich.«

»Danke.« Er legte den Strauß auf ein Sideboard, auf dem schon zwei Gläser Sekt standen, und reichte ihr eins. »Ist ein Grüner Veltliner Brut vom Jamek.«

»Das Weingut gehört zu den besten in der Wachau.« Lou sah ihn fragend an. »Was feiern wir?«

»Das Leben.« Fabio nahm das zweite Glas, stieß damit gegen ihres und trank einen Schluck.

Lou folgte seinem Beispiel. Der Sekt war erwartungsgemäß ausgezeichnet. Sie sah sich um. »Wo ist Mona?« Ihres Wissens war sie noch nicht nach Südtirol aufgebrochen.

»Mona hat ihren Job bei den Berkons gekündigt und ihren Resturlaub genommen«, sagte Fabio, ohne auf ihre Frage einzugehen. Mit den Blumen und dem Sektglas in den Händen führte er sie wie bei ihrem ersten Besuch vor etwa zwei Wochen auf die Terrasse. Über zwei Stuhllehnen hingen Wolldecken. Offenbar ging er davon aus, dass der Abend lang werden würde. Für Michelin standen ein Wassernapf und eine Schüssel mit Fleisch und Reis bereit.

»Diesmal ist das Fleisch angebraten«, sagte Fabio schmunzelnd.

Der Rüde wartete Lous Erlaubnis ab und machte sich dann mit Heißhunger darüber her.

»Entschuldige seine Tischmanieren«, scherzte Lou.

»Ich freu mich, dass es ihm schmeckt. Aber setz dich doch«, forderte Fabio sie auf und stellte sein Sektglas auf den Tisch.

»Ich hoffe, mich erwartet keine Überraschung«, sagte Lou, während sie Platz nahm. Dass er ihrer Frage nach Mona so augenfällig ausgewichen war, beunruhigte sie.

»Keine Sorge«, erwiderte er. »Obwohl, irgendwie wird es dich doch überraschen – oder vielleicht auch nicht.« Seine Stimme klang neutral.

»Du machst mir Angst.« Sie drehte den Kopf. »Was ist los? Warum ist nur für zwei Personen gedeckt?«

Fabio verzog die Lippen zu einem unverbindlichen Lächeln. »Mona lässt sich entschuldigen, sie musste heute früh los. Ich soll dir das hier geben.« Er reichte Lou ein Kuvert, das auf dem Tisch gelegen hatte.

Sie nahm es zögernd entgegen. »Was ist das?«

»Eine Nachricht.« Ihm war anzusehen, dass er nicht mehr verraten würde.

Also doch eine Überraschung, dachte Lou und überlegte schnell, worum es sich handeln könnte. War das vielleicht die Zusage, eine Vitrine im Restaurant aufstellen zu dürfen? Aber deshalb so ein Brimborium? Sie öffnete den Umschlag, zog eine zusammengefaltete DIN-A4-Seite heraus und entfaltete sie.

»Fühlt sich sehr geheimnisvoll an«, merkte Lou an.

»Ich stell die Blumen mal in eine Vase und hol den ersten Gang«, sagte Fabio und verschwand.

Lou senkte den Blick und begann, stumm den handgeschriebenen Brief zu lesen. Ihre Jugendfreundin teilte ihr darin mit, dass sie zu der Erkenntnis gekommen war, doch nicht so tief in der Wachau verwurzelt zu sein, wie sie gedacht hatte.

*Ich war in New York, um mich für eine neue Stelle zu bewerben. Das wollte ich Fabio nicht am Telefon sagen, daher hab ich nicht zurückgerufen,* las Lou. *Überraschung! Ich hab den Job und werde in die USA ziehen.*

Lou fühlte, wie sich eine kalte Hand um ihren Hals legte. Empörung machte sich in ihr breit, als sie las, dass es im Grunde genommen ausschließlich Fabios Idee gewesen war, sich etwas Eigenes aufzubauen. Dass sie, Mona, anfangs mitgemacht hatte, ihr jedoch bald klar geworden war, dass sie ihr aufregendes Leben nicht aufgeben wollte.

»Und warum hast du ihm das nicht gleich gesagt, sondern ihn sechs Monate lang das Landschlösschen samt Restaurant renovieren lassen?«, knurrte Lou tonlos. Dann fiel bei ihr der Groschen. Fabio hatte sie, Lou, zum Essen eingeladen, um ihr Versprechen einzufordern, da sich seine Befürchtung bewahrheitet hatte: ihm bei der Suche nach einem Käufer zu helfen. Die Erkenntnis versetzte ihr einen Stich ins Herz. Sie schluckte trocken. Das Landhaus Gerber war also schon vor seiner Eröffnung Geschichte, und Fabio würde Marienkirchen wieder verlassen. Verflucht, Mona! Aus dem Augenwinkel sah sie, dass Fabio mit zwei tiefen Tellern zurückkam. Sie hob den Kopf.

»Eine Wachauer Weinsuppe mit Croutons und Estragonblättchen.« Er stellte die Teller ab und setzte sich.

»Es tut mir leid.«

»Muss es nicht«, beteuerte er. Er klang locker, doch in seinen tiefblauen Augen war das Gegenteil zu lesen. »Mir war schon lange klar, dass das hier«, er machte eine umfassende Geste, »nicht ihr Traum ist. Du wolltest es nicht glauben, als ich es angedeutet habe.« Er seufzte. »Schon verrückt, wie einem das Leben manchmal mitspielt.«

Sie aßen schweigend. Monas vermaledeite Aktion bedurfte keiner weiteren Worte. Als ihre Teller leer waren, las Lou die letzten Briefzeilen. Zum Schluss bat Mona Lou, Fabio zu unterstützen. *Er wird darüber hinwegkommen,* schrieb sie, *aber er wird Zeit und Hilfe brauchen.* In Lou keimte Hoffnung auf.

»Heißt das, du bleibst?«

Fabio stand schweigend auf.

»Tafelspitz, klassisch mit Erdäpfelschmarrn, Cremespinat, Apfel- und Semmelkren und Schnittlauchsoße«, erklärte er, als er mit dem Hauptgang zurückkam. »Ich hoffe, du magst diesen Klassiker der Altwiener Küche.«

»Und ob.« Lou sog die Duftmischung aus dem in Suppenbrühe geschmorten Rindfleisch, Apfelkren und den gerösteten Erdäpfeln ein.

»Dazu habe ich eine Flasche Veltliner Smaragd vom Weingut Conrad gewählt«, sagte Fabio, holte den Wein und schenkte ihnen ein. Erneut stießen sie auf das Leben an.

»Guten Appetit.« Er griff nach dem Besteck.

Lou rührte sich nicht.

»Was ist?« Er lachte nervös.

»Du bist mir noch eine Antwort schuldig. Bleibst du?«, wiederholte sie ernst ihre Frage.

Er sah sie an. Etwas hatte sich zwischen ihnen verändert. »Ja, ich bleibe.«

# Weine der Wachau und Südtirols

*Ein kleiner, nicht vollständiger Überblick*

## Wachau

Die Wachau ist bekannt für ihre großartigen Weißweine. Die Qualitätsweine der Mitglieder der Vinea Wachau sind in die Kategorien Steinfeder, Federspiel und Smaragd unterteilt. Weine mit dem Prädikat Steinfeder mit maximal 11,5 % Alkohol gelten als Einstieg in die Wachauer Weine. Ein Federspiel mit maximal 12,5 % Alkohol ist etwas kräftiger, und der Smaragd, benannt nach der in den Urgesteinsterrassen beheimateten Smaragdeidechse, wird zur Königsklasse gezählt. Dieser große und kraftvolle Weißwein muss trocken ausgebaut sein und mindestens 12,5 % Alkohol aufweisen.

### *Grüner Veltliner*

Der Lieblingswein vieler Österreicher gehört zu den wichtigsten Rebsorten des Landes. Der fruchtbetonte, frische Wein mit seinem typisch pfeffrigen Abgang gedeiht besonders gut und in großer Vielfalt in der Wachau.

### *Riesling*

Der Riesling stellt hohe Ansprüche an Klima und Lage und wächst am besten in warmen, trockenen Süd- und Steillagen auf durchlässigen Urgesteinsböden. Ein rassiger Spitzenwein mit kräftiger, harmonischer Säure und noblem Bouquet.

### *Rivaner*

Wird auch Müller-Thurgau genannt. Ein harmonischer, weicher Wein mit einem leichten Muskatton. Er sollte jung getrunken werden. Ausnahme sind Spät- und Auslesen.

### *Neuburger*

Eine typisch österreichische Weißweinsorte, vermutlich sogar eine autochthone Wachauer Rebsorte. Ein Wein mit dezenter Blume und angenehmer Säure, mild, voll und kräftig.

### *Muskateller*

Ein rassiger, weltweit verbreiteter Wein mit feinem Muskatbouquet. Die Rebe verlangt warme Standorte, ist nicht sehr ertragreich und reift spät.

### *Sauvignon blanc*

Die kleinen, dicht gewachsenen gelblichen Trauben geben dem Wein seinen spezifisch würzigen Geschmack mit hohem Alkoholgehalt und langer Haltbarkeit.

## Südtirol

Südtirol ist die nördlichste Weinregion Italiens. Der Weinbau hat hier eine lange Tradition, wie die autochthonen Rotweinsorten Lagrein und Vernatsch beweisen. Beide Sorten wurden bereits im 14. Jahrhundert angebaut. Obwohl die Anbaufläche mit etwas mehr als 5000 Hektar zu den kleinsten Weinanbaugebieten Italiens gehört, weist die Region mit 98 % DOC-Weinen die höchste Dichte an Qualitätsweinen des Landes auf. Neben den alteingesessenen Weinsorten gedeihen hier auch andere kräftige und edle Rot- und Weißweinsorten.

### *Gewürztraminer*

Eine typische, in Südtirol beheimatete Rebsorte, deren Namen möglicherweise auf den Ort Tramin hinweist. Ein intensiv nach Gewürzaromen duftender Weißwein, der in Südtirol zu den Spitzenweinen gezählt wird.

### *Vernatsch*

Ein traditionsreicher Südtiroler Rotwein mit großer Anbaufläche, der leicht und gut trinkbar ist. Es gibt diverse Unterarten wie Edel-, Groß- und Grauvernatsch.

### *Lagrein*

Die ebenfalls in Südtirol heimische, traditionelle Rebsorte ist eine natürliche Kreuzung von Vernatsch und Teroldego. Aus den Trauben werden sowohl rubinrote vollmundige Rotweine als auch helle kirschrote Roséweine gewonnen.

### *Blauburgunder (Pinot nero)*

Die aus dem französischen Burgund stammende Rebsorte wird seit Generationen in Südtirol kultiviert und findet in entsprechenden Lagen ideale Bedingungen.

### *Merlot (Merlot noir)*

Ursprünglich eine Bordeauxrebe, die seit Jahren mit hoher Qualität und großem Erfolg in Südtirol angebaut wird. Die kraftvollen, leicht herben Rotweine benötigen für ihren typischen Charakter eine lange Lagerung.

### *Pinot grigio*

Mittlerweile ein Weißweinklassiker in Südtirol. Der golden schimmernde, leichte Wein ist relativ säurearm und ob seiner fruchtigen Frische sehr beliebt.

# Nachwort

Vielen Dank, dass Sie Lou, Fabio und Michelin bei ihrem ersten Fall begleitet haben.

So Sie den idyllischen Ort Marienkirchen auf der Landkarte oder im Internet suchen, werden Sie feststellen, dass es ihn in der Wachau nicht gibt. Er ist meiner Fantasie entsprungen, ebenso alle Personen und das meiste der Handlung in dem Buch. Gedanklich habe ich den Ort zwischen Dürnstein und Krems angesiedelt. Als Vorbild stand mir dafür aber eine Reihe von Orten in dem romantischen Donautal Pate.

Dabei ist die Wachau natürlich so malerisch und so voll von kulinarischen Genüssen, wie ich sie beschrieben habe. Die unzähligen Trockensteinmauerterrassen mit den Weingärten, die hochwertigen Weine, die vielen Erzeugnisse aus den einzigartigen Wachauer Marillen, die zauberhafte Landschaft mit der gemächlich dahinfließenden Donau; alles real und verführerisch.

Den Betrug mit dem gepanschten Wein und den gefälschten Etiketten habe ich ebenso der Realität entnommen. Allerdings war in Wahrheit Palermo Schauplatz dieses Weinskandals. Aufgedeckt hat den groß angelegten Betrug die italienische Finanzpolizei in Zusammenarbeit mit der Behörde für Kontrolle und Betrugsbekämpfung im Lebensmittelbereich. Dass sich für Lou, Fabio und Michelin der Fall von der Wachau bis nach

Südtirol erstreckt, ist meiner Liebe zu beiden Gegenden geschuldet.

Und weil viele kleine und große Schritte nötig sind, bis aus einer Idee ein Manuskript und am Ende ein fertiges Buch wird, möchte ich folgende Personen extra erwähnen.

Ein großes Dankeschön geht an Kerstin Schaub, stellvertretende Programmleiterin vom Goldmann Verlag. Ohne sie als Impulsgeberin und ihr Vertrauen in mich gäbe es diesen Kriminalroman nicht. Du bist genial. Danke für unsere konstruktiven Gespräche.

Meiner wunderbaren Lektorin Susanne Bartel danke ich zum wiederholten Mal für ihre Feinsinnigkeit und Gewissenhaftigkeit bei der Überarbeitung des Textes. Sie findet jede Schwachstelle im Manuskript, legt ihren Finger aber immer gütig darauf.

Bei meinem fabelhaften Agenten Peter Molden möchte ich mich dafür bedanken, dass er mir immer mit Rat und Tat zur Seite steht.

Bei meinem Kollegen Andreas Gruber, dem Thrillerautor, für das spontane Brainstorming am Attersee.

Bei Sunil Mann, meinem Schweizer Kollegen und Krimiautor, bedanke ich mich für die Beantwortung der Fragen die Schweiz betreffend.

Bei dir, Martha Holzschuh vom Biohof Holzschuh im Weinviertel, bedanke ich mich dafür, dass du mir einen Blick hinter die Kulissen deines Weingutes gewährt hast.

Der Domäne Wachau gilt mein Dank für die spannende Führung durch den gesamten Betrieb und den Weinkeller, samt anschließender Weinverkostung.

Martin Fink vom Weingut Fink in Unterloiben danke ich für das überaus kurzweilige Gespräch über Weine, die Region und die Feuerwehr.

Und last but not least möchte ich mich bei meinen Kindern Theresa und Raffael und meinem Mann Jeff bedanken. Ihr habt stets ein offenes Ohr, so ich eure Rückmeldungen benötige, und helft, wenn der Plot mal nicht so will, wie er soll. Ihr seid großartig.

Ich hoffe, Sie, liebe Leser*innen, hatten Spaß mit Lou, Fabio und Michelin und sinnesfreudige Lesestunden.

Ihre Beate Maxian

## Autorin

Beate Maxian lebt mit ihrer Familie in der Nähe des Attersees und in Wien und zählt zu den erfolgreichsten Autorinnen Österreichs. Ihre Wien-Krimis um die Journalistin Sarah Pauli stehen dort regelmäßig an der Spitze der Bestsellerliste. »Ein tödlicher Jahrgang« ist der Auftakt einer kulinarischen Krimireihe und der erste Fall für die Feinkosthändlerin Lou Conrad und den Sternekoch Fabio Gerber.
Weitere Informationen zu Beate Maxian unter: www.maxian.at

*Beate Maxian im Goldmann Verlag:*

Ein tödlicher Jahrgang. Kriminalroman

Die Wien-Krimis mit Journalistin Sarah Pauli:

Tödliches Rendezvous • Die Tote vom Naschmarkt • Tod hinter dem Stephansdom • Der Tote vom Zentralfriedhof • Tod in der Hofburg • Mord in Schönbrunn • Die Prater-Morde • Tod in der Kaisergruft • Mord im Hotel Sacher • Der Tote im Fiaker • Die Tote im Kaffeehaus • Ein letzter Walzer • Tod im Belvedere • Tod auf dem Opernball (erscheint im April 2024)

(Alle auch als E-Book erhältlich)